O Azul
da Virgem

Da Autora:

Moça com Brinco de Pérola

Anjos Caídos

A Dama e o Unicórnio

O Azul da Virgem

Tracy Chevalier

O Azul da Virgem

Tradução
BEATRIZ HORTA

BERTRAND BRASIL

Título original: *The Virgin Blue*

Capa: Raul Fernandes
Ilustração da capa: Retrato de Mademoiselle Alice Guerin, de Paul Cesar Helleu (1859-1927), Musée Bonnat, Bayonne, França.
Fotografia © The Bridgeman Art Library

Editoração: DFL

2007
Impresso no Brasil
Printed in Brazil

CIP-Brasil. Catalogação na fonte
Sindicato Nacional dos Editores de Livros – RJ

C452a Chevalier, Tracy, 1962-
O azul da virgem/Tracy Chevalier; tradução Beatriz Horta.
— Rio de Janeiro: Bertrand Brasil, 2007.
352p.

Tradução de: The virgin blue
ISBN 978-85-286-1278-3

1. Romance americano. I. Horta, Beatriz. II. Título.

CDD – 813
07-2814 CDU – 821.111 (73)-3

EDITORA BERTRAND BRASIL LTDA.
Rua Argentina, 171 — 1º andar — São Cristóvão
20921-380 — Rio de Janeiro — RJ
Tel.: (0XX21) 2585-2070 — Fax: (0XX21) 2585-2087

Atendemos pelo Reembolso Postal.

Para Jonathan

Da mesma forma que o amarelo tem sempre luz, pode-se dizer que o azul tem um toque de escuridão. Essa cor causa um efeito peculiar e quase indescritível nos olhos. Como cor, ela é poderosa, mas em seu lado negativo e em sua pureza mais completa há, digamos, uma negação estimulante. Sua aparência, então, é uma espécie de contradição entre agitação e repouso.

Goethe, *Teoria das cores*

SUMÁRIO

1
A VIRGEM

Ela se chamava Isabelle e, quando menina, seus cabelos mudaram de cor com a mesma rapidez que um pássaro troca a plumagem para atrair a companheira.

Naquele verão, o Duque de l'Aigle trouxe de Paris uma estátua da Virgem com Menino e um pote de tinta para pintar o nicho em cima da porta da igreja. No dia em que a estátua foi instalada, houve festa na aldeia. Isabelle sentou-se no alto de uma escada para ver Jean Tournier pintar o nicho de azul intenso, a mesma cor do límpido céu vespertino. Quando terminou, o sol surgiu por trás de uma parede de nuvens e iluminou o azul com tal intensidade que Isabelle pôs as mãos na nuca e apertou os braços contra o peito. Os raios chegaram até ela e tocaram seus cabelos com uma aura de cobre que permaneceu neles mesmo depois de o sol ter ido embora. A partir desse dia, ela passou a ser chamada de *La Rousse* (Ruiva), por causa da Virgem Maria.

O apelido perdeu seu tom afetuoso alguns anos depois, quando Monsieur Marcel chegou à aldeia com as mãos manchadas de tanino do vinho e palavras emprestadas de Calvino. No primeiro sermão que fez no bosque, fora das vistas do capelão da aldeia, ele disse aos ouvintes que a Virgem estava impedindo que chegassem à Verdade.

— *La Rousse* foi maculada por causa das estátuas, das velas, dos enfeites. Ela está contaminada! Ela se põe entre vocês e Deus! — exclamou ele.

Os aldeões viraram-se para olhar Isabelle, que apertou o braço da mãe.

Como ele pode saber?, pensou ela. Só *Maman* sabe.

A mãe não iria dizer a Monsieur Marcel que Isabelle havia menstruado pela primeira vez naquele dia e agora estava com um pano áspero preso entre as pernas e uma dor na barriga do tamanho de um travesseiro. A mãe chamava aquilo de *les fleurs*, flores especiais enviadas por Deus, uma dádiva que ela não podia comentar porque a discriminariam. Olhou para a mãe, que franziu o cenho para Monsieur Marcel e abriu a boca como se fosse falar. Isabelle apertou o braço dela outra vez e mamãe tornou a fechar a boca, comprimindo-a.

Depois, Isabelle voltou para casa entre a mãe e a irmã Marie; os irmãos gêmeos vieram atrás, mais devagar. No começo, as outras crianças da aldeia seguiram-nos, cochichando. Até que, cheio de curiosidade, um menino correu e pegou uma mecha de cabelos de Isabelle.

— Ouviu o que ele disse, *La Rousse*? Você está suja! — gritou.

Isabelle soltou um grito. Petit Henri e Gérard pularam para defendê-la, satisfeitos por serem úteis, enfim.

No dia seguinte, Isabelle passou a usar uma touca; cada mecha castanho-avermelhada foi enrolada e escondida muito antes de as meninas da idade dela usarem essa peça de roupa.

* * *

Quando Isabelle estava com catorze anos, dois ciprestes cresciam num ensolarado terreno perto da casa. Para plantar um de cada, Petit Henri e Gérard tiveram de procurar mudas em Barre-les-Cévennes, que ficava a dois dias de caminhada.

A primeira árvore foi plantada em intenção de Marie. Sua barriga estava tão grande que todas as aldeãs diziam que deviam ser gêmeos, mas *Maman* apalpou com a mão e sentiu só uma cabeça, embora grande. *Maman* ficou preocupada com o tamanho da cabeça.

— Se *fossem* gêmeos, seria mais fácil — murmurou para Isabelle.

Quando chegou a hora, *Maman* mandou todos os homens saírem: marido, pai, irmãos. Era uma noite muito fria, um vento forte soprava flocos de neve na casa, nos muros de pedra, nas moitas de centeio morto. Os homens foram saindo devagar de perto da lareira até ouvirem os primeiros gritos de Marie: eram homens fortes, acostumados com o guincho dos porcos sendo sacrificados, mas o tom humano fez com que andassem depressa.

Isabelle já havia ajudado a mãe a fazer partos, mas sempre com outras mulheres de visita para cantar e contar histórias. Naquela noite, o frio obrigou-as a ficar longe; Isabelle e *Maman* estavam sós. Ela olhou para a irmã, imóvel sob uma barriga enorme, tremendo de frio, suando e gritando. O rosto da mãe estava tenso e ansioso, ela falava pouco.

Durante a noite, Isabelle segurou a mão de Marie, apertou-a nas contrações e secou a testa dela com um pano úmido. Rezou em sua intenção, em silêncio pediu à Virgem e à Santa Margarida que protegessem a irmã, sempre se sentindo culpada: Monsieur Marcel dissera a todos que a Virgem e os santos não tinham poder e não deviam ser invocados.

Naquele momento, nenhuma palavra dele a confortava. Só as velhas orações faziam sentido.

— A cabeça é grande demais, temos de dar um corte — disse *Maman*, por fim.

— *Non, Maman* — Marie e Isabelle sussurraram em uníssono. Os olhos de Marie estavam perturbados e dilatados. Desesperada, ela começou a fazer força outra vez, chorando, ofegante. Isabelle ouviu a carne se abrindo; Marie se encolheu antes de ficar fraca e cinzenta. A cabeça da criança apareceu num rio de sangue, negra e malformada, e, quando *Maman* puxou, o bebê já estava morto, com o cordão umbilical enrolado no pescoço. Era uma menina.

Os homens voltaram para casa de manhã, quando viram subir da lareira a fumaça de palha encharcada de sangue.

Enterraram mãe e filha num lugar ensolarado, onde Marie gostava de sentar-se quando fazia calor. O cipreste foi plantado em cima do coração dela.

O sangue deixou um traço leve no chão, que nem todas as vassouras e escovas conseguiram tirar.

A segunda árvore foi plantada no verão seguinte.

Era o entardecer, a hora dos lobos, quando mulher alguma podia andar sozinha. *Maman* e Isabelle foram fazer um parto em Felgérolles. A mãe e o bebê sobreviveram, interrompendo uma longa série de mortes que haviam começado com Marie e a filha. Naquela tarde, elas demoraram mais tempo, dando mais conforto à mãe e ao bebê, ouvindo as outras mulheres cantarem e conversarem, de forma que o sol já havia mergulhado atrás do monte Lozère, quando *Maman* deixou de lado as recomendações para ficar, recusou os convites para passar a noite na casa e as duas voltaram.

O lobo estava bem no caminho, como se à espera delas. As duas pararam, puseram suas sacolas no chão, benzeram-se. O lobo ficou imóvel. Elas o olharam por um instante, *Maman* pegou a sacola e deu um passo à frente. O lobo não se mexeu e, apesar do escuro, Isabelle viu que ele era magro, de pêlo cinza e sarnento. Os olhos tinham um brilho amarelo, como se houvesse uma vela dentro deles, e o animal andava de um jeito desengonçado e manco. Só quando chegou tão perto que *Maman* quase conseguia tocar em seu pêlo cinza, Isabelle viu que a boca do lobo espumava, e entendeu. Todo mundo já tinha visto um animal contaminado com raiva, cães andando a esmo, a boca tomada de espuma, o olhar diferente e vil, um latido amortecido. Não bebem água, e a melhor proteção contra eles, além de um machado, era um balde com muita água. *Maman* e Isabelle só tinham ervas, um pano de linho e uma faca.

Quando o lobo saltou, *Maman* levantou o braço por instinto, o que lhe deu mais vinte dias de vida, mas depois a fez desejar que ele tivesse rasgado seu pescoço logo, por piedade. Quando ele recuou e o sangue escorreu pelo braço dela, o lobo olhou de relance para Isabelle e sumiu no escuro sem emitir um som sequer.

Maman contou ao marido e aos filhos sobre o lobo que tinha velas nos olhos, enquanto Isabelle limpava a mordida com água fervida com folhas de bolsa-de-pastor, estendia uma teia de aranha por cima e amarrava o braço com uma tira de lã macia. *Maman* não ficou quieta, insistiu em colher ameixas e trabalhar na horta, como se não tivesse visto a verdade brilhando nos olhos do animal. No dia seguinte, o braço dela inchou tanto, que ficou do mesmo tamanho do antebraço e a pele escureceu em volta do machucado. Isabelle preparou uma omelete, acrescentou alecrim e sálvia e rezou uma prece em silêncio. Quando levou para a mãe, chorou. *Maman* pegou o prato com a omelete e comeu tudo, calma, de olhos na filha, sentindo o gosto da morte na sálvia.

Quinze dias depois, mamãe estava bebendo água quando sua garganta começou a contrair em espasmos, espirrando água na frente do vestido. Olhou a mancha negra se espalhar pelo peito, depois se sentou no banco ao lado da porta, sob o sol de fim de verão.

A febre veio em seguida, tão forte que Isabelle rezou para que a morte também viesse depressa para aliviá-la. Mas *Maman* lutou, suando e gritando em seu delírio durante quatro dias. No último, quando o padre de Le Pont de Montvert chegou para realizar os últimos rituais, Isabelle pôs uma vassoura atravessada na porta e cuspiu nela até ele ir embora. Só quando Monsieur Marcel chegou, ela tirou a vassoura e deu passagem para ele entrar.

Quatro dias depois, os gêmeos voltaram carregando o segundo cipreste.

A multidão reunida na frente da igreja não estava acostumada a vitórias, e nem com a forma de celebrá-las. Finalmente, o padre tinha sumido há três dias. Agora não havia mais dúvida de que ele tinha ido embora, pois o lenhador Pierre La Forêt o vira a quilômetros de distância, com toda a tralha que tinha conseguido carregar empilhada às costas.

A neve do início de inverno cobriu as partes lisas do terreno com uma gaze fina e, em alguns pontos, ficou manchada de folhas e pedras esparsas. Ainda ia cair mais neve, pois o céu ao norte estava cor-de-estanho, lá depois do cume do monte Lozère. Via-se uma camada branca sobre as grossas telhas de granito da igreja. O templo estava vazio. Nenhuma missa havia sido rezada lá desde a colheita: a freqüência de fiéis tinha caído depois que Monsieur Marcel e seus seguidores tornaram-se mais confiantes.

Isabelle se encontrava no meio dos vizinhos, ouvindo Monsieur Marcel, que andava de um lado para outro na porta de entrada, severo em seus trajes negros e cabelos grisalhos. Só as mãos manchadas de tanino maculavam sua presença autoritária, lembrando à platéia que, afinal, ele não passava de um simples sapateiro.

Quando ele começou a falar, olhou para um ponto acima da multidão.

— Este local de culto tem sido cenário de perversão. Agora está em mãos seguras. Está nas mãos de *vocês*. — Fez um gesto como se semeasse. Um murmúrio subiu da multidão.

— Este lugar precisa ser limpo — continuou ele. — Limpo do pecado, limpo desses ídolos. — Fez um sinal com a mão para a igreja atrás dele. Isabelle olhou para a Virgem, o azul ao fundo da imagem estava esmaecido, mas ainda conseguia emocioná-la. Ela já havia tocado na própria testa e no peito, até perceber o que estava fazendo e não completar o sinal-da-cruz. Olhou em volta para conferir se alguém tinha visto. Os vizinhos acompanhavam Monsieur Marcel com os olhos, pronunciavam o nome dele à medida que passava e ia subindo a colina na direção do conjunto de nuvens escuras, com as mãos avermelhadas entrelaçadas às costas. Ele não olhou para trás.

Quando foi embora, a multidão ficou mais barulhenta, mais agitada. Alguém gritou: "A janela!" O grito recebeu apoio. Sobre a porta da igreja, a pequena janela redonda era o único vitral que eles já tinham visto. Três verões antes, o Duque de l'Aigle o havia colocado atrás do nicho, pouco antes de Calvino atraí-lo para a Verdade. Vista pelo lado de fora, a janela era de um marrom grosseiro, mas por dentro era verde, amarela e azul, com um pequeno ponto vermelho na mão de Eva. O Pecado. Isabelle não entrava na igreja há tempo, mas se lembrava bem da cena: o olhar de desejo de Eva, o sorriso da serpente, a vergonha de Adão.

Se pudessem ter visto a janela mais uma vez, o sol iluminando as cores como um denso campo cheio de flores no verão, ela teria sido salva pela sua beleza. Mas naquele dia não havia sol nem jeito de entrar na igreja: o padre havia colocado um cadeado grande no ferrolho da porta. Eles também nunca tinham visto um cadeado — vários homens examinaram e mexeram nele, sem saber como funcionava aquilo. Um machado o teria arrancado com cuidado para não estragá-lo.

Levaram um susto só de saber quanto valia aquela janela. Pertencia ao duque, a quem os camponeses entregavam um quarto de suas colheitas em troca de proteção, da garantia de que alguém sopraria alguma coisa no ouvido do rei. O vitral e a estátua da Virgem tinham sido doados pelo duque. Que ainda devia gostar de ambos.

Ninguém soube direito quem jogou a pedra, embora depois várias pessoas tenham se apresentado. A pedra bateu no meio da janela e despedaçou-a na hora. Emitiu um som tão estranho que a multidão se aquietou. Nunca tinham ouvido o som de um vidro se quebrando.

Na calmaria, um menino correu, pegou um caco de vidro, soltou um grito e jogou-o no chão.

— Aquilo me mordeu! — berrou o menino, mostrando o dedo a sangrar.

A gritaria voltou. A mulher agarrou o filho e abraçou-o com força.

— O demônio! Foi o demônio! — gritou.

Étienne Tournier, cujos cabelos pareciam feno queimado, deu um passo adiante com um ancinho de cabo comprido. Olhou para o irmão mais velho, Jacques, que estava atrás e concordou com a cabeça. Étienne tornou a olhar a imagem da Virgem e disse em voz alta: — *La Rousse*!

A multidão deu alguns passos para o lado, deixando Isabelle isolada. Étienne virou-se com um sorriso malicioso, os olhos azul-claros tocando nela como mãos que apertam.

Ele escorregou a mão pelo cabo do ancinho e levantou-o fazendo com que os dentes de metal ficassem de frente para ela. Os dois se olharam. A multidão havia se acalmado. Finalmente, Isabelle segurou os dentes do ancinho e, quando ela e Étienne se entreolharam, sentiu um fogo arder abaixo do ventre.

Étienne sorriu e soltou o ancinho, que bateu com os dentes no chão. Isabelle pegou-o pelo cabo e ao se aproximar de Étienne, tinha os dentes do ancinho virados para o alto. Quando ela olhou para a Virgem, Étienne deu um passo atrás e sumiu. Isabelle sentia a pressão da multidão reunida outra vez, inquieta, murmurando.

— Faça, *La Rousse*! Faça! — gritou alguém.

No meio da multidão, os irmãos de Isabelle olharam para o chão. Não dava para ela ver o pai; porém, mesmo que ele também estivesse lá, não poderia ajudá-la.

Respirou fundo e levantou o ancinho. Ouviu-se um grito em uníssono, o que fez o braço dela tremer. Colocou os dentes do ancinho à esquerda do nicho e olhou em volta a massa de rostos corados, agora desconhecidos, duros e frios. Levantou o ancinho, colocou-o na base da imagem e empurrou. A estátua não se moveu.

A gritaria aumentou quando ela começou a empurrar com mais força, as lágrimas alfinetando seus olhos. O Menino olhava para o céu distante, mas Isabelle podia sentir o olhar da Virgem voltado para ela.

— Perdoai-me — ela sussurrou. Depois, empurrou o ancinho e balançou a estátua com toda a força. O metal bateu na imagem com um som surdo e partiu o rosto da Virgem, que caiu sobre Isabelle e fez a multidão rir alto. Desesperada, ela balançou a estátua outra vez. O golpe fez a argamassa se soltar e a imagem se mexer um pouco.

— Tente outra vez, *La Rousse*! — gritou uma mulher.

Não posso fazer de novo, pensou Isabelle, mas, ao ver os rostos corados, ela bateu outra vez. A estátua começou a balançar; a mulher sem rosto ninava a criança nos braços. Em seguida ela se inclinou para a frente e caiu; a cabeça da Virgem bateu primeiro no chão e se espatifou, o corpo veio depois. Com o impacto, o Menino foi separado da mãe e ficou no chão, olhando para cima. Isabelle largou o ancinho e cobriu o rosto com as mãos. Ouviram-se gritos e assobios animados, e a multidão se aproximou para rodear a estátua partida.

Quando Isabelle tirou as mãos do rosto, Étienne estava na sua frente. Sorriu vitorioso e apertou os seios dela. Depois, entrou na multidão e jogou estrume no nicho azul.

Nunca mais verei aquela cor, pensou ela.

Petit Henri e Gérard não precisaram de muitos argumentos para se convencerem. Isabelle pôs a culpa na capacidade de persuasão de Monsieur Marcel, mas no fundo sabia que os dois rapazes teriam ido de qualquer forma, mesmo sem as melosas palavras de *monsieur*.

— Deus sorrirá para vocês — disse *monsieur*, solene. — Escolheu-os para combaterem nesta guerra. Lutar por seu

Deus, por sua religião, sua liberdade. Vocês voltarão como homens de coragem e força.

— Se voltarem — resmungou, zangado, Henri du Moulin, e só Isabelle ouviu. Ele arrendava três campos de centeio e dois de batata, assim como um lindo bosque de castanheiros. Criava porcos e um bando de gansos. Precisava dos filhos, não podia lavrar a terra só com a ajuda da filha.

— Vou cultivar menos terras — disse ele para Isabelle. — Só um campo de centeio, e vou desistir de alguns gansos e porcos. Assim, precisarei apenas de um campo de batatas para alimentá-los. Posso conseguir mais animais quando os gêmeos voltarem da guerra.

Não voltarão, pensou ela. Viu a luz nos olhos deles quando saíram com outros rapazes do monte Lozère. Vão para Toulouse e Paris, depois para Genebra ver Calvino. Vão à Espanha, onde os homens têm pele escura, ou vão ao oceano no fim do mundo. Mas para cá não voltam.

Uma tarde, ela juntou coragem para falar quando o pai sentou-se e afiou a lâmina do arado ao lado do fogo.

— Papai, eu podia me casar, morar aqui com meu marido e trabalharmos com você — arriscou dizer.

Com uma palavra, ele a fez parar.

— Morar com quem? — perguntou ele, com a pedra de amolar sob a lâmina. A sala ficou silenciosa, sem o barulho ritmado do metal raspando na pedra.

Ela virou o rosto.

— Você e eu, *ma petite*, estamos sozinhos. — O tom era delicado. — Mas Deus é mais gentil do que você pensa.

Isabelle pôs as mãos no pescoço, nervosa, ainda sentindo o gosto da hóstia na boca: sabor de pão duro e seco que ficava no fundo da garganta muito depois de ser engolido. Étienne colocou a mão na cabeça dela e puxou a touca. Encontrou a fita, enrolou-a na mão e puxou forte. Ela começou a girar, a touca desmanchando, os cabelos se soltando, vendo Étienne de relance, com um sorriso irônico, depois os castanheiros do pai, o fruto pequeno, verde e fora de alcance.

Quando ficou sem a touca, ela tropeçou, retomou o equilíbrio, hesitou. Olhou para ele, mas recuou. Étienne alcançou-a com dois passos largos, derrubou-a e caiu por cima dela. Levantou com a mão seu vestido enquanto a outra se enfiava pelos cabelos de Isabelle, os dedos abertos, passando como um pente e enrolando o cabelo como havia enrolado a fita um instante antes, até o punho chegar à nuca da moça.

— *La Rousse*, há muito tempo você me evita. Está pronta? — perguntou ele, em tom baixo.

Isabelle hesitou, depois concordou. Étienne puxou os cabelos dela para trás e aguardou que ela levantasse o queixo e lhe entregasse a boca.

Mas a hóstia da Missa de Pentecostes ainda está na minha boca e isso é o Pecado, ela pensou.

Os Tournier eram a única família entre o monte Lozère e a aldeia de Florac a ter uma Bíblia. Isabelle tinha visto o livro em serviços religiosos, quando Jean Tournier carregava-a embrulhada em linho e entregava-a, solene, a Monsieur Marcel. Olhava a Bíblia, inquieto, durante todo o serviço. Não gostava de entregá-la.

Monsieur Marcel juntou as mãos abertas e aninhou o livro nos braços, apoiado na curva de sua pança. Enquanto lia, balançava de um lado para outro como se estivesse bêbado, embora Isabelle soubesse que não podia estar, já que ele mesmo havia proibido o vinho. Os olhos dele se mexiam para trás e para a frente, e as palavras saíam-lhe da boca, mas não se sabia direito como haviam entrado lá.

Assim que a Verdade foi decretada na velha igreja, Monsieur Marcel recebeu uma Bíblia trazida de Lyon e o pai de Isabelle fez um atril de madeira onde ela foi colocada. Depois, não se viu mais a Bíblia dos Tournier, embora Étienne ainda se vangloriasse dela.

— De onde vêm as palavras? — Um dia, Isabelle perguntou a ele após o serviço religioso, sem saber que Hannah, a mãe de Étienne, os olhava. — Como Monsieur Marcel tira as palavras da Bíblia?

Étienne passava um seixo de uma mão para outra. Jogou-o longe, indo parar nas folhas.

— Elas voam — disse ele, seguro. — Monsieur Marcel abre a boca e as letras negras da página voam para a sua boca tão depressa que você não consegue ver. Depois, ele as cospe.

— Você sabe ler, Étienne?

— Não, mas sei escrever.

— O que escreve?

— Escrevo meu nome. E o seu — acrescentou, presunçoso.

— Mostre para mim, me ensine.

Étienne sorriu, mostrando os dentes. Pegou na saia dela e puxou.

— Ensino, mas você tem de pagar — disse, em tom baixo, os olhos tão apertados que o azul deles mal aparecia.

Era o Pecado outra vez: folhas de castanheiro farfalhando nos ouvidos dela, medo e dor, mas também o nervosismo de sentir o chão por baixo e o peso do corpo dele em cima.

— Sim, mas primeiro me mostra — disse ela, desviando o olhar.

Ele teve de juntar o material às escondidas: a pena de um pássaro com a ponta cortada e afiada; um pedaço de pergaminho roubado de um canto de página da Bíblia; um cogumelo seco misturado com água numa tigela de ardósia, formando uma tinta escura. Depois, ele levou Isabelle montanha acima, longe das fazendas onde moravam, numa pedra de granito com a superfície lisa, da altura da cintura dela. Lá, os dois se encostaram.

Como num milagre, ele fez seis traços para escrever as iniciais E. T.

Isabelle ficou olhando.

— Quero escrever meu nome — disse ela. Étienne entregou-lhe a pena e ficou por trás, apertando o corpo nas costas dela. Isabelle sentiu algo duro crescer sob a barriga dele e um palpitar de temível desejo. Étienne colocou a mão sobre a dela e mergulhou a pena na tinta, depositando-a em seguida sobre o pergaminho e empurrando-a para formar os seis traços. E.T., ela escreveu. Comparou com as marcas que ele havia feito.

— Mas os dois são iguais — concluiu ela, intrigada. — Como pode o meu e o seu nome serem escritos da mesma forma?

— Você escreveu, portanto o nome é seu. Não sabia? O nome é de quem escreve.

— Mas. — Ela parou, boquiaberta, esperando que os traços voassem para a sua boca. E, quando falou, pronunciou o nome dele, não o dela.

— Agora, você tem de me pagar — disse Étienne, sorrindo. Empurrou-a sobre a pedra, ficou por trás e levantou a saia dela enquanto abaixava a calça. Em seguida, com os joelhos abriu as pernas de Isabelle e segurou-as com a mão para penetrá-la com um golpe rápido. Isabelle agarrou-se à pedra enquanto Étienne se aproximava. Depois, com um berro, ele empurrou os ombros dela, inclinando-a para a frente, para que o rosto e o peito ficassem pressionados na pedra.

Depois que se afastou, ela se levantou, tonta, com o pergaminho pregado em seu rosto, até que voou para o chão. Étienne olhou-a e riu, irônico.

— Você escreveu seu nome na cara — disse ele.

Ela nunca havia entrado na fazenda dos Tournier, embora não ficasse longe da que morava com o pai, rio abaixo. Era a maior da região, sem contar a do duque, que ficava mais além do vale, a meio dia de caminhada na direção de Florac. Dizia-se que a fazenda havia sido construída há um século, com acréscimos sendo feitos durante esse período: um chiqueiro, um piso de terra batida, telhas no lugar da cobertura de colmo. Jean e sua prima Hannah se casaram tarde, tiveram apenas três filhos, e eram pessoas sérias, fortes e distantes. Raramente alguém ia visitá-los à tarde.

Apesar da influência dos Tournier, o pai de Isabelle nunca disfarçou o desprezo que sentia por eles.

— Casam com os primos. Dão dinheiro para a igreja, mas são incapazes de oferecer uma castanha mofada a um mendigo. E beijam três vezes, como se duas não bastassem — zombou Henri du Moulin.

A fazenda se espraiava por uma encosta em forma de L, e a entrada ficava no ponto onde as duas linhas se encontravam, de frente para o sul. Étienne fez Isabelle entrar. Os pais dele e dois trabalhadores contratados estavam plantando no campo; a irmã, Susanne, trabalhava no fundo da horta.

Dentro, a casa era silenciosa e calma. Isabelle só ouvia o grunhido abafado dos porcos. Ela admirou o chiqueiro e o celeiro, que era o dobro do que seu pai tinha. Ficou na sala, tocando de leve a comprida mesa de madeira como se quisesse firmar-se. A sala estava limpa, havia sido varrida há pouco, e as paredes tinham caçarolas dependuradas em ganchos, à mesma distância uma da outra. A lareira ocupava uma parede inteira no fundo da sala, tão grande que a família dela e os Tournier podiam caber dentro: toda a família dela, mas antes de as pessoas terem começado a morrer. A irmã estava morta. A mãe, também. Os irmãos, soldados na guerra. Agora, só havia ela e o pai.

— *La Rousse*.

Ela virou-se, viu os olhos de Étienne, seu andar arrogante, e recuou até as costas tocarem no granito. Ele a segurou pela cintura.

— Aqui, não. Na casa de seus pais, não; na lareira deles, não. Se a sua mãe... — ela disse.

Étienne tirou as mãos. Bastou falar na mãe para contê-lo.

— Você perguntou a eles?

Ele ficou calado. Mexeu os ombros largos e olhou para um canto.

— Você não perguntou.

— Daqui a pouco faço 25 anos e posso decidir o que quiser. Não preciso da autorização deles.

Claro que os pais não querem o nosso casamento, pensou Isabelle. Minha família é pobre, não temos nada, e eles são ricos, têm uma Bíblia, um cavalo, sabem escrever. Casam-se com as primas, são amigos de Monsieur Marcel. Jean Tournier é *síndico* do Duque de l'Aigle, recolhe nossos impostos. Jamais aceitariam como filha uma moça a quem chamam de *La Rousse*.

— Podíamos morar com meu pai — ela sugeriu. — Tem sido difícil para ele trabalhar sem meus irmãos. Ele precisa...

— Nunca.

— Então teremos de morar aqui.

— É.

— Sem a autorização deles.

Étienne passou o peso do corpo para uma perna, debruçou-se na beira da mesa e cruzou os braços. Olhou bem para ela.

— Se eles não gostam de você, a culpa é sua, Ruiva — disse, baixo.

Ela retesou os braços, fechou as mãos.

— Não fiz nada de errado! Acredito na Verdade — gritou.

Ele sorriu.

— Mas gosta da Virgem, não é?

Ela abaixou a cabeça, as mãos ainda fechadas.

— E sua mãe era bruxa — ele acrescentou.

— O que você disse? — ela sussurrou.

— Aquele lobo que mordeu sua mãe foi enviado pelo demônio para levá-la para ele. E todos aqueles bebês que morreram.

Isabelle olhou bem para ele.

— Acha que minha mãe matou a própria filha? A própria neta?

— Depois que você for minha esposa, não será parteira — ele disse. Segurou-a pela mão e puxou-a para o celeiro, longe da lareira dos pais.

— Por que me quer? — perguntou em voz tão baixa que ele não ouviu. E ela mesma respondeu: — Porque sou aquela que sua mãe mais detesta.

★ ★ ★

O pássaro voava bem em cima de sua cabeça, contra o vento. Era cinza e macho. Isabelle apertou os olhos. Não. Era marrom-avermelhado, da cor de seus cabelos; portanto, um pássaro fêmeo.

Ela aprendeu sozinha a boiar de costas no rio, batendo os braços, os seios achatados pela água, os cabelos flutuando como folhas em volta do rosto. Olhou outra vez para cima. O pássaro estava mergulhando à direita. O breve instante em que bateu na água ficou escondido atrás de uma moita de giesta. Quando ressurgiu, levava uma pequena criatura no bico, um rato ou um pardal. Voou rápido e sumiu de vista.

Ela se sentou de repente, segurou na comprida e lisa pedra do leito do rio, os seios retomando a redondeza. Os sons saíram do nada, um tinido aqui, outro lá, e de repente todos se juntaram num coro de centenas de sinos. Era o *estiver*, quando os pastores levam o rebanho para as montanhas; o pai dela havia previsto que chegariam dali a dois dias. Os cães dos pastores deviam estar com boa disposição naquele verão. Se não corresse, ela ficaria cercada de centenas de ovelhas. Levantou-se depressa e foi para a margem do rio, onde secou o rosto com as mãos e torceu os cabelos para tirar a água. Aqueles cabelos lhe causavam vergonha. Vestiu-se, amarrou o avental na cintura e escondeu os cabelos num comprido pano de linho branco.

Estava amarrando as pontas do pano quando ficou gelada ao pressentir que alguém a olhava. Sem mexer a cabeça, procurou em volta alguma coisa se mexendo, mas nada viu. Os sinos ainda estavam distantes. Com os dedos, pegou as mechas soltas e enfiou-as sob o pano, depois segurou o vestido, que ia até o chão, e levantou-o, correndo pela trilha à margem do rio. Dali a pouco, estava longe e passou por um campo de giestas e urzes raquíticas.

Chegou ao cume de uma colina e olhou para baixo. Lá, o campo parecia ondular com as ovelhas que subiam a montanha. Dois homens, um na frente do outro, com um cachorro de cada lado, cuidavam do rebanho. De vez em quando, uma ovelha escapulia, mas era logo arrebanhada. Deviam estar andando há cinco dias desde Alès, mas naquela subida final não davam sinais de cansaço. Teriam o verão inteiro para se recuperar.

Acima do som dos sinos, ela ouvia os assobios e gritos dos homens, e os latidos agudos dos cães. O homem que ia à frente virou o rosto para cima, parecendo olhar direto para ela, e deu um assobio fino. No mesmo instante, um rapaz saiu à direita de Isabelle, de trás de uma rocha grande, à distância de um lanço de pedra. Ela apertou o pescoço com as mãos. O homem era pequeno e magro, suado e muito queimado de sol. Usava uma bengala, e tinha um alforje de couro de pastor e um capuz redondo apertado na cabeça com cachos negros nas bordas. Quando Isabelle sentiu os olhos escuros dele, sabia que havia sido ele que a espreitara no rio. O homem sorriu deliberadamente amistoso para ela e por um instante Isabelle sentiu o toque do rio no corpo. Olhou para baixo, apertou os cotovelos no corpo, não conseguiu retribuir o sorriso.

De um salto, ele foi descendo a colina. Isabelle ficou olhando até ele chegar ao rebanho. Depois, correu.

— Tem uma criança aqui. — Isabelle pôs a mão na barriga e olhou, desafiadora, para Étienne.

Num instante, os olhos claros dele escureceram como o campo quando passa uma nuvem por cima. Encarou-a com dureza, parecia fazer cálculos.

— Vou contar para meu pai, depois teremos de contar aos seus pais. O que será que vão dizer? — ela perguntou, engolindo em seco.

— Agora vão nos deixar casar. Seria pior se não deixassem, já que existe uma criança.

— Vão achar que fiz de propósito.

— Fez? — Os olhos dele encontraram os dela. Estavam frios.

— Foi você quem quis o Pecado, Étienne.

— Ah, mas você também quis, *La Rousse*.

— Gostaria que minha mãe estivesse aqui. Gostaria que Marie estivesse aqui — disse ela, baixo.

O pai de Isabelle fez como se não tivesse ouvido. Sentou-se no banco ao lado da porta e raspou um galho com a faca; estava moldando um cabo novo para a enxada que havia quebrado naquela manhã. Isabelle ficou parada na frente dele. Tinha falado tão baixo que achou que precisaria repetir. Abriu a boca, mas ele disse:

— Todos os filhos me abandonaram.

— Desculpe, pai. Ele disse que não vai morar aqui.

— Não quero um Tournier na minha casa. Esta fazenda não vai ficar para você depois que eu morrer. Você vai receber seu dote, mas vou deixar a fazenda para os meus sobrinhos de l'Hôpital. Minhas terras jamais ficarão com um Tournier.

— Os gêmeos vão voltar da guerra — ela lembrou, lutando para não chorar.

— Não, eles vão morrer. Eles não são soldados, são camponeses. Você sabe disso. Faz dois anos que se foram e eu não recebi uma palavra deles. Muitas pessoas passaram pelo norte e não trouxeram notícias deles.

Isabelle deixou o pai sentado no banco e seguiu pelo campo à margem do rio até a fazenda dos Tournier. Era tarde, estava escuro, sombras compridas se projetavam nas colinas e nos campos aterraçados, cheios de centeio brotando. Um bando de estorninhos cantava nas árvores. A estrada entre as duas fazendas parecia comprida naquela hora. No final dela estava a mãe de Étienne. Isabelle andou mais devagar.

Chegou à *cleda* vazia dos Tournier, as castanhas da estação haviam secado fazia tempo, e nesse instante ela viu a sombra cinza surgir, arredia, de entre as árvores e parar na estrada.

— *Sainte Vierge, aide-moi* (Virgem Santa, me ajude) — pediu, automaticamente. O lobo mirou-a com olhos amarelos e brilhantes, apesar do escuro. Quando foi se aproximando, Isabelle ouviu uma voz em sua cabeça: "Não deixe acontecer com você também."

Ela se abaixou e pegou um galho grande. O lobo parou. Ela se levantou, balançou o galho e gritou. O lobo começou a recuar e, quando ela ameaçou jogar o galho, o animal virou-se e saiu de mansinho, desaparecendo entre as árvores.

Isabelle saiu correndo do bosque e atravessou o campo, o centeio batendo em suas pernas. Chegou à pedra em forma de cogumelo que marcava o fundo da horta dos Tournier e parou para retomar fôlego. Tinha desaparecido o medo da mãe de Étienne.

— Obrigada, *Maman*, não vou me esquecer disso — disse ela, em tom de voz baixo.

Jean, Hannah e Étienne estavam sentados ao lado da lareira, enquanto Susanne esquentava uma sopa de castanhas igual à que Isabelle havia servido ao pai mais cedo, acompanhada de um pão escuro, de cheiro bom. Os quatro gelaram quando Isabelle entrou.

— O que foi, *La Rousse*? — perguntou Jean Tournier quando ela ficou no meio da sala, com a mão mais uma vez sobre a mesa, como se quisesse garantir um lugar entre eles.

Isabelle não respondeu, mas olhou firme para Étienne. Finalmente, ele se levantou e ficou ao lado dela. Ela fez um sinal com a cabeça e ele virou-se para os pais.

A sala estava silenciosa. O rosto de Hannah parecia de granito.

— Isabelle vai ter um filho — disse Étienne, em voz baixa. — Com a permissão de vocês, gostaríamos de nos casar.

Foi a primeira vez que usou o nome de Isabelle.

A voz de Hannah era penetrante.

— De quem é o filho, *La Rousse*? Não é de Étienne.

— É, sim.

— Não!

Jean Tournier apoiou as mãos na mesa e levantou-se. Seus cabelos grisalhos estavam lisos como um gorro na cabeça, o rosto magro. Não disse nada, mas a mulher parou de falar e recostou-se na cadeira. O pai olhou para Étienne. Fez-se uma longa pausa antes de Étienne falar.

— O filho é meu. Vamos casar de qualquer jeito, quando eu fizer 25 anos. Daqui a pouco tempo.

Jean e Hannah se entreolharam.

— O que seu pai acha disso? — perguntou Jean a Isabelle.

— Ele concordou e vai dar o dote. — Não falou nada do ódio dele.

— Espere ali fora, *La Rousse*. Fique com ela, Susanne — disse Jean, calmo.

As duas sentaram juntas no banco da porta. Quase não se viam, desde quando eram crianças. Há muitos anos, antes mesmo de os cabelos de Isabelle ficarem ruivos, Susanne havia brincado com Marie, ajudando com a forragem, as cabras, brincando no rio.

Ficaram um tempo sentadas, olhando o vale.

— Vi um lobo sair da *cleda* — disse Isabelle, de repente.

Susanne arregalou os olhos castanhos. Tinha o rosto fino e o queixo pontudo do pai.

— O que você fez?

— Afastei-o com um galho. — Ela sorriu, satisfeita consigo mesma.

— Isabelle...

— O quê?

— Sei que *Maman* está irritada, mas estou contente por você vir morar conosco. Jamais acreditei no que diziam de você, dos seus cabelos e... — Ela parou. Isabelle não perguntou nada.

— E aqui você vai ficar segura. Esta casa é segura, protegida por...

Ela parou outra vez, olhou para a porta, abaixou a cabeça. Isabelle olhou as curvas sombreadas das colinas ao longe.

Vai ser sempre assim, ela pensou. Silêncio na casa.

A porta se abriu, Jean e Étienne apareceram segurando uma tocha acesa e um machado.

— Vamos levar você em casa, *La Rousse*. Preciso falar com seu pai — disse Jean.

Em seguida ele deu um pedaço de pão para Étienne.

— Leve este pão e segure na mão dela.

Étienne dividiu o pão em dois e deu a parte menor para Isabelle, que comeu e segurou-lhe a mão. Os dedos dele estavam frios. O pão entalou no fundo da garganta dela como um segredo.

* * *

Petit Jean nasceu em meio a sangue e era uma criança destemida.

Jacob nasceu azul. Era uma criança calada e não chorou nem quando Hannah bateu nas costas dele para que respirasse.

Muitos verões depois, Isabelle estava deitada no rio outra vez. O corpo tinha marcas da gravidez dos dois meninos, e outra criança fazia sua barriga boiar acima da água. O bebê chutava. Ela pôs as mãos em concha sobre a barriga.

— Queira a Virgem que seja uma menina — rezou. — E, quando nascer, vou dar-lhe o nome da minha irmã. Marie. Vou lutar contra todos para que seja esse o nome.

Desta vez, não houve avisos, nem sinos, nem sensação de que estava sendo observada. Ele apenas estava lá, de cócoras à margem do rio. Ela sentou-se e olhou para ele. Não cobriu os seios. Ele parecia igual, um pouco mais velho, com uma longa cicatriz no lado direito do rosto que fazia um risco da mandíbula ao queixo, tocando no canto da boca. Dessa vez, ela teria retribuído se ele tivesse sorrido. O pastor não sorriu. Apenas acenou com a cabeça para ela, juntou as mãos em concha, jogou água no rosto, virou-se e seguiu na direção da nascente do rio.

Marie nasceu em meio a uma torrente de água clara, de olhos abertos. Era uma criança auspiciosa.

2
O SONHO

Quando Rick e eu mudamos para a França, achei que minha vida fosse ficar um pouco diferente. Só não sabia como.

Para começar, o país era um banquete do qual queríamos provar todos os pratos. Na primeira semana lá, enquanto Rick fazia a ponta dos lápis em seu novo escritório, desenferrujei o francês que aprendi no secundário e fui explorar o campo em volta de Toulouse em busca de um lugar para morarmos. Queríamos viver numa cidade pequena, num lugar interessante. Percorri apressada ruazinhas ao volante de um novo Renault cinza, passando rápido por longas fileiras de plátanos. De vez em quando, se eu não estivesse prestando atenção, podia achar que estava em Ohio ou Indiana, mas a paisagem voltava à sua origem assim que aparecia uma casa de telhado vermelho, janelas verdes e canteiros cheios de gerânios nas janelas. Por toda parte, nos campos empoeirados do verde pálido de abril, camponeses de calças de trabalho azuis olhavam meu carro atravessar o horizonte deles. Eu sorria e acenava, às vezes eles respondiam, indecisos. O que era *aquilo*, deviam estar se perguntando.

Vi várias cidades e rejeitei todas, às vezes por motivos fúteis, mas principalmente porque eu queria um lugar que cantasse para mim, que dissesse que minha busca havia terminado ali. Cheguei a Lisle-sur-Tarn atravessando uma comprida e estreita ponte sobre o rio Tarn. No final dela, havia uma igreja e um café marcando o início da cidade. Estacionei ao lado do café e fui andando; ao chegar ao Centro, sabia que ia morar lá. Era uma *bastide*, isto é, uma cidade medieval fortificada, ainda preservada; na Idade Média, quando era invadida por inimigos, os aldeões se reuniam na praça do mercado e fechavam as quatro entradas. Fiquei no meio da praça, perto de uma fonte rodeada de moitas de lavanda, sentindo-me realizada e feliz. Os quatro lados da praça tinham calçadas cobertas em arco, com lojas no térreo e casas com janelas na parte de cima. Os arcos eram de tijolos compridos e estreitos, os mesmos usados nos dois andares das casas, postos na horizontal ou na diagonal, formando desenhos decorativos entre as vigas de madeira escura e unidos com argamassa rosa-escuro.

É do que preciso, pensei. Ver isso todos os dias vai me deixar feliz.

Imediatamente, as dúvidas começaram. Parecia absurdo escolher uma cidade por ter uma linda praça. Andei de novo, procurando aquele fator decisivo, o sinal que me faria parar ou seguir em frente.

Não demorou. Depois de percorrer as ruas em volta, entrei numa *boulangerie* (confeitaria) na praça. A mulher atrás do balcão era pequena e usava um paletó azul-marinho e branco, que eu tinha visto à venda em todos os mercados. Quando acabou de atender outra freguesa, virou-se para mim, examinando-me com os olhos negros no rosto enrugado, os cabelos puxados para trás num coque solto.

— *Bonjour, Madame* (Bom-dia, senhora) — disse ela, no tom cantado que as francesas usam nas lojas.

— *Bonjour* — respondi, olhando o pão nas prateleiras atrás dela e pensando: esta vai ser a minha *boulangerie*. Mas, quando olhei a mulher de novo, esperando calorosas boas-vindas, minha segurança desmoronou. Ela ficou sólida atrás do balcão, o rosto feito uma armadura.

Abri a boca: não saiu nada. Engoli em seco. Ela me olhou e disse: — *Oui, Madame?* (Pois não, senhora?) — exatamente no mesmo tom de antes, como se os últimos e estranhos segundos não tivessem existido.

Fiquei sem saber o que fazer, mostrei uma *baguette* (bisnaga). — *Un* — consegui dizer, embora o som fosse mais parecido com um grunhido. O rosto da mulher endureceu de desaprovação. Ela pegou uma bisnaga sem olhar, os olhos ainda fixos em mim.

— *Quelque chose d'autre, Madame?* (Mais alguma coisa, senhora?)

Por um instante, saí de mim e me olhei como ela deve ter-me visto: eu era uma estrangeira de passagem, com a língua tropeçando em determinados sons, que dependia de um mapa para se localizar num lugar estranho e de um livro de frases e um dicionário para se comunicar. Ela fez com que me sentisse perdida no mesmo instante em que pensei ter encontrado um lar.

Olhei a vitrine, louca para mostrar que não era tão ridícula quanto parecia. Mostrei umas tortas de cebola e consegui dizer: — *Et un quiche*. (E uma torta.) — Imediatamente, vi que tinha usado o artigo errado: *quiche* é feminino, portanto devia ter dito *une*, e resmunguei por dentro.

Ela colocou a *quiche* numa pequena sacola e deixou no balcão ao lado da *baguette*. — *Quelque chose d'autre, Madame?* — repetiu.

— *Non*.

Ela registrou as compras. Muda, entreguei o dinheiro e vi que ela pôs o troco numa pequena bandeja no balcão, onde eu devia ter deixado as notas, e não entregue na mão dela. Franzi a testa. Era algo que eu já devia saber.

— *Merci, Madame* (Obrigada, senhora) — entonou ela, com a feição inexpressiva e os olhos distraídos.

— *Merci* — resmunguei.

— *Au revoir, Madame.* (Até logo, senhora.)

Virei-me para sair e parei, pensando que devia haver um jeito de salvar aquela situação. Olhei para ela: havia cruzado os braços sobre os vastos seios.

— *Je... nous... nous habitons près d'ici, là-bas.* (Eu, nós, nós moramos aqui perto.) — Menti, mostrando atrás de mim, abrangendo um lugar em algum ponto da cidade dela.

Ela fez sinal com a cabeça. — *Oui, Madame. Au revoir, Madame.*

— *Au revoir, Madame* — respondi, girando o corpo para a porta.

Ah, Ella, pensei, enquanto me arrastava pela praça, o que você está fazendo, mentindo para salvar a cara?

— Portanto, não minta. More aqui. Enfrente a *Madame* todos os dias, por cima dos *croissants* — resmunguei em resposta. Eu estava ao lado da fonte da praça e, ao passar por uma moita de lavanda, arranquei algumas folhas e amassei-as nos dedos. O cheiro forte de mato me disse: *Reste* (Fique).

Quando conheceu Lisle-sur-Tarn, Rick adorou e fez com que eu achasse minha escolha ainda melhor dando-me um beijo e me rodando nos braços.

— Ah! — exclamou ele para as casas antigas.

— Pssiu, Rick. Ponha-me no chão — pedi, baixo. Era dia de mercado na praça e vi que todos olhavam para nós.

Ele apenas sorriu e me apertou com mais força.

— É o tipo de cidade que gosto. Olha só o desenho daqueles tijolos! — ele disse.

Andamos por toda parte, escolhendo nossas casas preferidas. Mais tarde, paramos na *boulangerie* para comprar mais *quiches* de cebola. Enrubesci na hora em que *Madame* me olhou, mas ela quase só conversou com Rick, que a achou muito engraçada e brincou com ela sem parecer incomodá-la. Vi que o achara bonito: era uma novidade o rabo-de-cavalo louro que ele usava naquela terra de cabelos curtos e negros, e Rick ainda não havia perdido o bronzeado californiano. *Madame* foi gentil comigo, mas senti uma hostilidade latente que me deixou tensa.

— Pena que aquelas *quiches* sejam tão gostosas, senão eu não entrava mais lá — observei para Rick.

— Ah, meu bem, lá vem você, levando as coisas muito a sério. Não venha com paranóia da Costa Leste para cima de mim.

— Ela me dá a sensação de que não sou bem-vinda.

— Mau relacionamento com clientes. Nada mais! Melhor arrumar um consultor para resolver o problema dela.

Sorri amarelo para ele. — É, eu gostaria de ver a ficha profissional dela.

— Deve estar *cheia* de reclamações. Ela está nas últimas, claro. Tenha um pouco de pena da coitada.

Era uma tentação morar numa daquelas casas antigas da praça ou perto dela, mas, quando soubemos que nenhuma estava para alugar, no fundo fiquei um pouco aliviada: eram casas sérias, para pessoas estabelecidas na cidade. E encontramos uma casa a poucos minutos a pé do Centro, também antiga, sem os tijolos decorados, mas de paredes grossas, piso de madeira e um pequeno pátio nos fundos com uma parreira subindo por uma treliça. Não havia jardim na frente: a porta abria direto para a rua estreita. A casa era escura por dentro, mas Rick lembrou que seria fresca no verão. Todas as casas que vimos eram assim. Afastei a escuridão abrindo as janelas e peguei os vizinhos olhando para dentro da casa várias vezes, até perceberem que não deviam.

Um dia, resolvi fazer uma surpresa para Rick: quando chegou do trabalho à noite, viu que eu havia pintado as venezianas de um alegre vermelho-escuro, antes um cinza sem graça, e dependurado jardineiras com gerânios. Ele ficou na frente da casa sorrindo enquanto me apoiei no peitoril da janela, emoldurada em rosa, branco e botões vermelhos.

— Seja bem-vindo à França, seja bem-vindo em casa — falei.

Quando meu pai soube que Rick e eu iríamos morar na França, sugeriu que eu escrevesse para um primo que havia se mudado várias vezes e estava agora em Moutier, pequena cidade no noroeste da Suíça. Papai estivera lá uma vez, há muito tempo. — Tenho certeza de que você vai adorar a cidade — repetiu, quando ligou para dar o endereço de meu primo.

— Papai, a França e a Suíça são países diferentes! Não devo ficar numa cidade próxima da Suíça!

— Claro, querida, mas é sempre bom ter alguém da família por perto.

— Perto? Moutier deve estar a uns 700 quilômetros de onde vamos morar.

— Não disse? Um dia de carro, apenas. E bem mais perto do que estarei de você.

— Papai...

— Pegue o endereço, Ella. Faça o que estou pedindo.

Como me negar? Anotei o endereço, ri e perguntei:

— Bobagem, papai, o que vou escrever para esse parente? "Olá, sou uma prima distante de quem você nunca ouviu falar e estou na Europa, vamos nos encontrar?"

— Por que não? Olha, como forma de aproximação, você pode perguntar a história da família, de onde viemos, o que faziam nossos antepassados. Aproveite um pouco do tempo que terá disponível.

Papai seguia a ética de trabalho protestante e ficava nervoso de pensar que eu não teria uma ocupação na França. Não parava de sugerir atividades úteis que eu podia fazer. A ansiedade dele alimentou a minha, pois não estava acostumada a ter tempo de sobra, sempre havia estudado ou trabalhado muitas horas por dia. Demorei para me acostumar a ter tempo livre e passei por uma fase de dormir tarde e me entediar pela casa até que inventei três projetos para me ocupar.

Comecei praticando meu francês fora de uso, tendo aulas duas vezes por semana em Toulouse com Madame Sentier, uma senhora de olhos vivos e rosto fino como o de um passarinho. Tinha um lindo sotaque e a primeira coisa que fez foi melhorar o meu. Não admitia uma pronúncia descuidada e gritava comigo quando comecei a dizer *Oui* daquele jeito desleixado dos franceses, mal mexendo os lábios, o som saindo como um grasnar de pato. Ela me obrigou a pronunciar com precisão as três letras, soprando o final entre dentes. Insistia que a forma de eu dizer algo era mais importante do que o que eu dizia. Tentei argumentar, mas não era páreo para ela.

— Se você não pronunciar direito, ninguém vai entender. Além do mais, vão perceber que é estrangeira e não a ouvirão. Os franceses são assim — avisou ela.

Contive-me para não dizer que ela também era francesa. Mas gostava dela, de suas idéias e de sua firmeza, então fazia os exercícios de fala, mexendo os lábios como se fossem feitos de goma de mascar.

Ela me incentivou a falar bastante, onde quer que estivesse. — Se pensar em alguma coisa, diga! Não importa o que for, por menos importante que seja, diga. Converse com todo mundo — mandou. Às vezes, ela me obrigava a falar sem parar durante um tempo determinado, começando por um minuto e chegando a cinco minutos. Achei aquilo cansativo e impossível.

— Você está pensando em inglês e traduzindo cada palavra para o francês — disse ela. — A língua não é assim. É muito diferente. Você tem de *pensar* em francês. Tirar o inglês da cabeça. Pensar o máximo possível em francês. Se não conseguir pensar em parágrafos, pense em frases ou pelo menos em palavras. E forme grandes pensamentos! — Ela gesticulava, incluindo a sala inteira e todo o intelecto humano.

Adorou saber que eu tinha parentes na Suíça e me obrigou a escrever para o primo. — Sabe, seus parentes podem ser de origem francesa e seria ótimo para você descobrir antepassados aqui. Vai se sentir mais ligada ao país e ao povo. Então, não será tão difícil pensar em francês.

Por dentro, não liguei. Genealogia era uma daquelas coisas medievais que eu punha no mesmo nível de ouvir conversa de rádio, fazer tricô e ficar em casa no sábado à noite: sabia que acabaria fazendo tudo aquilo, mas não tinha a menor pressa de chegar lá. Meus antepassados não tinham nada a ver com minha vida atual. Mas, para agradar Madame Sentier, juntei algumas frases no dever de casa perguntando ao primo o histórico da família. Depois que ela corrigiu a gramática e a ortografia, mandei a carta para a Suíça.

As aulas de francês ajudaram meu segundo projeto.

— Que linda profissão para uma mulher! — exultou Madame Sentier quando soube que eu estava estudando para ser parteira na França. — Que ofício nobre! — Eu gostava muito dela para me aborrecer com suas idéias românticas, então não contei que médicos, hospitais, seguradoras e até grávidas tratavam com desconfiança a mim e minhas colegas parteiras. Também não comentei das noites insones, do sangue, do trauma quando alguma coisa dava errado. Porque era *mesmo* um bom ofício e eu esperava praticá-lo na França, depois de fazer as aulas e as provas exigidas.

O terceiro projeto não tinha data marcada, mas certamente me ocuparia bastante, quando chegasse a hora. Ninguém iria se surpreender: eu estava com 28 anos, casada há dois com Rick, e a pressão de todo mundo, inclusive a nossa, já começava a pesar.

Estávamos em Lisle-sur-Tarn há poucas semanas e certa noite decidimos ir jantar no único restaurante bom da cidade. Falamos de amenidades (o trabalho de Rick, o que eu havia feito durante o dia etc.) enquanto degustávamos as *crudités* (legumes e verduras crus), o patê, a truta do rio Tarn e o filé mignon. "Quando o garçom trouxe o *crème brûlée* de Rick e a minha *tarte au citron* (torta de limão), resolvi que era hora de falar. Mordi a cobertura da torta e minha boca se contraiu.

— Rick — comecei, descansando o garfo no prato.

— Delicioso esse *brûlée*, principalmente a parte *brûlée*. Tome, prove um pouquinho — sugeriu.

— Não, obrigada. Olhe, andei pensando uma coisa.

— Ah, o assunto é sério?

Naquele instante, entrou um casal no restaurante e sentou-se à mesa ao nosso lado. A barriga da mulher estava bem saliente no elegante vestido preto. Cinco meses de gravidez, pensei automaticamente, e está passando muito bem.

Falei mais baixo. — De vez em quando falamos em ter filhos, não é?

— Você quer filhos já?

— Bom, estava pensando.

— Certo.

— Certo o quê?

— Certo, vamos ter.

— Só isso? "Vamos ter?"

— Por que não? Sabemos que queremos filhos. Por que nos agonizarmos com isso?

Desanimei, embora conhecesse bem Rick para não me surpreender com o jeito dele. Sempre decidia rápido, até as coisas importantes, enquanto eu queria que as decisões fossem mais complicadas.

— Acho... — e pensei em como explicar — parecido com saltar de pára-quedas. Lembra quando saltamos, no ano passado? A gente fica lá em cima naquele aviãozinho pensando, "Daqui a dois minutos não posso mais desistir, Daqui a um minuto não posso voltar", aí fica lá balançando na porta do avião e pensando que ainda pode desistir. E salta e não pode voltar, não importa como se sinta. É como estou me sentindo agora. Estou na porta do avião.

— Só me lembro daquela sensação maravilhosa de cair no vazio. E a linda paisagem flutuando lá embaixo. Era tão calmo lá em cima.

Olhei com avidez para a torta e dei uma mordida nela.

— É uma grande decisão — falei, de boca cheia.

— Grande decisão tomada. — Rick debruçou-se sobre a mesa e me deu um beijo. — Hum, delícia de limão.

Mais tarde, escapuli de casa e fui até a ponte. Podia ouvir o rio correr embaixo, mas estava muito escuro para ver a água. Olhei em volta; não havia ninguém. Então peguei a caixa de pílulas anticoncepcionais e fui tirando uma a uma da embalagem metálica. Elas sumiram na água, minúsculos pontos brancos no escuro por um segundo. Depois, encostei na amurada um bom tempo, querendo me sentir diferente.

Naquela noite, alguma coisa mudou. Foi a primeira vez que tive o sonho. Começou com um bruxuleio, um movimento entre o claro e o escuro. Não era negro nem era branco; era azul. Eu estava sonhando azul.

A cor se mexia como se soprada pelo vento, ondulando na minha direção e se afastando. Começou a me pressionar, mais como se fosse água do que pedra. Uma voz entoava uma canção. Eu também cantei, as palavras saíam da minha boca. A outra voz começou a chorar; e eu solucei. Chorei até não conseguir respirar. A pressão do azul foi se fechando em torno de mim. Ouvi um estrondo como uma porta pesada batendo, e o azul foi substituído por um negro profundo, como se nunca tivesse visto a luz.

Alguns amigos me disseram que quando a gente quer engravidar, ou faz muito mais sexo, ou faz muito menos. Pode fazer sempre, como uma arma atirando projéteis em todas as direções na esperança de acertar em algo. Ou pode usar de estratégia, economizando munição para usar na hora certa.

No começo, Rick e eu usamos a primeira técnica. Quando ele chegava em casa do trabalho, fazíamos amor antes do jantar. Íamos dormir cedo, acordávamos cedo para transar e repetíamos sempre que havia oportunidade.

Rick adorou essa fartura, mas comigo foi diferente. Primeiro, eu nunca tinha feito sexo por obrigação, sempre havia sido por estar com vontade. Mas, naquele momento, havia uma missão tácita por detrás do ato que fazia com que parecesse intencional e calculado. Eu também estava bastante dividida por não usar mais anticoncepcional: toda a energia gasta em anos de controle, todas as aulas e precauções devendo ser desprezadas de um momento para outro? Haviam-me dito que aquilo podia ser uma grande mudança, mas tive medo na hora em que esperava sentir uma enorme alegria.

Acima de tudo, eu estava exausta. Dormia mal, pois todas as noites o sonho me arrastava para um quarto azul. Não contei nada para Rick, nunca o acordei, nem explicava no dia seguinte por que estava tão cansada. Costumava contar tudo a ele, mas naquele momento minha garganta estava entalada, e meus lábios, selados.

Uma noite, deitada na cama, eu olhava o azul que dançava sobre mim, quando finalmente cheguei a uma conclusão: nos últimos dez dias, as duas únicas noites em que não havia sonhado tinham sido as que não havíamos transado.

Uma parte de mim ficou aliviada ao fazer aquela associação, ao conseguir explicar: eu estava ansiosa para engravidar e isso estava causando o pesadelo. Chegar a essa conclusão fez com que o pesadelo ficasse um pouco menos assustador.

Mas eu precisava de sono, tive de convencer Rick a fazer menos sexo sem explicar por quê. Não conseguia dizer que tinha pesadelos depois que transávamos.

Quando a menstruação veio e ficou evidente que não tínhamos conseguido nada, sugeri que tentássemos a segunda estratégia; usei todos os argumentos que conhecia, acrescentei alguns termos técnicos e tentei ser carinhosa. Ele ficou desapontado, mas concordou.

— Você sabe mais a esse respeito do que eu — ele disse. Eu sou apenas a arma. Você diz quando atirar.

Infelizmente, embora eu passasse a sonhar com menos freqüência, o mal estava feito: era mais difícil conseguir um sono profundo, e muitas vezes eu ficava acordada numa ansiedade indefinida, esperando o azul, pensando que em alguma noite o sonho voltaria, sem o sexo.

Uma noite (uma noite estratégica), Rick começou beijando meu ombro, desceu pelo braço e parou. Ao dia sentir seus lábios pairarem por cima da marca em meu braço. Esperei, mas ele não continuou.

— Hum, Ella — disse, por fim. Abri os olhos. Ele estava olhando para a marca; meus olhos acompanharam seu olhar e então afastei meu braço.

— Ah — falei, apenas. E fiquei observando a pele vermelha e escamosa.

— O que é isso?

— Psoríase. Já tive uma vez, aos 13 anos. Quando meus pais se divorciaram.

Rick olhou, depois inclinou-se e beijou meus olhos fechados.

Quando tornei a abri-los, percebi uma certa repugnância no rosto dele, antes de se controlar e sorrir para mim.

Na semana seguinte, constatei, desanimada, que a marca tinha aumentado, depois passara para o outro braço e os dois cotovelos. Logo chegaria aos joelhos e pernas.

Por insistência de Rick, fui ao médico. Era jovem e ríspido, sem o jeito que os médicos norte-americanos usam para acalmar os pacientes. Tive de prestar muita atenção ao francês rápido que ele falava.

— A senhora já teve isso antes? — perguntou, enquanto examinava meu braço.

— Sim, quando menina.

— Depois, não?

— Não.

— Há quanto tempo está na França?

— Seis semanas.

— Vai ficar mais?

— Sim, alguns anos. Meu marido trabalha numa empresa de arquitetura em Toulouse.

— Vocês têm filhos?

— Não, ainda não. — Enrubesci. Contenha-se, Ella, pensei. Você tem 28 anos, não precisa mais ficar constrangida quando fala em sexo.

— E a senhora trabalha?

— Não, quer dizer, trabalhei, nos Estados Unidos. Era parteira.

Ele levantou as sobrancelhas. — *Une sage-femme?* (Parteira?) Quer exercer a profissão aqui?

— Gostaria, mas ainda não consegui autorização. E o sistema de saúde aqui é diferente, tenho de fazer uma prova antes. Assim, estudo francês e no outono começo um curso de parteiras em Toulouse a fim de me preparar para a prova.

— A senhora parece cansada. — Ele mudou de assunto de repente, como se quisesse dizer que eu estava tomando o tempo dele ao falar na minha profissão.

— Tenho tido pesadelos, mas... — parei. Não queria tocar no assunto com ele.

— Está triste, Madame Turner? — perguntou, mais gentil.

— Não, não — respondi, sem saber direito o que dizer. Às vezes, é difícil falar quando estou muito cansada, pensei.

— A psoríase pode aparecer quando não se dorme bastante.

Concordei com a cabeça. Tantas perguntas para uma análise psicológica.

O médico mandou passar um creme de cortisona, aplicar supositórios para impedir que a psoríase aumentasse e tomar pílulas para dormir, caso a coceira me incomodasse. Mandou voltar em um mês. Quando eu estava saindo, acrescentou:

— Venha me ver quando engravidar. Também sou *obstétricien* (obstetra).

Enrubesci outra vez.

Minha paixão por Lisle-sur-Tarn terminou logo depois que não consegui mais dormir.

A cidade era linda e tranqüila, com um ritmo de vida que eu sabia ser mais saudável do que aquele ao qual estava acostumada nos Estados Unidos e com uma qualidade de vida inegavelmente melhor. Os produtos no mercado da praça aos sábados, a carne na *boucherie*, o pão na *boulangerie*, tudo tinha um sabor delicioso para quem havia sido criado com insossos produtos de supermercado. Em Lisle, o almoço ainda era a maior refeição do dia, as crianças corriam livres, sem medo de estranhos ou de automóveis, e havia tempo para conversar. As pessoas nunca estavam apressadas, podiam parar e bater papo.

Com todo mundo, menos comigo, é verdade. Pelo que eu sabia, Rick e eu éramos os únicos estrangeiros da cidade. E como estrangeiros éramos tratados. As conversas cessavam quando eu entrava nas lojas, e se as pessoas voltavam a se falar, eu tinha certeza de que o assunto havia mudado para algo inócuo. Todos eram educados comigo, mas, depois de algumas semanas lá, eu me ressentia por não ter conversado com ninguém. Decidi cumprimentar as pessoas que reconhecia e elas respondiam, mas ninguém me cumprimentava primeiro nem parava para conversar comigo. Tentei seguir o conselho de

Madame Sentier e falar o máximo possível, mas fui tão pouco incentivada que meus pensamentos secaram. Só quando havia uma troca, quando eu estava comprando alguma coisa ou perguntando onde ficava algum lugar, as pessoas me concediam algumas palavras.

Certa manhã, eu estava sentada no café da praça, tomando café e lendo jornal. Várias pessoas se encontravam às mesas. O dono do café passou, falando e brincando, distribuindo balas para as crianças. Eu já tinha ido lá algumas vezes, nós já nos cumprimentáramos, mas não tínhamos chegado ao ponto de conversar. Serão necessários mais uns dez anos, pensei, amarga.

A algumas mesas da minha, uma mulher mais jovem que eu estava com um bebê de cinco meses sentado numa cadeirinha e batendo um chocalho. A mulher usava jeans justos e tinha um riso irritante. Dali a pouco, levantou-se e entrou no bar. O bebê não pareceu notar sua saída.

Eu me concentrei na leitura do *Le Monde*. Estava me obrigando a ler toda a primeira página antes de pegar o *International Herald Tribune*. Era como patinhar na lama, não só por causa da língua, mas por todos os nomes desconhecidos, a situação política da qual eu nada sabia. Mesmo quando entendia do assunto tratado, ele não me interessava.

Estava começando a ler sobre uma greve iminente nos Correios (fato ao qual eu estava acostumada nos Estados Unidos), quando ouvi um ruído estranho, ou melhor, um silêncio. Tirei os olhos do jornal. O bebê havia parado de bater o chocalho e deixara-o cair no colo. O rosto dele começou a enrugar como um guardanapo sendo amassado após o almoço. Já vai chorar, pensei. Olhei dentro do café: a mãe estava encostada no bar, falando ao telefone e brincando com um descanso de copo.

O bebê não chorou: o rosto dele foi ficando cada vez mais vermelho, como se estivesse tentando chorar, mas não conseguisse. Depois, ficou roxo e azul, em rápida sucessão.

Levantei, minha cadeira caiu no chão com um baque.

— Está asfixiando! — gritei.

Eu me encontrava a poucos passos de distância, mas, quando cheguei perto dele, vários fregueses já estavam à sua volta. Um homem se ajoelhou na frente do bebê e bateu em suas bochechas azuladas. Tentei passar pelo dono do bar, que estava na minha frente, mas ele continuou impedindo a passagem.

— Cuidado, está asfixiando! — gritei. Havia um muro de ombros pela frente. Corri para o outro lado da roda. — Posso ajudar a criança!

As pessoas que eu empurrava olhavam para mim com a expressão dura e fria.

— É preciso bater nas costas dele, está sem ar.

Parei. Eu estava falando inglês.

A mãe apareceu e passou pela barricada de pessoas. Começou a bater nas costas do bebê, mas achei que estava usando muita força. Todos olhavam, num silêncio medroso. Eu estava pensando como dizer "manobra de Heimlich" em francês, quando o bebê de repente tossiu e cuspiu uma bala vermelha. Respirou, chorou e o rosto voltou a ficar bem vermelho.

Ouviu-se um suspiro coletivo e a roda se desfez. Vi o dono do bar, que me olhou com frieza. Abri a boca para dizer alguma coisa, mas ele se virou, pegou a bandeja e saiu andando rápido. Juntei meus jornais e fui embora sem pagar.

Depois disso, eu me senti pouco à vontade na cidade. Evitava ir ao café e encontrar a mulher com o bebê. Achava difícil encarar as pessoas. Passei a falar francês com menos segurança e meu sotaque piorou.

Madame Sentier percebeu logo. — Mas o que houve? Você estava indo tão bem! — disse.

Lembrei-me de um círculo de ombros. Não falei nada.

Um dia, na *boulangerie*, ouvi a mulher na minha frente dizer que ia à *bibliothèque* e fez um gesto como se tal lugar fosse logo na esquina. *Madame* entregou a ela um livro de capa plastificada, um romance barato. Comprei às pressas minhas bisnagas e *quiches*, resumindo assim meu estranho ritual de conversa com a *Madame*. Saí e segui a outra mulher enquanto ela fazia as compras do dia na praça. Parou para cumprimentar várias pessoas e conversar com todos os vendedores, enquanto permaneci num banco da praça de olho nela, por cima do jornal. Ela parou em três lados da praça antes de entrar de repente na prefeitura, que ficava no quarto lado. Dobrei o jornal e corri atrás dela, mas tive de ficar no saguão examinando proclamas de casamento e alvarás de construção enquanto ela subia uma escadaria. Subi dois degraus de cada vez e entrei pela mesma porta que ela. Ao fechá-la, vi pela primeira vez algo na cidade que me pareceu familiar.

A biblioteca tinha a mesma mistura de fartura e quieta tranqüilidade que me fazia adorar bibliotecas públicas nos Estados Unidos. Era pequena (tinha só duas salas), mas de pé-direito alto e várias janelas abertas que davam para um ambiente arejado, pouco comum num prédio tão antigo. Várias pessoas tiraram os olhos do que faziam para me observar, mas a atenção foi misericordiosamente breve e cada um voltou à sua leitura ou conversa em voz baixa.

Dei uma olhada e fui ao balcão principal pedir um cartão de sócia. Uma simpática senhora de meia-idade, que usava um bonito vestido verde-oliva, disse que eu precisava trazer algum documento com meu endereço na França como prova de residência. Discretamente, indicou onde estava um dicionário Francês-Inglês em vários volumes e uma pequena seção de livros em inglês.

Essa senhora não estava atrás do balcão na segunda vez em que estive lá: no lugar dela, um homem conversava ao telefone com os olhos castanhos atentos em alguma coisa na praça e um sorriso sardônico no rosto anguloso. Mais ou menos da minha altura, usava calças pretas e camisa branca sem gravata, abotoada na gola e com as mangas arregaçadas até os cotovelos. Um lobo solitário. Sorri para mim mesma: aquele era um homem a se evitar.

Desviei o olhar e fui à seção de obras em inglês. Parecia que alguns turistas haviam doado à biblioteca um saco de livros para as férias: a seção estava cheia de policiais, romances eróticos e guias de compras. Tinha também uma boa seleção de Agatha Christie. Achei um policial que não tinha lido, depois percorri a seção de ficção francesa. Madame Sentier havia me recomendado Françoise Sagan como forma fácil de me aproximar da literatura francesa, e escolhi *Bom-dia, tristeza*. Fui ao balcão principal, olhei o lobo atrás dele, depois olhei para os meus dois livros fúteis e parei. Voltei à seção inglesa, procurei e acrescentei *Retrato de uma dama* à minha pilha.

Fiquei por lá mais um pouco, dando uma olhada num exemplar do *Paris-Match*. Finalmente, levei os livros ao balcão. O homem me olhou sério, fez alguns cálculos enquanto examinava os livros e, com um sorriso sem graça, perguntou, em inglês: — Tem cartão de sócia?

Droga, pensei. Detestava aquela avaliação desdenhosa, a conclusão de que eu não sabia francês, que parecia muito norte-americana.

— Gostaria de solicitar um — respondi com cuidado em francês, tentando pronunciar as palavras sem qualquer sotaque inglês.

Ele me entregou um formulário.

— Pode preencher — pediu, novamente em inglês.

Fiquei tão aborrecida que escrevi meu sobrenome como Tournier, em vez de Turner. Empurrei com arrogância a folha para ele junto com minha carteira de motorista, cartão de crédito e uma carta do banco com nosso endereço na França. Ele olhou a identificação e franziu o cenho para a folha.

— Que "Tournier" é esse? — perguntou, batendo o dedo no meu nome. — É Turner, não? Como Tina Turner?

Continuei respondendo em francês: — Sim, mas meu nome de família era originalmente Tournier. Meus antepassados mudaram de nome quando imigraram para os Estados Unidos, no século XIX. Tiraram o *o* e o *i* para ficar mais norte-americano. — Era só o que eu sabia do folclore familiar e me orgulhava dele, mas claro que o homem não se impressionou. — Muitas famílias mudaram de nome ao imigrar... — fui dizendo e desviei de seus olhos zombeteiros.

— Seu nome é Turner, então tem de ser assim no cartão da biblioteca, certo?

Escorreguei para o inglês. — Eu... como estou morando aqui, achei que poderia usar Tournier.

— Mas a senhora não tem cartão nem carta com esse sobrenome, tem?

Neguei com a cabeça e fiz cara feia para a pilha de livros, com os cotovelos apertados no corpo. Para o meu constrangimento, meus olhos se encheram de lágrimas. — Não tem problema, não é nada — resmunguei. Com cuidado para não olhar para ele, juntei os cartões e a carta, virei-me e abri caminho entre as pessoas.

Naquela noite, abri a porta de nossa casa para afugentar dois gatos que brigavam na rua e tropecei na pilha de livros no primeiro degrau da escada. Em cima dela, o cartão da biblioteca estava em nome de Ella Tournier.

Fiquei longe da biblioteca, não queria fazer uma visita especial para agradecer ao bibliotecário. Ainda não sabia como agradecer aos franceses. Quando comprava alguma coisa, pareciam me agradecer várias vezes, mas eu sempre duvidava de sua sinceridade. Era difícil analisar o tom das palavras que usavam. Mas o sarcasmo do bibliotecário fora inegável, não conseguia imaginá-lo aceitando um "obrigada" sincero.

Poucos dias depois de o cartão chegar, eu estava andando à margem do rio e vi o bibliotecário ao sol, no café ao lado da ponte, onde eu havia passado a tomar café. Ele parecia hipnotizado pela água lá embaixo e parei, tentando resolver se dizia alguma coisa para ele, se conseguiria passar sem que ele percebesse. Ao levantar os olhos, viu que eu o estava observando. Não mudou de expressão, seus pensamentos pareciam distantes.

— *Bonjour* — cumprimentei, achando-me boba.

— *Bonjour.* — Ele mexeu na cadeira e mostrou o lugar ao lado: — *Café*? (Aceita um café?)

Fiquei sem saber. — *Oui, s'il vous plaît* (Sim, obrigada) — falei, por fim. Sentei-me e ele fez sinal para o garçom. Por um instante, eu me senti muito sem jeito e fiquei olhando o Tarn para não ter de encará-lo. Era um rio comprido, com uns 90 metros de largura, verde e plácido, que parecia tranqüilo. Então percebi uma pequena ondulação na água, fixei os olhos e vi alguns lampejos de uma substância escura, vermelho-ferrugem, subindo à superfície e sumindo. Fascinada, acompanhei as manchas vermelhas com os olhos.

O garçom apareceu com os cafés numa bandeja prateada, impedindo a visão do rio. Virei-me para o bibliotecário. — O que é aquele vermelho no Tarn? — perguntei, em francês.

Ele respondeu em inglês. — Depósitos de argila das colinas. Há pouco tempo houve um deslizamento de terra que trouxe a argila do subsolo. Ela entra no rio.

Voltei a examinar a água. Ainda olhando a argila, mudei para a língua inglesa: — Como você se chama?

— Jean-Paul.

— Obrigada pelo cartão da biblioteca, Jean-Paul. Foi muito gentil.

Ele deu de ombros e preferi não me estender naquele assunto.

Ficamos um bom tempo sem dizer nada, tomando nosso café e olhando o rio. Fazia calor ao sol de fim de maio e eu teria tirado a jaqueta, mas não queria que ele visse a psoríase em meus braços.

— Por que não está na biblioteca? — perguntei, de repente.

Ele levantou os olhos.

— Hoje é quarta, a biblioteca não abre.

— Ah. Há quanto tempo trabalha lá?

— Três anos. Antes, fui da biblioteca de Nîmes.

— É a sua profissão? Bibliotecário?

Ele me olhou de soslaio, enquanto acendia um cigarro.

— É. Por que pergunta?

— Porque... não parece bibliotecário.

— Pareço o quê?

Examinei-o. Estava de jeans pretos, uma camisa macia de algodão cor-de-rosa e um blazer preto dependurado no encosto da cadeira. Os braços dele eram bronzeados, cobertos de pêlos negros.

— Gângster — respondi. — Só faltam os óculos.

Jean-Paul sorriu de leve e soprou a fumaça do cigarro, formando uma cortina azul em volta do rosto. — Como é que se diz nos Estados Unidos? "Não julgue o livro pela capa."

Retribuí o sorriso: — *Touché*. (Acertou em cheio.)

— E por que está na França, Ella Tournier?

— Meu marido é arquiteto, trabalha em Toulouse.

— E por que está aqui?

— Queríamos viver numa cidade pequena, não em Toulouse. Morávamos em San Francisco, eu nasci em Boston, então achei que uma cidade pequena seria uma mudança interessante.

— Perguntei por que *você* está aqui.

— Ah — exclamei e calei. — Porque meu marido está aqui.

Ele levantou as sobrancelhas e apagou o cigarro.

— Quer dizer, eu *quis* vir. Gostei da mudança.

— *Gostou* ou *gosta*?

Fiquei irritada. — Você fala inglês muito bem, aprendeu onde?

— Morei dois anos em Nova York. Formei-me em Biblioteconomia na Columbia University.

— Morou em Nova York e voltou para *cá*?

— Para Nîmes, depois para cá, sim. — Ele deu um sorrisinho. — Por que tanta surpresa, Ella Tournier? Esta é a minha cidade.

Gostaria que ele parasse de dizer Tournier. Ele me olhava com o riso sarcástico de quando o vi pela primeira vez na biblioteca, impenetrável e condescendente. Queria ter visto a cara dele quando fez meu cartão da biblioteca: teria sido com um gesto superior também?

Levantei de repente e procurei algumas moedas na bolsa.

— A conversa está ótima, mas tenho de ir. — Deixei o dinheiro na mesa. Jean-Paul viu e franziu o cenho, balançando a cabeça de forma quase imperceptível. Enrubesci, peguei as moedas e virei-me para ir embora.

— *Au revoir, Ella Tournier* (Até logo). Aproveite o Henry James.

Girei nos calcanhares:

— *Por que* fica repetindo meu sobrenome?

Ele se recostou na cadeira, o sol batia em seus olhos e não podia ver sua expressão. — Para você se acostumar com ele. Até virar seu nome.

Devido à greve dos Correios, a resposta de meu primo só chegou em primeiro de junho, um mês depois de eu ter escrito para ele. Jacob Tournier mandou duas folhas de garranchos grandes e quase indecifráveis. Peguei o dicionário e comecei a traduzir a carta, mas a letra era tão difícil de entender que, depois de procurar várias palavras e não encontrar, resolvi usar o dicionário maior da biblioteca.

Quando entrei, Jean-Paul estava conversando com outro homem no balcão. O jeito e a expressão dele não mudaram, mas notei, com uma satisfação que me surpreendeu, que ficou me olhando passar. Levei os dicionários para uma mesa e sentei de costas, aborrecida comigo mesma por ficar tão sem jeito na presença dele.

O dicionário da biblioteca foi mais útil, mas ainda havia algumas palavras que não conseguia encontrar e outras que simplesmente não conseguia entender. Depois de quinze minutos num parágrafo, recostei-me na cadeira, cansada e frustrada. Foi então que vi Jean-Paul encostado na parede à minha esquerda, olhando-me com uma expressão divertida que me deu vontade de estapeá-lo. Levantei-me e entreguei a carta para ele, resmungando: — Pronto, *faça* isso!

Ele pegou as folhas, deu uma olhada por alto e aceitou.

— Deixe por minha conta, encontro você quarta-feira no café — disse.

Na quarta de manhã, ele estava na mesma mesa e na mesma cadeira, mas o dia havia amanhecido nublado e não se viam depósitos de argila borbulhando no rio. Sentei de frente para ele, e não na cadeira ao lado, ficando de costas para o rio, assim éramos obrigados a nos encarar. Por trás dele, vi o café vazio e, ao sentar, fiz sinal para o garçom, que largou o jornal que lia.

Não dissemos nada enquanto esperávamos o café. Eu estava cansada demais para ficar de conversa mole, era a época estratégica do mês e havia acordado três noites consecutivas com o pesadelo. Não conseguira voltar a dormir e ficara horas ouvindo o ressonar tranqüilo de Rick. Com isso, passei a tirar cochilos à tarde, mas sentia-me mal e desorientada. Pela primeira vez, entendi a cara das mães de primeira viagem com as quais trabalhei, com aquela expressão cansada e perturbada de quem não pôde dormir.

Depois que o café chegou, Jean-Paul colocou a carta de Jacob Tournier sobre a mesa. — Tem algumas expressões suíças que você não deve ter entendido. E a letra é difícil, embora eu já tenha visto piores — disse. E me entregou uma página em ótima caligrafia com a tradução.

Minha cara prima,

Que prazer receber sua carta! Lembro-me bem de seu pai na rápida visita que fez a Moutier há muito tempo e estou satisfeito de conhecer a filha dele.

Lamento a demora em responder às suas perguntas, tive de olhar as velhas anotações de meu avô sobre os

Tournier. Foi ele que se interessou muito pela família e fez várias pesquisas. Na verdade, montou a árvore genealógica: é difícil ler ou copiar aqui, então você terá de nos visitar para vê-la.

Mesmo assim, posso lhe dar algumas informações. A primeira menção a um Tournier em Moutier foi a Étienne Tournier, num registro militar de 1576. Depois, um batizado em 1590 de outro Étienne, filho de Jean Tournier e Marthe Rougemont. Há poucos registros dessa época, mas depois os Tournier são mencionados várias vezes: do século XVIII até agora, a árvore é bem copada.

Os Tournier tiveram muitas profissões: alfaiate, dono de estalagem, relojoeiro, professor. Um Jean Tournier chegou a ser prefeito no início do século XIX.

Você pergunta a respeito de suas origens francesas. Meu avô costumava dizer que a família veio de Cévennes. Não sei de onde ele tirou essa informação.

Gosto de saber que se interessa pela família e espero que você e seu marido nos façam uma visita em breve. Um novo membro da família Tournier é sempre bem-vindo a Moutier.

Sinceramente etc.,
Jacob Tournier

Olhei para ele e perguntei: — Onde fica Cévennes?

Jean-Paul fez um gesto por cima do meu ombro. — A nordeste daqui. É uma região de montanhas ao norte de Montpellier, a oeste do Reno. Em volta do Tarn, na direção sul.

Fixei-me na pouca geografia que sabia: — Este Tarn? — Apontei com o queixo para o rio lá embaixo, esperando que ele não tivesse notado que eu havia pensado que Cévennes fosse uma cidade.

— Sim, é um rio bem diferente lá para o leste, mais próximo da nascente. Bem menor e mais rápido.

— E onde fica o Reno?

Ele me olhou de soslaio, pegou uma caneta no bolso da jaqueta e desenhou a França num guardanapo. A forma lembrava a cabeça de uma vaca: o leste e o oeste eram as orelhas; o alto mostrava o tufo de pêlos entre as orelhas; o focinho quadrado era a fronteira com a Espanha. Ele marcou onde ficava Paris, Toulouse, Lyon, Marselha, Montpellier, e fez riscos verticais e horizontais para o Reno e o Tarn. Lembrou-se de marcar um ponto ao lado do Tarn e à direita de Toulouse para indicar Lisle-sur-Tarn. Depois, fez um círculo no lado esquerdo da cara da vaca, pouco acima da Riviera. — Aqui é a região de Cévennes.

— Quer dizer que eles eram de um lugar próximo?

Jean-Paul esticou os lábios. — Daqui até o Cévennes são pelo menos 200 quilômetros. Você acha perto?

— Para um norte-americano, sim — respondi, ciente de que pouco antes eu havia discutido com meu pai por dizer a mesma coisa. — Alguns norte-americanos são capazes de dirigir 300 quilômetros para ir a uma festa. Mas, olhe, é uma incrível coincidência que no seu vasto país (mostrei a cabeça da vaca) meus antepassados tenham vivido num lugar tão próximo de onde estou morando.

— Incrível coincidência — repetiu Jean-Paul de um jeito que fez eu me arrepender de usar esse adjetivo.

— Talvez não fosse difícil descobrir mais sobre eles, já que é tão perto. — Lembrei-me de Madame Sentier dizendo que conhecer meus antepassados franceses faria com que eu me sentisse mais em casa na França. — Eu poderia ir lá e... — Parei. O que faria lá exatamente?

— Sabe que seu primo contou que é uma lenda familiar dizer que vieram daqui. Portanto, não se trata de uma informação garantida. Nada de concreto. — Ele se recostou, tirou um cigarro do maço sobre a mesa e acendeu-o num gesto rápido. — Além disso, você já tem essa informação a respeito de antepassados suíços, e existe uma árvore genealógica. Refizeram os traços da família a partir de 1576, o que é mais informação do que a maioria das pessoas tem acerca de suas famílias. Já é o bastante, não?

— Mas seria interessante eu me aprofundar. Pesquisar. Eu poderia procurar documentos ou alguma coisa assim.

Ele parecia achar graça. — Que tipo de documentos, Ella Tournier?

— Bem, certidões de nascimento. De óbito. Casamentos. Esse tipo de coisa.

— E onde vai encontrar isso?

Joguei as mãos para o alto. — Não sei. Esse é o seu trabalho. *Você* é bibliotecário!

— Certo. — Falar na vocação dele pareceu acalmá-lo; ele se ajeitou na cadeira. — Você pode começar pelos arquivos de Mende, a capital de Lozère, um dos *départements* (províncias) da região de Cévennes. Mas acho que você não conhece a palavra "pesquisa", que usa com tanta facilidade. Não há tantos registros do século XVI. Eles não guardavam documentos, o governo só começou a fazer isso depois da Revolução Francesa. Havia registros de igreja, sim, mas muitos foram destruídos nas guerras religiosas. Os registros huguenotes, sobretudo, não eram bem guardados. Assim, é pouco provável que encontre algo sobre os Tournier, caso vá a Mende.

— Espera aí. Como sabe que eles eram, ahn, huguenotes?

— A maioria dos franceses que foram para a Suíça na época era huguenote à procura de um lugar seguro ou porque queria ficar perto de Calvino, em Genebra. Há duas ondas principais de migração, em 1572 e em 1685, a primeira depois do Massacre de São Bartolomeu e a outra após a revogação do Edito de Nantes. Você pode ler sobre elas na biblioteca. Não vou fazer tudo para você — disse ele, irônico.

Fiz de conta que não havia notado a zombaria. Estava começando a gostar da idéia de explorar uma parte da França onde podia ter antepassados. — Você acha que vale a pena olhar os arquivos de Mende? — perguntei, otimista como uma boba.

Ele soprou a fumaça do cigarro. — Não.

Meu desapontamento deve ter sido óbvio, pois Jean-Paul bateu na mesa, impaciente, e disse: — Anime-se, Ella Tournier. Não é tão fácil descobrir o passado. Vocês, norte-americanos que vêm aqui em busca das suas raízes, pensam que vão descobrir na hora, não é? Depois, vão ao lugar, tiram uma foto e acham ótimo, sentem-se franceses por um dia, não? No dia seguinte, vão procurar antepassados em outros países. Assim, acham que o mundo inteiro lhes pertence.

Peguei minha bolsa e levantei-me. — Você está se divertindo com essa história, não? — falei, ríspida. — Obrigada pelo conselho. Aprendi bastante sobre o otimismo francês. — Joguei de propósito uma moeda na mesa; ela rolou ao lado do braço de Jean-Paul, caiu no chão e bateu no concreto algumas vezes.

Dei um passo, ele me segurou pelo cotovelo. — Espera, Ella. Não vá embora. Não sabia que estava irritando você. Tento apenas ser realista.

Virei-me para ele. — Por que deveria ficar? Você é arrogante, pessimista e faz graça com tudo. Estou curiosa sobre meus antepassados franceses e você parece achar que estou tatuando a bandeira francesa em meu traseiro. Já é difícil morar aqui sem você me fazer sentir ainda mais estrangeira. — Virei-me outra vez para ir embora, mas, para minha surpresa, senti que estava tremendo; fiquei tão atordoada que tive de segurar na beira da mesa.

Jean-Paul levantou-se e puxou uma cadeira para mim. Sentei enquanto ele chamava o garçom dentro do bar:

— *Un verre d'eau, Dominique, vite, s'il vous plaît.* (Traga um copo d'água, Dominique, rápido, por favor.)

Melhorei bebendo a água e respirando fundo várias vezes. Abanei o rosto com as mãos. Estava enrubescida e suando. Jean-Paul sentou-se na minha frente e me olhou, atento.

— Talvez seja melhor tirar a jaqueta — sugeriu, calmo, pela primeira vez com a voz gentil.

— Eu... — Mas não era hora para pudores e eu estava muito cansada para discutir. A raiva que tive dele sumiu assim que me sentei. Relutante, tirei a jaqueta. — Tenho psoríase — avisei, baixo, tentando evitar qualquer estranheza sobre o estado de meus braços. — O médico disse que é estresse e falta de sono.

Jean-Paul olhou as marcas de pele escamosa como se fossem um curioso quadro moderno.

— Você não dorme direito? — perguntou.

— Tenho pesadelos. Bom, sempre o mesmo pesadelo.

— Contou ao seu marido? Seus amigos?

— Não contei para ninguém.

— Por que não contou ao seu marido?

— Não quero que pense que estou infeliz aqui. — Não disse que Rick podia se sentir ameaçado pela ligação do pesadelo com sexo.

— Você está infeliz?

— Estou — respondi, olhando bem para ele. Foi um alívio dizer isso.

Ele concordou com a cabeça. — E qual é o pesadelo? Conte.

Olhei para o rio. — Só me lembro de trechos. Não tem uma história, tem uma voz: não, duas vozes, uma fala francês e a outra chora, um choro histérico. Tudo em meio a uma neblina, como se o dia estivesse pesado, como água. E tem um estrondo ao fundo, como uma porta sendo fechada. E o mais importante: é tudo azul. Tudo. Não sei o que me assusta tanto, mas toda vez que sonho eu quero ir para casa. O que me assusta é o clima, mais do que a situação. E o fato de eu continuar tendo o pesadelo, que não pára, como se fosse me acompanhar pelo resto da vida. Isso é o pior. — Parei de falar. Não sabia o quanto queria contar aquilo para alguém.

— Quer voltar para os Estados Unidos?

— Às vezes, mas depois fico furiosa por me assustar com um pesadelo.

— O azul parece com o quê? Com aquilo? — ele apontou para um anúncio de sorvete à venda no café. Balancei a cabeça.

— Não, é muito claro. Quer dizer, o azul do sonho *é* claro. Bem vívido. Mas é claro e escuro ao mesmo tempo. Não sei as palavras técnicas para descrevê-lo. Reflete muita luz. É lindo, mas no sonho me deixa triste. E animada. É como se a cor tivesse dois lados. Engraçado porque me lembro da cor. Sempre achei que sonhava em preto-e-branco.

— E as vozes? São de quem?

— Não sei. Às vezes, ouço a minha. Outras vezes, acordo falando. Quase consigo ouvir as palavras como se o quarto tivesse acabado de ficar silencioso.

— Quais são as palavras? O que você diz?

Pensei um instante e balancei a cabeça. — Não lembro.

Ele olhou bem para mim. — Tente. Feche os olhos.

Fiz o que ele disse, fiquei parada o máximo possível, com Jean-Paul em silêncio ao meu lado. Quando ia desistir, um trecho me veio à cabeça e falei, de repente: — *Je suis un pot cassé.* (Sou um pote quebrado.)

Abri os olhos.

— Sou um pote quebrado? De onde tirei isso?

Jean-Paul parecia assustado.

— Consegue lembrar mais?

Fechei os olhos de novo. — *Tu es ma tour et forteresse.* (És minha torre e minha fortaleza.) — murmurei, enfim.

Abri os olhos. O rosto de Jean-Paul estava concentrado e ele parecia longe. Vi que pensava, percorrendo um vasto espaço de memória, examinando e rejeitando até que alguma coisa bateu e ele voltou para onde nos encontrávamos. Olhou bem para o anúncio de sorvete e recitou:

Entre tous ceux-là qui me haient
Mes voisins j'aperçois
Avoir honte de moi:
Il semble que mes amis aient
Horreur de ma rencontre,
Quand dehors je me montre.
Je suis hors de leur souvenance,
Ainsi qu'un trespassé.
Je suis un pot cassé.

(Entre todos que me detestam/ Sinto que meus vizinhos/ Têm vergonha de mim:/ Parece que meus amigos têm horror de me encontrar,/ Quando, enfim, apareço,/ não se lembram de mim, é como se estivesse morta./ Sou um pote quebrado.)

Enquanto ele falava, senti uma pressão na garganta e na cabeça. Era tristeza.

Segurei firme nos braços da cadeira, empurrando o corpo no encosto, como se quisesse me segurar. Quando ele parou, engoli em seco para relaxar a garganta.

— Que texto é esse? — perguntei, calma.

— O Salmo 31.

Franzi o cenho. — Salmo? Da Bíblia?

— Sim.

— Mas como posso conhecer? Não sei salmos! Sei poucos em inglês e, claro, nenhum em francês. Mas conheço bem essas palavras. *Devo* tê-las ouvido em algum lugar. Como *você* conhece?

— Da igreja. Quando eu era jovem, tínhamos de decorar muitos salmos. Mas também os estudei.

— Estudou salmos para ser bibliotecário?

— Não, antes disso, quando fiz História. A história do Languedoc. É isso o que realmente faço.

— O que é o Languedoc?

— Uma região em volta daqui. Vai de Toulouse e dos Pireneus até o Reno. — Fez mais um círculo no mapa do guardanapo, abrangendo o círculo menor da região de Cévennes e grande parte do pescoço e do focinho da vaca. — O nome vem da língua que falavam aqui. *O* na língua deles era *oui* (sim). *Langue d'oc:* língua do *oc.*

— O que o salmo tinha a ver com Languedoc?

Ele ficou indeciso. — Bom, isso é curioso. Era um salmo que os huguenotes costumavam recitar quando acontecia alguma coisa ruim.

Naquela noite, após o jantar, finalmente contei a Rick o sonho, descrevi o azul, as vozes, o clima, da melhor maneira que pude. Omiti alguns detalhes: não contei que havia tocado no assunto com Jean-Paul, que as palavras eram de um Salmo e que eu só tinha o pesadelo depois de fazer sexo. Como precisava escolher o que falar, o processo foi mais consciente e não tão terapêutico como com Jean-Paul, que ocorreu de forma involuntária e natural. No momento em que contei por causa de Rick mais do que por minha causa, vi que tinha de arrumar como se fosse uma história, e ela começou a sair de mim e tomar forma ficcional.

Rick também viu a história assim. Talvez tenha sido pelo jeito que contei, mas ele ouviu como se estivesse prestando atenção em outra coisa ao mesmo tempo, como se fosse um rádio ligado ao fundo ou uma conversa na rua. Não perguntou nada, ao contrário de Jean-Paul.

— Rick, você está me ouvindo? — acabei perguntando, puxando o rabo-de-cavalo dele.

— Claro que estou. Você tem tido pesadelos. Com a cor azul.

— Queria que você soubesse. Por isso tenho estado tão cansada.

— Você devia me acordar quando tem pesadelo.

— Eu sei. — Mas sabia que não ia acordá-lo. Na Califórnia, eu o acordaria assim que tivesse um pesadelo. Alguma coisa havia mudado; como Rick parecia o mesmo, devia ser comigo.

— Como vão as aulas?

Dei de ombros, irritada por ele mudar de assunto.

— Bem. Quer dizer, não, vão mal. Não, não sei. Às vezes fico pensando como vou fazer partos tendo de falar francês. Não consegui dizer nada direito quando aquele bebê estava se sufocando. Se não consigo nem isso, como posso ajudar uma mulher em trabalho de parto?

— Mas nos Estados Unidos você conseguiu fazer o parto de mulheres latinas.

— É diferente. Elas não falavam inglês, mas também não esperavam que eu falasse espanhol. E aqui todo o equipamento hospitalar, todos os remédios e as doses são em *francês*.

Rick inclinou-se para a frente, cotovelos apoiados na mesa, prato empurrado para o lado. — Escute, Ella, que fim levou o seu otimismo? Você não vai ser atriz em francês, não? Estou cansado de ver pessimismo no escritório.

Mesmo sabendo que eu havia criticado o pessimismo de Jean-Paul, eu me vi repetindo o que ele havia dito: — Estou só tentando ser realista.

— É, também já ouvi isso no escritório.

Abri a boca para uma resposta ríspida, mas me contive. Era verdade que meu otimismo havia diminuído na França, talvez estivesse assimilando o jeito cínico das pessoas em volta. Rick dava um toque positivo em tudo; sua visão positiva é que lhe havia trazido o sucesso. Foi por isso que a empresa francesa o chamou, era por isso que estávamos lá. Fechei a boca e engoli minhas palavras pessimistas.

Naquela noite, fizemos amor, e Rick tomou cuidado para não tocar na minha psoríase. Depois, fiquei esperando virem o sono e o pesadelo. Quando vieram, o pesadelo foi menos impressionante, porém, mais real do que nunca. O azul ficava em cima de mim como um lençol brilhante, aumentando e diminuindo, com textura e forma. Acordei com lágrimas escorrendo pelo rosto e ouvindo minha voz. Fiquei quieta.

— Um vestido, era um vestido — sussurrei.

★ ★ ★

De manhã, corri para a biblioteca. A funcionária estava no balcão e tive de disfarçar meu desapontamento e irritação por Jean-Paul não se encontrar lá. Fiquei andando sem rumo pelas duas salas, seguida pelo o olhar da bibliotecária. Por fim, perguntei se Jean-Paul viria naquele dia. — Ah, não. Foi passar uns dias em Paris — respondeu a mulher com um leve franzir de cenho.

— Paris? Por quê?

Ela estranhou o fato de eu perguntar.

— Bom, a irmã vai se casar. Volta na segunda-feira.

— Ah, *merci* — falei e fui embora. Esquisito imaginar que ele tinha uma irmã, uma família. Droga, pensei, descendo as escadas e chegando à praça. A *Madame* da *boulangerie* estava ao lado da fonte conversando com a mulher que eu havia seguido na primeira vez que fui à biblioteca. As duas pararam de falar e olharam bem para mim antes de voltarem à conversa. Droga, pensei. Nunca me senti tão isolada e visível.

No domingo, fomos convidados para almoçar na casa de um colega de Rick. Era nossa primeira reunião social desde que havíamos mudado para a França, sem contar o drinque rápido com pessoas que Rick tinha conhecido no trabalho. Fiquei nervosa com o convite e centrei as preocupações no que vestir. Não tinha idéia do que significava um almoço de domingo em termos franceses, se era uma ocasião formal ou simples.

— Será que ponho um vestido? — fiquei insistindo com Rick.

— Ponha o que quiser — respondeu ele, prático. — Eles não se preocupam com isso.

Mas eu me preocupo, pensei, se usar uma roupa errada.

Tinha o problema suplementar de meus braços: o dia estava quente, mas eu não agüentava os olhares furtivos na minha pele irritada. Finalmente, escolhi um vestido cinza sem mangas, de comprimento três-quartos, e uma jaqueta de linho branco. Pensei que fosse servir para quase todas as ocasiões, mas, quando o casal abriu a porta da grande casa nos arredores da cidade e vi os jeans e a camiseta branca de Chantal, os shorts cáqui de Olivier, eu me senti ao mesmo tempo exagerada e fora de moda. Eles deram um sorriso educado e tornaram a sorrir para as flores e o vinho que levamos, mas percebi que Chantal deixou as flores embrulhadas numa mesa lateral na sala de jantar, e nossa garrafa de vinho, escolhida com tanto cuidado, jamais apareceu.

Eles tinham um casal de filhos, tão educados e silenciosos que não consegui saber como se chamavam. No final do almoço, os dois se levantaram e sumiram, como se chamados por um sino que só as crianças pudessem ouvir. Deviam estar vendo tevê e, no fundo, eu gostaria de estar com eles: a conversa dos adultos era cansativa e às vezes desanimadora. Rick e Olivier passaram quase todo o tempo falando de trabalho, em inglês. Chantal e eu conversamos meio esquisito, numa mistura de inglês e francês. Tentei só falar francês, mas ela mudava de língua quando percebia que eu não estava entendendo. Seria indelicado eu continuar em francês, então passava para o inglês até fazer uma pausa, depois mudava de assunto em francês. Parecia uma luta educada e acho que ela teve muito prazer em mostrar como seu inglês era bom, comparado com o meu francês. E Chantal não era de conversar bobagem: em dez minutos, falou principalmente de política internacional e parecia zombar quando eu não tinha uma resposta pronta para cada problema.

Olivier e Chantal prestavam atenção em tudo que Rick dizia, embora eu me esforçasse mais do que ele para falar a língua deles. Apesar da minha luta para me comunicar, eles mal me ouviam. Eu detestava comparar o meu desempenho ao de Rick: nunca agira assim nos Estados Unidos.

Saímos no final da tarde, com beijos educados e promessas de vê-los em Lisle. Será bem divertido, pensei ao entrarmos no carro. Quando ficamos fora de vista, tirei a jaqueta suada. Se eu estivesse com amigos nos Estados Unidos, a aparência dos meus braços não teria importância. Mas, se eu estivesse nos Estados Unidos, não estaria com psoríase.

— Eles são ótimos, não? — Rick começou o nosso comentário ritual.

— Nem tocaram nas flores e no vinho.

— É, mas com uma adega como a deles, claro! Ótimo lugar.

— Eu não estava pensando nas posses deles.

Rick me olhou de soslaio. — Você não parecia contente, meu bem. Qual é o problema?

— Não sei, só sei que não consigo me integrar, é isso. Parece que não converso com as pessoas aqui como nos Estados Unidos. Até agora, a única pessoa com quem conversei, além de Madame Sentier, foi Jean-Paul e, mesmo assim, não foi uma conversa. Parecia mais uma batalha, uma...

— Quem é Jean-Paul?

Tentei ser casual. — Um bibliotecário de Lisle. Está me ajudando a levantar a história da minha família. Está fora da cidade agora — acrescentei, sem dar importância.

— E o que vocês descobriram?

— Pouca coisa. Um pouco foi enviado por meu primo da Suíça. Sabe, eu achava que conhecer meu passado francês me deixaria mais à vontade aqui, mas me enganei. As pessoas continuam me vendo como uma norte-americana.

— Você *é* norte-americana, Ella.

— Eu sei. Mas tenho de mudar um pouco enquanto estiver aqui.

— Por quê?

— Porque senão eu chamo muita atenção. As pessoas querem que eu seja como elas esperam, que eu seja como elas. E não posso deixar de ser influenciada pela paisagem, pelas pessoas e pelo jeito de pensarem e falarem. Tudo isso está me modificando pelo menos um pouco.

Rick parecia intrigado. — Mas você *é* você — disse ele, mudando de faixa na estrada tão rápido que os motoristas dos carros de trás buzinaram, indignados. — Não precisa se modificar por causa dos outros.

— Não é isso. É mais uma questão de adaptação. É como... os cafés aqui não servem café descafeinado, então estou me acostumando a tomar menos café, ou nenhum.

— Peço para minha secretária fazer descafeinado no escritório.

— Rick... — Parei e contei até dez. Ele parecia não entender as minhas metáforas de propósito, dando aquele toque positivo em tudo.

— Acho que você seria bem mais feliz se não se preocupasse tanto em se adaptar. As pessoas vão gostar de você como é.

— Pode ser. — Olhei pela janela. Rick tinha a capacidade de não tentar se adaptar e, mesmo assim, ser aceito. Era como o rabo-de-cavalo dele: usava com tanta naturalidade que ninguém olhava ou achava estranho. Mas eu, apesar das tentativas de me adaptar, aparecia como um arranha-céu.

Rick tinha de parar no escritório durante uma hora e pensei em me sentar lá e ler, ou jogar num dos computadores, mas estava num tal mau humor que preferi caminhar. O escritório dele ficava bem no centro de Toulouse, numa região de ruas estreitas e lojas que àquela hora estavam cheias de domingueiros vendo vitrines. Andei, olhando as vitrines de roupas bonitas, jóias de ouro, lingerie fina. Sempre estranhei o culto à lingerie francesa, até cidades pequenas como Lisle-sur-Tarn tinham uma loja especializada. Difícil imaginar alguém usando as coisas que estavam expostas, com suas fitas, rendas e desenhos intricados que mapeavam as zonas erógenas do corpo. Havia alguma coisa não-norte-americana naquilo, naquele sensualismo formalizado.

Na verdade, as francesas da cidade eram tão diferentes de mim que eu costumava me sentir invisível, um fantasma desgrenhado que ficava de lado para elas passarem. As mulheres que andavam por Toulouse usavam blazers feitos sob medida com jeans, muitos brincos e colares de ouro. Os sapatos eram sempre de salto. Os penteados eram simples, caros; as sobrancelhas, bem-feitas; a pele, clara. Era fácil imaginá-las de sutiãs ou camisolas complicados, calcinhas de seda que mostravam bem as coxas, meias, cintas. Elas levavam a imagem a sério. Continuei andando e percebi os olhares discretos examinando meus cabelos na altura dos ombros que eu havia deixado um pouco longos demais, o fato de eu não usar maquiagem, o vestido de linho sempre amassado, as sandálias rasas batendo no chão, e que eu achava tão elegantes em San Francisco. Tinha certeza de que as francesas me olhavam com pena.

Será que sabem que sou norte-americana?, pensei. Será que é tão óbvio assim?

Era. Eu mesma fui capaz de identificar o casal norte-americano de meia-idade que estava na minha frente a uma dis-

tância de uns cem metros só pela roupa e pelo jeito deles. O casal olhava uma vitrine de chocolates e, quando passei por eles, a mulher comentou se voltaria ou não no dia seguinte para comprar um pouco para levar para casa.

— Será que o chocolate não derrete no avião? — ela perguntou ao marido. Tinha coxas largas, cintura baixa e usava uma blusa em tom pastel solta, calças compridas e tênis.

— Querida, faz *frio* a dez mil metros de altura. O chocolate não vai derreter, mas poderá amassar. Deve ter alguma outra coisa nesta cidade que a gente possa levar. — Ele tinha um barrigão que o cinto cortava ao meio, destacando-o e apertando-o. Não estava de boné de beisebol, mas poderia estar. Devia ter deixado no hotel.

Os dois olharam para cima e sorriram alegres, uma esperança brilhou em seus rostos. A sinceridade deles me deu pena, e dobrei logo numa rua lateral. Atrás, ouvi o homem dizer: — Olha aqui, senhorita, *s'il vous plaît.* — Não me virei.

No final da rua, saí ao lado do Musée des Augustins, uma construção antiga de tijolos que tinha um acervo de quadros e esculturas. Olhei em volta: o casal não me seguiu. Olhei lá dentro.

Paguei a entrada, empurrei a porta e entrei nos claustros, um lugar ensolarado e calmo, as calçadas em volta da praça repletas de esculturas e, no centro, um jardim bem cuidado com flores, legumes e ervas. Uma das alamedas tinha uma longa fileira de cachorros de pedra, focinhos para cima, latindo, satisfeitos. Dei a volta na praça, depois passei pelo jardim, admirando os morangos, as alfaces em filas simples, as moitas de estragão e sálvia, os três tipos de hortelã, a grande moita de alecrim. Sentei um pouco, tirei a jaqueta e deixei a psoríase tomar bastante sol. Fechei os olhos, sem pensar em nada.

Finalmente, levantei-me e fui olhar a igreja ao lado. Era enorme, do tamanho de uma catedral, mas todas as cadeiras e o altar tinham sido retirados e havia quadros pendurados em todas as paredes. Nunca tinha visto uma igreja que alguém ousasse transformar em galeria de arte. Fiquei na entrada admirando o efeito de um grande espaço vazio sobre os quadros, envolvendo-os e reduzindo-os.

Uma luz na minha visão periférica me fez olhar um quadro na parede em frente. Uma nesga de luz batia nele e só vi uma mancha azul. Fui naquela direção, piscando, o estômago apertando.

Era um quadro de Cristo retirado da cruz, deitado num lençol no chão, a cabeça no colo de um velho. Um homem mais jovem, uma mulher também jovem vestindo uma túnica amarela olhavam para ele e, no centro da cena, estava a Virgem Maria com um manto do mesmo azul do meu sonho, emoldurando um rosto lindo. O quadro era estático e muito bem proporcionado, cada pessoa disposta com cuidado, cada inclinação de cabeça e cada gesto de mão calculado para surtir um efeito específico. Só o rosto da Virgem, no centro do quadro, comovia e mudava: sua expressão lutava entre a dor e uma estranha paz, enquanto ela olhava o filho morto, envolta numa cor que refletia sua agonia.

Fiquei em frente ao quadro e, sem querer, minha mão direita fez o sinal-da-cruz. Nunca havia me benzido.

Olhei a placa ao lado do quadro e li o título e o nome do pintor. Fiquei parada um bom tempo, o espaço da igreja suspenso ao meu redor. Depois me benzi de novo e disse:

— Virgem Maria, me ajude. — E comecei a rir.

Eu jamais teria imaginado que havia um pintor em minha família.

3
A FUGA

Isabelle sentou-se na cama e olhou para o leito das crianças. Jacob já estava acordado, sentado de pernas dobradas e queixo apoiado nos joelhos. De todos os filhos, era ele quem tinha os ouvidos mais aguçados.

— Vem vindo um cavalo — disse, calmo.

Isabelle cutucou Étienne.

— Vem alguém a cavalo — cochichou.

O marido levantou-se, sonolento, os cabelos escuros de suor. Vestiu os suspensórios e acordou Bertrand, sacudindo-o. Os dois desceram as escadas enquanto alguém batia à porta. Isabelle olhou pelo canto do sótão e viu homens com machados e facões. Hannah veio do quarto dos fundos com uma vela. Depois de conversar baixo com os homens pela fenda da porta, Jean pôs o machado no chão e abriu o ferrolho.

O mordomo do Duque de l'Aigle era conhecido deles. Aparecia de tempos em tempos para trocar idéias com Jean Tournier e usava a casa para guardar o dízimo das fazendas próximas, anotando cuidadosamente as quantias num livro de capa de couro de bezerro. Pequeno, gordo, totalmente calvo, ele compensava a baixa estatura com uma voz tonitroante, que Jean tentava em vão abafar. Com uma voz assim, era impossível manter segredo de alguma coisa.

— O duque foi assassinado em Paris!

Hannah levou um susto e deixou cair a vela. Isabelle, sem pensar, se benzeu, depois pôs as mãos no pescoço e olhou em volta. As quatro crianças estavam sentadas em fila, Susanne ao lado delas na ponta da cama, mal se equilibrava com a enorme barriga esticada. Daqui a pouco chega a hora dela, pensou Isabelle avaliando, automaticamente. Embora nunca mais tivesse usado seus velhos conhecimentos, não os havia perdido.

Petit Jean começou a afiar a faca que levava até para a cama. Jacob estava quieto, seus grandes olhos castanhos eram iguais aos da mãe. Marie e Deborah se encostavam uma na outra; Deborah parecia sonolenta; Marie, de olhos atentos.

— *Maman*, o que é assassinado? — perguntou numa voz que soava como um toque numa panela de cobre.

— Pssiu — sussurrou Isabelle. Foi até a beirada da cama para ouvir o que o mordomo dizia. Susanne sentou-se ao lado e as duas apoiaram os braços na balaustrada da escada.

— ... foi assassinado há dez dias, no casamento de Henrique de Navarra. Os portões foram trancados e milhares de seguidores da Verdade foram mortos. Mataram o nosso duque, além de Coligny. E o tumulto está se alastrando pelo campo. Estão matando gente honesta em toda parte.

— Mas estamos longe de Paris e todos aqui somos seguidores da Verdade, estamos a salvo dos católicos — considerou Jean.

— Dizem que vem vindo uma tropa de Mende — avisou o mordomo com seu vozeirão. — Para tirar proveito da morte do duque. Vem procurar você, que é *síndico* do duque. A duquesa está fugindo para Alès e passará por aqui dentro de algumas horas. Você devia vir conosco para salvar sua família. Ela só se dispõe a levar os Tournier, mais ninguém.

— Não.

Foi Hannah quem respondeu. Havia acendido a vela outra vez e estava rígida no meio da sala, encurvada, com uma longa trança prateada caindo pelas costas.

— Não precisamos sair desta casa — continuou. — Aqui estamos protegidos — disse ela.

— E temos de fazer a colheita — acrescentou Jean.

— Quem sabe você muda de idéia? A sua família, qualquer pessoa que faça parte dela, será bem recebida pela duquesa.

Isabelle pensou ter visto o brilho dos olhos do mordomo na direção de Bertrand. Susanne olhou o marido e mexeu-se, desconfortável. Isabelle segurou a mão dela: estava fria como a água do rio. Olhou para as crianças. As meninas, que eram pequenas demais para entender, dormiram de novo; Jacob estava na mesma posição, com o queixo apoiado nos joelhos, e Petit Jean tinha se vestido e se encontrava encostado na balaustrada, olhando os homens.

O mordomo foi avisar outras famílias. Jean trancou a porta e colocou o machado do lado, enquanto Étienne e Bertrand sumiam no celeiro para fechá-lo por dentro. Hannah encaminhou-se para a lareira, colocou a vela na cornija e ajoelhou-se ao lado do fogo, que estava abafado sob as cinzas da noite. Isabelle pensou que ela fosse acender a lareira, mas a velha não tocou no fogo.

Isabelle apertou a mão de Susanne e fez sinal em direção à lareira.

— O que ela está fazendo?

Susanne olhou a mãe e limpou a lágrima que escorria no rosto.

— A magia está na lareira — disse ela por fim, baixinho. — A magia que protege esta casa. *Maman* está rezando para a magia.

A magia. Anos a fio, ela fora mencionada superficialmente, mas Étienne e Susanne jamais explicaram o que era a magia, e Isabelle nunca ousara perguntar a Jean ou Hannah.

Tentou saber, mais uma vez.

— Mas o que é? O que tem lá?

Susanne balançou a cabeça.

— Não sei. Mas falar tira a força dela. Já falei demais.

— Por que ela está rezando? Monsieur Marcel diz que não há magia em rezar.

— Isso é mais antigo do que rezar, mais antigo do que Monsieur Marcel e os ensinamentos dele.

— Mas não é mais antigo do que Deus. — Nem do que... a Virgem, pensou ela.

Susanne não discutiu, apenas disse:

— Se formos com a duquesa, perderemos a proteção — disse ela.

— Estaremos protegidos pelos guardiães da duquesa e por suas espadas — respondeu Isabelle.

— Você vai?

Isabelle não respondeu. O que seria preciso para obrigar Étienne a ir? O mordomo não olhou para ele quando mandou que fossem embora. Sabia que Étienne não iria.

Étienne e Bertrand voltaram do celeiro e o primeiro ficou com os pais à mesa. Jean olhou para Isabelle e Susanne.

— Vão dormir. Ficaremos de guarda — ele disse.

Mas seus olhos se fixaram em Bertrand, que estava de pé, inseguro, no meio da sala. Olhou para Susanne como se procurasse um sinal. Isabelle se inclinou sobre ela.

— Deus vai protegê-la. Deus e os guardiães da duquesa — cochichou no ouvido de Susanne.

Ela se recostou e seus olhos encontraram os de Hannah. Durante todos esses anos, você me insultou por causa dos meus cabelos, pensou. Mas reza para a sua própria magia. As duas se enfrentaram com o olhar e Hannah desviou primeiro.

Isabelle não viu Susanne fazer sinal para o marido, mas constatou o resultado dele. Bertrand virou-se, decidido, para o sogro e avisou:

— Susanne, Deborah e eu vamos a Alès encontrar a Duquesa de l'Aigle.

Jean olhou para Bertrand.

— Sabe que, se for, perderá tudo — disse ele, calmo.

— Perderemos tudo se ficarmos. Susanne está quase parindo, não pode andar muito. Não pode correr. Quando os católicos chegarem, ela não vai ter chance alguma.

— Você não acredita nesta casa? Onde nenhum bebê morreu? Onde os Tournier moram há um século?

— Acredito na Verdade. É no que acredito — respondeu. Com essas palavras, ele pareceu crescer, sua provocação deu-lhe altura e corpo. Pela primeira vez, Isabelle viu que Bertrand era mais alto do que o sogro.

— Quando me casei com sua filha, não houve dote porque moramos aqui com você. Só o que peço agora é um cavalo. Esse dote será suficiente.

Jean pareceu não acreditar no que ouvia.

— Quer que eu lhe dê um cavalo para você levar minha filha e meus netos?

— Quero *salvar* a sua filha e seus netos.

— Sou o chefe desta família, não? — perguntou Jean.

— Meu chefe é Deus. Tenho de seguir a Verdade, não essa magia em que você tanto acredita.

Isabelle jamais imaginou que Bertrand pudesse ser tão rebelde. Depois que Jean e Hannah o escolheram para se casar com Susanne, ele trabalhara duro e jamais enfrentara o sogro. Trouxera tranqüilidade para a casa, fazia queda-de-braço todos os dias com Étienne, ensinava Petit Jean a esculpir madeira com a faca e todos riam com ele à noite ao lado do fogo, com suas histórias do lobo e da raposa. Tratava Susanne com uma gentileza que Isabelle invejava. Uma ou duas vezes vira-o engolir a irritação que parecia ter crescido dentro dele, esperando por um momento como aquele.

Foi então que Jean surpreendeu a todos.

— Pode ir, mas leve o jumento, não o cavalo — disse, áspero. Virou-se e foi até o celeiro, abriu a porta e sumiu lá dentro.

Étienne levantou os olhos para Isabelle, antes de olhar as mãos, e ela então teve certeza de que não iriam com Bertrand. O único desafio que Étienne havia enfrentado na vida fora o de se casar com ela. Não tinha vontade de enfrentar outro.

Isabelle virou-se para a cunhada.

— Ao montar no jumento, fique de lado para apoiar o bebê nas pernas. Assim, não nascerá antes da hora. Monte de lado — ela repetiu, baixo, pois Susanne olhava para o nada, como se estivesse em estado de choque. Virou-se para Isabelle:

— Você diz para montar como a Virgem fez na fuga para o Egito?

— É, isso mesmo, como a Virgem.

Há muito tempo não pronunciavam o nome Dela.

Deborah e Marie dormiam com um lençol enrolado quando Susanne e Isabelle foram acordar Deborah, pouco antes do amanhecer. Tentaram não perturbar os outros, mas Marie acordou e perguntou, alto: — Por que Deborah vai embora? Por quê? — Jacob abriu os olhos, o rosto enrugado. E Petit Jean, ainda vestido, sentou-se na cama.

— *Maman*, aonde eles vão? Vão ver soldados? Cavalos e bandeiras? Vão ver o tio Jacques? — perguntou, com a voz rouca.

— Tio Jacques não é soldado católico. Ele luta no exército de Coligny, no norte.

— Mas o mordomo disse que Coligny foi assassinado.

— É.

— Então, pode ser que tio Jacques volte.

Isabelle não respondeu. Jacques Tournier havia se alistado no exército há dez anos, na mesma época em que outros jovens do monte Lozère o fizeram. Voltara uma vez, assustado, irritado, cheio de histórias para contar, uma delas sobre os irmãos de Isabelle, que haviam sido atingidos pela mesma lança.

— Como deve ser com gêmeos — acrescentou Jacques, rindo agressivamente quando Isabelle virou-se para sair da sala. Petit Jean adorava Jacques. Isabelle não. Jacques a seguia com os olhos por toda parte, jamais parando no rosto dela. Ele incentivava Étienne a ser muito violento e ela não gostava disso. Mas Jacques não ficou muito tempo em casa: o apelo do sangue e da agitação era muito forte, mais forte do que os apelos familiares.

As crianças desceram as escadas atrás das mulheres e saíram no quintal, onde os homens haviam carregado o jumento com alguns pertences e comida: queijo de cabra e grossas fatias escuras de pão de castanha, que Isabelle assou rapidamente, nas poucas horas antes do amanhecer.

— Vamos, Susanne — chamou Bertrand, com um gesto.

Susanne procurou a mãe, mas Hannah não saiu da casa. Virou-se então para Isabelle, beijou-a três vezes e pôs os braços em volta do pescoço dela.

— Monte de lado e, se começar a sentir dores, mande que eles parem. Que a Virgem e Santa Margarida cuidem e levem vocês em segurança para Alès — disse Isabelle no ouvido dela.

Montaram Susanne de lado no jumento, no meio dos pacotes.

— *Adieu, Papa, petits* (Adeus, papai e meninos) — disse ela, acenando para Jean e as crianças. Deborah subiu atrás de Bertrand. Ele mexeu a corda no cabresto do jumento, estalou a língua, bateu com os calcanhares e o animal partiu descendo a trilha da montanha num trote rápido. Étienne e Petit Jean foram atrás para acompanhá-los até a estrada para Alès, onde encontrariam a comitiva da duquesa. Susanne olhou para trás, para Isabelle, o rosto pequeno e branco, até sumir de vista.

— *Grandpapa* (Vovô), por que eles estão indo embora? Por que Deborah está indo embora? — Marie perguntou. As duas primas tinham a mesma idade, com apenas uma semana de diferença, e nunca haviam se separado. Jean virou-se. Marie entrou na casa atrás de Isabelle e ficou ao lado de Hannah, ocupada com a lareira.

— *Mémé*, por que Deborah está indo embora? — repetiu várias vezes, até Hannah dar-lhe um tapa.

Com ou sem soldados, a colheita estava à espera. Os homens foram para o campo como sempre, mas Jean preferiu ceifar um campo perto de casa e Isabelle não o acompanhou com o ancinho, como costumava fazer: ela e Marie ficaram em casa ajudando Hannah a fazer compotas. Petit Jean e Jacob trabalhavam atrás do pai e do avô, juntando o trigo em molhos com o ancinho; Jacob mal tinha tamanho para segurar o ancinho.

Na casa, Isabelle e Hannah pouco falavam, suas bocas ficaram fechadas pela ausência de Susanne. Por duas vezes, Isabelle parou de mexer o caldeirão, olhou para o nada e xingou quando espirrou calda de pêssego quente nos braços. Até que Hannah a afastou do fogão.

— O mel é muito precioso para ser desperdiçado em mãos inúteis — resmungou.

Isabelle foi ferver a louça, mas toda hora ia até a porta em busca de uma brisa fresca e de escutar o silêncio do vale. Uma vez, Marie ficou ao lado dela na porta, as mãos pequenas e vermelhas por mexer nos pêssegos para separar os verdes ou podres.

— *Maman*, por que eles foram embora? — perguntou, sabendo agora que tinha de falar baixo.

— Porque estavam com medo — disse Isabelle um instante depois, secando o suor da testa.

— Com medo de quê?

— De homens maus que querem machucá-los.

— Homens maus estão vindo para cá?

Isabelle enfiou as mãos sob o avental para Marie não ver que tremiam.

— Não, *chérie* (querida), acho que não. Mas eles estavam preocupados com Susanne e o bebê.

— Vou ver Deborah logo?

— Vai.

Marie tinha os olhos azul-claros do pai e, para tranqüilidade de Isabelle, também os cabelos louros dele. Se fossem ruivos, Isabelle os tingiria com suco de nozes pretas. Marie virou-se para a mãe com seus olhos brilhantes, perturbados, inseguros. Isabelle nunca conseguiu mentir para ela.

Pierre La Forêt esteve no campo ao meio-dia, exatamente na hora em que Isabelle foi levar o jantar dos homens. Pierre contou-lhes quem havia fugido: pouca gente, só quem tinha bens que pudessem ser saqueados, filhas que pudessem ser violentadas e ligações com o duque.

Deixou para o fim a notícia mais impressionante.

— Monsieur Marcel foi embora. Partiu para o norte, do outro lado do monte Lozère — anunciou, com um riso mal disfarçado.

Fez-se silêncio. Jean pegou sua foice.

— Vai voltar — disse apenas, retornando ao centeio. Pierre La Forêt viu-o ceifar num movimento ritmado, depois olhou em volta, temeroso, como se lembrasse que os soldados poderiam chegar a qualquer momento. Foi logo embora, chamando o cachorro com um assobio.

O trabalho no campo naquela manhã foi pouco produtivo. Além da ausência de Bertrand e Susanne, os camponeses que Jean havia contratado para a colheita não apareceram, com medo da ligação da fazenda com o duque. Os meninos não eram capazes de acompanhar o ritmo dos homens, por isso, de vez em quando, Jean ou Étienne eram obrigados a largar a foice e pegar no ancinho para ajudar.

— Deixe-me trabalhar com o ancinho — disse Isabelle, ansiosa para escapar de Hannah e da casa sufocante. — Sua mãe... *Maman* pode fazer as compotas sozinha. Jacob e Marie ajudam. Por favor, deixa. — Raramente ela chamava Hannah de *Maman*, só quando precisava agradar.

Para alívio dela, os homens aceitaram a oferta e mandaram Jacob para casa. Ela e Petit Jean acompanharam o ritmo, usando o ancinho o mais rápido possível e juntando o centeio em molhos encostados uns nos outros de pé para secar. Trabalhavam depressa, o suor umedecia suas roupas. De vez em quando, Isabelle parava para olhar em volta e escutar. O céu estava amarelo de neblina, vasto e vazio. Parecia que o mundo havia parado e estava aguardando junto com ela.

Foi Jacob quem os ouviu. No final da tarde, ele apareceu correndo no começo do campo. Todos pararam para olhá-lo, o coração de Isabelle disparou. Quando chegou aonde estavam, ele se abaixou com as mãos na cintura, tentando recuperar o fôlego.

— *Écoute, Papa* (Ouve, pai) — foi só o que conseguiu falar, apontando na direção do vale. Eles ouviram. No começo, Isabelle só ouviu passarinhos e a própria respiração. Depois, um ruído surdo e prolongado veio do campo.

— Dez. São dez cavalos — anunciou Jacob. Isabelle largou seu ancinho, segurou na mão de Jacob e todos correram.

Petit Jean foi quem correu mais depressa: tinha apenas nove anos e, mesmo depois de ter trabalhado o dia inteiro, ainda conseguiu ultrapassar o pai facilmente. Chegou ao celeiro e correu para trancar os ferrolhos. Étienne e Jean trouxeram água do riacho próximo, enquanto Isabelle e Jacob fecharam as janelas.

Marie ficou no meio da sala, apertando no peito uma braçada de lavanda. Hannah continuou a mexer na lareira, como se estivesse indiferente ao que acontecia ao redor. Quando todos ficaram em volta da mesa, a velha senhora disse apenas:

— Estamos salvos.

Foram as últimas palavras que Isabelle ouviu dela.

* * *

Eles custaram a aparecer.

A família ficou sentada em silêncio ao redor da mesa, cada um em seu lugar de sempre, mas sem comida na frente. Dentro da casa estava tudo escuro: o fogo, baixo; as velas, apagadas, a única luz vinha das frestas das janelas. Isabelle estava empoleirada num banco, Marie bem perto, segurando sua mão, ainda com a lavanda no colo. Jean empertigou-se à cabeceira da mesa. Étienne olhava as próprias mãos entrelaçadas. O rosto dele se contraiu; não fosse isso, estava tão impassível quanto o pai. Hannah esfregou o rosto e apertou o nariz com o polegar e o indicador, de olhos fechados. Petit Jean havia pego a faca e colocado na sua frente, sobre a mesa. Pegava-a, olhava-a brilhar, testava a lâmina, deixava de novo na mesa. Jacob permanecia afundado sozinho no longo banco onde Susanne, Bertrand e Deborah costumavam sentar, segurando um seixo redondo. Os outros seixos estavam no bolso. Ele sempre gostara das pedras coloridas do Tarn, preferindo as bem vermelhas e amarelas. Guardava-as mesmo depois que secavam e ficavam em tons de cinza a marrom. Se queria ver as cores originais, ele as lambia.

Isabelle achou que os vazios no banco estavam ocupados pelos fantasmas da família dela: a mãe, a irmã, os irmãos. Balançou a cabeça e fechou os olhos, tentando imaginar onde estaria Susanne naquela hora, a salvo com a duquesa. Não conseguiu; então pensou no azul da Virgem, cor que há anos não via mas podia imaginar naquele instante, como se as paredes de casa fossem pintadas de azul. Respirou fundo e seu coração bateu mais devagar. Abriu os olhos. Os lugares vazios na mesa brilhavam com uma luz azul.

Quando os cavalos chegaram, ouviram-se gritos e assobios, depois um estrondo na porta que fez todos pularem de susto.

— Vamos cantar — disse Jean com firmeza, e começou com uma voz profunda e segura, de baixo: — *J'ai mis en toi mon espérance: Garde-moi donc, Seigneur, D'éternel déshonneur: Octroye-moi ma délivrance, Par ta grande bonté haute, Qui jamais ne fit faute.* (Em ti está minha esperança, protegei-me, portanto, Senhor, da desonra eterna: concedei-me a liberdade por Tua grande bondade, que jamais me faltou.) — Todos cantaram, exceto Hannah; ela sempre disse que cantar era uma frivolidade, preferia dizer as palavras em tom baixo. As crianças cantaram com vozes esganiçadas; Marie estava soluçando de medo.

Terminaram o salmo ao som das janelas batendo e de um toque ritmado na porta. Tinham começado a declamar outro salmo quando a batida cessou. Um instante após, ouviram um arranhão surdo na base da porta, depois um crepitar e cheiro de fumaça. Étienne e Jean se levantaram e foram para a porta. Étienne pegou um balde d'água e fez sinal com a cabeça. Jean, em silêncio, abriu o ferrolho e escancarou a porta com um estalido. Étienne jogou a água no momento em que a porta foi aberta com um chute forte e entrou uma língua de fogo. Duas mãos agarraram Jean pelo pescoço e pela camisa, e puxaram-no para fora, batendo a porta.

Étienne correu aos tropeções para a porta, escancarou-a de novo e foi engolido pela fumaça e pelo fogo.

— *Papa*! — ele gritou e sumiu no quintal.

Dentro da casa, o silêncio era gélido, estranho. Isabelle então levantou-se calmamente, sentindo a luz azul envolvê-la e protegê-la. Pegou Marie.

— Segure-se em mim — sussurrou, e Marie pôs os braços em volta do pescoço da mãe e as pernas em torno da cintura dela, ficando a lavanda apertada entre as duas. Isabelle segurou na mão de Jacob e fez sinal para Petit Jean pegar na outra mão dele. Como em sonho, ela passou com as crianças pela sala, abriu o ferrolho e entrou no celeiro. Eles passaram em volta do cavalo que estava de lado e que relinchou por causa do cheiro de fumaça e por ouvir barulho de outros animais no quintal. No fundo do celeiro, Isabelle abriu uma portinhola que dava para a horta. Juntos, caminharam entre repolhos, tomates, cenouras, cebolas e ervas. A saia de Isabelle esbarrou na sálvia, que soltou seu cheiro familiar e penetrante.

Chegaram à pedra do cogumelo, no fim da horta, e pararam. Jacob tocou na pedra. Depois dela, havia um campo sem cultivo cuja grama as cabras tinham comido até ficar bem curta e agora estava seca e escura, após um verão de muito sol. Os quatro correram, os meninos à frente, Isabelle atrás com Marie ainda dependurada nela.

No meio do caminho, ela viu que Hannah não tinha ido com eles. Xingou alto.

Chegaram em segurança até as castanheiras. Na *cleda*, Isabelle pôs Marie no chão e falou com Petit Jean.

— Tenho de voltar para buscar *Mémé*. Vocês sabem se esconder. Esperem aqui até eu chegar. Mas não se escondam na *cleda,* eles podem atear fogo nela. E, se vierem e vocês precisarem correr, vão para a casa de meu pai pelo campo, não pela estrada. *D'accord*? (Entenderam?)

Petit Jean concordou com a cabeça e tirou a faca do bolso, os olhos azuis brilhando.

Isabelle virou-se e olhou para trás. A fazenda estava em chamas. Os porcos guinchavam, os cães latiam e outros cachorros ecoavam os latidos por todo o vale. A aldeia sabe o que está acontecendo, pensou ela. Será que eles virão ajudar? Será que vão se esconder? Olhou para os filhos Marie e Jacob parados, de olhos arregalados, Petit Jean observando atento o bosque.

— *Allez* (Podem ir) — disse ela. Sem uma palavra, Petit Jean levou os dois irmãos para a vegetação rasteira.

Isabelle saiu de entre as árvores e voltou margeando o campo. De longe, podia ver o campo que eles haviam cultivado naquele dia: os molhos de centeio que ela, Petit Jean e Jacob tinham juntado estavam queimando. Ouviu gritos distantes e uma risada, eriçando-lhe os pêlos de seus braços. Ao se aproximar mais, sentiu cheiro de carne queimando, um odor ao mesmo tempo conhecido e estranho. São os porcos, pensou. Os porcos e... percebeu o que os soldados tinham feito.

— *Saint Vierge, aide-nous* (Nossa Senhora, ajudai-nos) — tomou fôlego e se benzeu.

O fundo da horta estava tão cheio de fumaça que parecia que a noite havia chegado. Isabelle passou pelos canteiros de legumes e no meio do caminho encontrou Hannah ajoelhada, apertando um repolho no peito, as lágrimas fazendo ranhuras em seu rosto enegrecido pela fumaça.

— *Viens, Mémé* (Venha, *Mémé*) — disse Isabelle, levantando-a do chão.

A velha senhora não emitia qualquer som ao chorar; deixou Isabelle levá-la da horta para o campo. Atrás, elas ouviram os soldados com seus cavalos a galope pela horta, mas a cortina de fumaça escondia as duas. Ficaram no início do campo, acompanhando o muro baixo de granito que Jean havia construído anos antes. A toda hora, Hannah parava e olhava para trás, e Isabelle mandava-a seguir, com o braço em torno dela, puxando-a.

O soldado surgiu tão de repente que parecia que Deus o fizera cair do céu. As duas mulheres esperavam que ele viesse por trás, mas ele veio do mesmo bosque para onde elas se dirigiam. Atravessou o campo a todo o galope, empunhando a espada, e Isabelle viu quando estava mais perto, com um sorriso no rosto. Ela soltou um gemido e tropeçou para trás, puxando Hannah.

Quando o cavaleiro se aproximou tanto que ela conseguiu sentir o cheiro de seu suor, uma massa cinza se levantou do chão, balançando uma perna traseira. Imediatamente, o cavalo empacou, relinchando. O soldado perdeu o equilíbrio e caiu pesadamente no chão. O cavalo rodopiou e correu desembestado pelo campo rumo ao bosque de castanheiras.

Hannah olhou do lobo para Isabelle e depois para o lobo. O animal olhava calmo para elas, seus olhos amarelos e atentos. Sequer olhou o soldado, que ficou imóvel no chão.

— *Merci* — disse Isabelle, calma, indicando o lobo. — *Merci, Maman.*

Hannah arregalou os olhos.

Esperaram até o lobo ir embora, saltar o muro baixo e sumir no campo ao lado. Hannah então começou a andar. Isabelle foi atrás, depois parou e olhou em volta — viu o soldado e estremeceu. Finalmente, virou-se e resolveu se aproximar dele, com cuidado. Mal o olhou, ele se ajoelhou ao lado da espada e prestou bastante atenção nela. Hannah aguardava-a, de braços cruzados, cabeça baixa.

Isabelle se levantou de repente.

— A espada está sem sangue — disse.

Quando as duas chegaram ao bosque, Isabelle chamou baixo as crianças. Ao longe, ouvia o cavalo desmontado trotando entre as árvores. Devia ter chegado ao fim da floresta, pois o som das patas cessou.

As crianças não apareceram.

— Devem estar mais à frente — murmurou Isabelle. — Não havia sangue na espada. Por favor, faça com que eles estejam à frente. Eles devem estar à frente — repetiu mais alto para tranqüilizar Hannah.

Quando não obteve resposta, ela perguntou: — Ó *Mémé*, acha que eles estão à frente?

Hannah apenas deu de ombros.

Seguiram andando pelo campo na direção da fazenda do pai de Isabelle, tentando ouvir algum barulho dos soldados, das crianças, do cavalo, de qualquer coisa. Nada.

Anoitecia quando chegaram, cansadas, à fazenda. A casa estava escura e toda fechada, mas, quando Isabelle bateu de leve à porta e sussurrou, *Papa, c'est moi* (Papai, sou eu), elas entraram. As crianças estavam sentadas no escuro com o avô. Marie levantou-se e correu para a mãe, encostando o rosto no corpo dela.

Henri du Moulin cumprimentou Hannah com um gesto rápido, mas ela desviou o olhar. Henri perguntou a Isabelle:

— Onde eles estão?

Isabelle balançou a cabeça.

— Não sei. Acho que... — Olhou para as crianças e parou.

— Vamos esperar — disse o pai, sério.

— Vamos.

Esperaram horas: as crianças foram adormecendo uma de cada vez, os adultos ficaram sentados tensos em volta da mesa, no escuro. Hannah fechou os olhos, mas continuou ereta, as mãos entrelaçadas sobre a mesa. A cada ruído, ela abria os olhos e virava a cabeça para a porta.

Isabelle e o pai mantinham-se calados. Ela olhou em volta, triste. Até no escuro era evidente que a casa estava caindo aos pedaços. Quando Henri du Moulin soube que os dois filhos haviam morrido, deixou de cuidar da fazenda: os campos ficaram largados, os telhados tinham goteiras, os cabritos andavam soltos, os ratos faziam ninho no trigo. O lado dentro ficava sujo e úmido até no calor e na secura da estação da colheita.

Isabelle ouviu os ratos correndo no escuro.

— Você precisa de um gato — disse, baixinho.

— Eu tinha um, mas foi embora. Nada permanece aqui — disse o pai.

Pouco antes do amanhecer, ouviram um movimento no quintal, o som abafado de um cavalo. Jacob sentou-se, rápido.

— É o nosso cavalo — disse.

A princípio, eles não reconheceram Étienne. O vulto em pé na porta, meio se balançando, não tinha cabelos, exceto alguns tufos pretos e chamuscados. As bonitas sobrancelhas e pestanas haviam sumido, fazendo com que os olhos parecessem flutuar sem rumo no rosto. As roupas tinham sido queimadas e ele estava coberto de cinzas.

Todos gelaram, menos Petit Jean, que pegou na mão do homem.

— Venha, *Papa* — ele disse, e levou Étienne para um banco à mesa.

Étienne fez um gesto mostrando o lado de fora.

— O cavalo — sussurrou, enquanto sentava. O cavalo ficou pacientemente no quintal, com os cascos enrolados em pano para abafar o som. A crina e o rabo estavam queimados, o resto parecia normal.

Alguns meses depois e a muitos quilômetros daquele lugar, quando os cabelos de Étienne voltaram a crescer, estavam grisalhos. As pestanas e sobrancelhas nunca mais voltaram ao seu rosto.

* * *

Étienne e a mãe sentaram-se à mesa de Henri du Moulin meio tontos, sem conseguir pensar ou fazer nada. Isabelle e o pai passaram o dia tentando inutilmente falar com eles. Hannah não dava uma palavra, e Étienne só dizia estar com sede, ou cansado, e fechava os olhos.

Até que Isabelle os assustou gritando, desesperada:

— *Temos* de sair daqui logo. Os soldados devem continuar à nossa procura, alguém acabará dizendo para virem aqui.

Ela conhecia os aldeões, eram gente leal. Mas, com uma boa oferta ou uma boa ameaça, contavam um segredo até para um católico.

— Para onde vamos? — perguntou Étienne.

— Vocês vão se esconder no bosque até poderem voltar com segurança — sugeriu Henri du Moulin.

— Não podemos voltar para lá — disse Isabelle. — A colheita está perdida, a casa acabou. Sem o duque, não temos proteção contra os católicos. Vão continuar nos procurando. E... sem a casa não há mais segurança — hesitou antes de falar, cuidando para convencê-los com as palavras deles mesmos.

E não quero voltar para aquele horror, acrescentou ela em silêncio para si mesma.

Étienne e a mãe se entreolharam.

— Podíamos ir para Alès encontrar Susanne e Bertrand — continuou Isabelle.

— Não — disse Étienne, firme. — Eles preferiram deixar a família.

— Mas eles... — Isabelle parou, não queria perder a pouca influência que tinha por causa de uma discussão. De repente, teve uma visão de Susanne com a barriga cortada pelo soldado no campo e concluiu que os fugitivos haviam tomado a decisão certa.

— A estrada para Alès será perigosa — disse o pai dela. — Poderá ocorrer lá o que houve aqui.

As crianças escutavam, em silêncio. Então, Marie perguntou:

— *Maman*, onde poderemos ficar seguros? Diga a Deus que queremos ficar seguros.

Isabelle concordou com a cabeça.

— Poderíamos ir ao encontro de Calvino em Genebra. Lá é seguro, a Verdade é livre.

Esperaram até a noite, quente e desassossegada. Isabelle mandou as crianças limparem a casa enquanto ela fazia o máximo possível de pães na bancada da chaminé. Ela, a irmã e a mãe tinham usado aquela bancada todos os dias, mas agora tinha precisado limpar os excrementos de ratos e as teias de aranha. O forno parecia sem uso, e ela ficou pensando o que seu pai comia.

Henri du Moulin se recusou a acompanhá-los, apesar de sua ligação com os Tournier fazer dele um alvo.

— Esta é a minha fazenda, nenhum católico vai me tirar daqui — disse, áspero.

Insistiu para levarem a carroça, o único bem de valor que ainda possuía, além do arado. Limpou a carroça, consertou uma das rodas, colocou uma tábua em cima da caixa para servir de assento. Quando a noite chegou, puxou a carroça para o quintal e carregou-a com um machado, três cobertores e duas sacas de mantimento.

— As sacas têm castanhas e batatas — explicou a Isabelle.

— Batatas?

— Sim, para o cavalo e para vocês.

Hannah ouviu e não gostou. Petit Jean, que tirava o cavalo do celeiro, riu.

— Gente não come batata, *Grandpapa*! Só os pobres que pedem esmolas.

O pai de Isabelle fechou as mãos.

— Você vai ficar contente por ter batatas para comer, *mon petit*. Todos os homens são pobres aos olhos de Deus.

Quando ficaram prontos, Isabelle observou bem o pai, tentando guardar cada traço do rosto dele.

— Tome cuidado, *Papa*, os soldados podem aparecer — disse, baixo.

— Lutarei pela Verdade. Não tenho medo. *Courage* (Coragem), Isabelle — disse ele, levantando de leve o queixo.

Ela esticou os cantos da boca num sorriso que segurou as lágrimas, pôs as mãos nos ombros dele e, na ponta dos pés, beijou-o três vezes.

— Argh, você beija como os Tournier — resmungou ele.

— Fala baixo, pai. Eu agora sou uma Tournier.

— Mas seu nome continua sendo du Moulin. Não se esqueça.

— Não esqueço, mas você pode me lembrar — disse ela.

Marie, que jamais chorava, acabou chorando, depois que deixaram o avô parado na estrada.

O cavalo não agüentava carregar todos. Por isso, Hannah e Marie foram sentadas na carroça e os outros vieram andando atrás, com Étienne e Petit Jean conduzindo o animal. Às vezes, um deles descansava e o cavalo seguia mais devagar.

Tomaram a estrada depois do monte Lozère, com a lua iluminando o caminho, fazendo com que ficassem visíveis. Toda vez que ouviam algum ruído estranho, saíam da estrada. Chegaram ao Col de Finiels pelo alto e esconderam a carroça enquanto Étienne montou o cavalo e foi procurar pastores de ovelhas. Eles deviam conhecer o caminho para se chegar a Genebra.

Isabelle esperou ao lado da carroça enquanto todos dormiam. Prestava atenção a cada ruído. Sabia que ali perto ficava a nascente do Tarn e o rio começava sua longa descida montanha abaixo. Nunca mais veria o rio, nunca mais tocaria em suas águas. Em silêncio, chorou pela primeira vez desde que o mordomo do duque acordou-os naquela noite.

Foi quando sentiu que alguém a olhava, mas não era o olhar de um estranho. Era uma sensação conhecida, como da água do rio escorrendo por sua pele. Olhou em volta e viu o homem abaixado numa rocha a uma distância menor de uma pedrada. Ele não se mexeu quando foi visto.

Isabelle enxugou o rosto molhado de lágrimas e caminhou até o pastor. Continuaram se olhando. Isabelle tocou a cicatriz no rosto dele.

— O que foi isso?

— Foi a vida.

— Como você se chama?

— Paul.

— Estamos indo embora. Para a Suíça.

Ele concordou com a cabeça, seus olhos negros a acalmaram.

— Lembre-se de mim.

Ele concordou, de novo.

— Vamos, Isabelle. O que está fazendo aí? — perguntou Étienne atrás dela.

— Isabelle — repetiu Paul, suavemente. Sorriu e seus dentes brilharam à luz da lua. Depois, ele se afastou.

★ ★ ★

— A casa. O celeiro. Nossa cama. A leitoa e seus quatro leitõezinhos. O balde no poço. O xale marrom de *Mémé*. A boneca que Bertrand fez para mim. A Bíblia.

Marie estava lembrando alto tudo que haviam perdido. No começo, Isabelle não conseguiu entender o que ela dizia, por causa do barulho das rodas da carroça. Depois, entendeu.

— Pára com isso! — gritou.

Marie parou. Ou, pelo menos, parou de lembrar alto, pois Isabelle viu os lábios dela se mexendo.

Ela nunca falava em Jean, o avô.

Isabelle sentiu um aperto ao pensar na Bíblia.

— Será que ainda está lá? — perguntou a Étienne, baixo. Haviam chegado ao rio Lot, no sopé do outro lado do monte Lozère; e Isabelle ajudava Étienne a guiar o cavalo para atravessar o rio.

— A Bíblia deve estar escondida naquele nicho na chaminé, ficou protegida do incêndio. Eles jamais iriam encontrá-la — disse ela.

Étienne olhou para ela, aborrecido.

— Não sobrou nada e *Papa* morreu. A Bíblia agora não adianta de nada. Ela não tem mais serventia para nós — disse ele.

Mas as palavras da Bíblia valem tudo, pensou ela. Não é por isso que estamos indo embora, por causa dessas mesmas palavras?

Às vezes, quando Isabelle descansava na carroça e observava o caminho que tinham percorrido, achava que via o pai vindo atrás deles na estrada. Apertava bem os olhos um instante e, quando os abria, ele havia sumido. De vez em quando, uma pessoa de verdade ficava no lugar dele: uma mulher parada na beira da estrada, homens usando a foice ou o ancinho ou cavando nos campos, um homem montado num jumento. Ficavam parados, vendo-os passar na carroça.

Outras vezes, meninos da idade de Jacob atiravam pedra neles e Étienne tinha de impedir que Petit Jean revidasse. Marie ficava no fundo da carroça olhando aqueles meninos estranhos. Nunca levou uma pedrada. Uma vez, Hannah foi atingida: só quando Étienne se virou para falar com ela, muito depois de os meninos terem sumido, é que ele viu o sangue escorrendo da cabeça pelo rosto. Ela continuou a olhar para a frente enquanto Isabelle se inclinou para esfregar de leve o sangue com um pano úmido.

Marie começou a listar tudo que via na estrada.

— Um celeiro. Um corvo. Um arado. Um cachorro. Um campanário de igreja. Um molho de feno queimando. Uma cerca. Uma tora. Um machado. Uma árvore. Um homem na árvore.

Isabelle olhou quando Marie parou de falar.

O homem estava enforcado no galho de uma pequena oliveira que mal agüentava o peso dele. Eles pararam a carroça e olharam o corpo nu, com um chapéu preto caído sobre a testa. O pênis dele estava duro como um galho. Isabelle então viu as mãos vermelhas, olhou mais de perto e conteve a respiração.

— É Monsieur Marcel! — gritou, antes de pensar em ficar quieta.

Étienne estalou a língua para apressar o cavalo, correu ao lado da carroça e dali a pouco haviam deixado a cena longe; os meninos olharam para trás várias vezes até o corpo sumir de vista.

Marie ficou calada por algumas horas. Quando voltou a enumerar o que via, evitou falar qualquer coisa feita pelas mãos do homem. Chegaram a uma aldeia e ela apenas repetiu: — Um chão. Um chão — até terminarem de passar.

Quando pararam num riacho para o cavalo beber água, apareceu um velho na outra margem.

— Não fiquem aqui — disse ele, de repente. — Não parem até chegar a Viena. Aqui é muito ruim. E não cheguem perto de Saint Étienne nem de Lyon. — O velho sumiu no bosque.

Naquele noite, eles não pararam. O cavalo caminhava lenta e penosamente, exausto, enquanto Hannah e as crianças dormiam na carroça e Étienne e Isabelle conduziam o animal, um de cada vez. De dia, eles se esconderam numa floresta de pinheiros. Quando escureceu, Étienne puxou o cavalo de volta para a estrada. Um instante após, alguns homens apareceram, saídos do meio das árvores dos dois lados da estrada e cercaram-nos.

Étienne parou o cavalo. Um dos homens acendeu uma tocha, Isabelle então viu os machados e forcados que tinham. Étienne entregou a corda do cavalo a Isabelle, procurou na carroça e pegou o machado. Cravou o machado no chão com cuidado e segurou no cabo.

Ficaram todos parados. Só os lábios de Hannah se moviam numa prece silenciosa.

Os homens não sabiam por onde começar. Isabelle olhou para o homem com a tocha e viu o pomo de-adão dele subir e descer. Depois, sentiu algo na orelha: Marie tinha passado para o lado da carroça e estava segredando alguma coisa para a mãe.

— O que foi? — murmurou Isabelle, sem parar de olhar para o homem e tentando não mexer os lábios.

— Aquele homem com a tocha. Fale com ele de Deus. Fale o que Deus quer que ele faça.

— O que Deus quer que ele faça?

— Que ele seja bom e não peque — ela respondeu, firme. — Diga também para ele que nós não vamos ficar aqui.

Isabelle umedeceu os lábios. Estava com a boca seca.

— *Monsieur* — disse ela para o homem da tocha. Étienne e Hannah viraram a cabeça ao ouvir a voz de Isabelle.

— *Monsieur*, estamos indo para Genebra. Não vamos ficar aqui. Por favor, deixem-nos passar.

Os homens bateram com os pés no chão. Alguns riram. O homem da tocha parou, desconfiado:

— Por que vamos deixar que passem? — perguntou.

— Porque Deus não quer que pequem. Porque matar é pecado.

Ela estava tremendo e não conseguiu dizer mais nada. O homem da tocha deu um passo adiante, e Isabelle viu o facão de caça no cinto dele.

A voz estridente de Marie então ecoou pelo bosque:

— *Notre Père qui es aux cieux, ton nom soit sanctifié.* (Pai nosso que estais no céu, santificado seja o vosso nome.)

Os homens pararam.

— *Ton règne vienne, ta volonté soit faite sur la terre comme au ciel.* (Venha a nós o vosso reino, seja feita a vossa vontade assim na terra como no céu.)

Uma pausa e duas vozes continuaram:

— *Donne-nous aujourd'hui notre pain quotidien.* (Dai-nos hoje o pão nosso de cada dia.) — A voz de Jacob parecia o som de seixos sendo pisados. — *Pardonne-nous nos péchés, comme aussi nous pardonnons ceux qui nous ont offencés.* (Perdoai as nossas ofensas, assim como nós perdoamos a quem nos tem ofendido.)

Isabelle respirou fundo e juntou sua voz à deles.

— *Et ne nous induis point dans la tentation, mais délivre-nous du malin; car à toi appartient le règne, la puissance, et la gloire à jamais. Amen.* (E não nos deixeis cair em tentação, mas livrai-nos do mal, pois teu é o reino, o poder, e a glória para sempre. Amém.)

O homem da tocha ficou entre eles e seu bando. Olhou bem para Marie, e o silêncio tornou-se maior do que nunca.

— Se nos machucar, Deus vai machucá-lo. Vai machucá-lo bastante — ela disse.

— E o que ele vai fazer conosco, *ma petite* (minha pequena)? — o homem perguntou, divertido.

— Quieta, Marie — Isabelle cochichou.

— Vai jogar vocês no fogo! E vocês não vão morrer na hora. Vão ficar lá e suas entranhas vão começar a purgar e a ferver. Os olhos vão crescer, crescer até estourar! Explodir!

Aquilo não fora ensinado por Monsieur Marcel. Isabelle sabia de onde vinham os detalhes: certa vez, Petit Jean jogou um sapo na fogueira e as crianças ficaram em volta assistindo à morte do bicho.

O homem fez algo que Isabelle jamais imaginou que faria num lugar como aquele: riu.

— Você é muito corajosa, *ma pauvre* (menina), mas um pouco ingênua. Gostaria que fosse minha filha — disse ele a Marie.

Isabelle segurou a mão de Marie e o homem riu outra vez.

— Mas para que eu iria querer uma filha? Para que serve? — Riu de novo.

Fez um gesto com a cabeça para os outros e apagou a tocha. Sumiram no bosque.

Eles esperaram bastante tempo e ninguém voltou. Finalmente, Étienne estalou a língua e o cavalou andou, mais lento do que antes.

De manhã, Isabelle encontrou o primeiro fio de cabelo ruivo na cabeça de Marie. Arrancou-o e queimou-o.

4
A PROCURA

Corri para o escritório de Rick com um cartão-postal do quadro de Tournier. Rick estava na mesa de desenho, sentado num banco alto, e a luz de uma luminária destacava as maçãs de seu rosto e a linha reta de sua mandíbula. Embora estivesse olhando o desenho em frente, era evidente que sua cabeça estava longe do papel. Costumava ficar horas vendo em detalhes o que havia acabado de desenhar: partes de um prédio, sistema elétrico, sistema hidráulico, janelas, ventilação. Ele imaginava o todo em sua cabeça e andava no meio das coisas, sentava, sentia-se morando lá, procurava falhas.

Eu o olhei, depois enfiei o cartão-postal na bolsa e sentei-me; minha animação diminuiu. De repente, não queria compartilhar minha descoberta com ele.

Mas *tinha* de contar a ele, disse a mim mesma. *Vou* contar a ele.

Rick tirou os olhos da mesa e sorriu: — Olá — disse.

— Olá, tudo bem? Está fazendo um projeto de som?

— Sim. E tenho boas notícias — disse, mostrando um fax. — Uma empresa alemã quer que eu a procure daqui a uma ou duas semanas. Se der certo, teremos um contrato ótimo. Este escritório vai ter trabalho para anos.

— É mesmo? Você é uma estrela! — Sorri e deixei-o falar alguns minutos. Quando terminou, contei:

— Sabe, Rick, encontrei algo num museu aqui perto, olhe. — Tirei o cartão e entreguei para ele. Olhou sob a luz.

— Foi esse o azul de que você me falou, não?

— Sim. — Fiquei por trás dele e abracei-o. Ele enrijeceu o corpo um instante e olhei se alguma psoríase estava tocando nele.

— Adivinha quem pintou o quadro? — Encostei o queixo no ombro dele.

Ele quis olhar no verso do cartão, não deixei. — Adivinhe.

Rick riu. — Ora, meu bem, você sabe que não entendo nada de pintura. Deve ter sido um daqueles pintores italianos da Renascença — disse, prestando atenção no quadro.

— Não. É um pintor francês.

— Ah, então foi um dos seus antepassados.

— Rick! Você viu o nome! — Belisquei o braço dele.

— Não vi! Eu estava brincando. É mesmo um parente seu? — perguntou, virando o cartão do outro lado.

— Sim. Algo me diz que é.

— Que ótimo!

— Ótimo mesmo, não? — Sorri para ele. Rick escorregou o braço para a minha cintura e me beijou enquanto tentava abrir o zíper do meu vestido. Abriu até a cintura, quando percebi que estava decidido. — Espera um instante, espera até chegarmos em casa!

Ele riu e pegou um grampeador na mesa de desenho.

— Não gosta do meu grampeador? E o que acha da minha régua? — Virou a luz da luminária para o teto. — Essa luz de clima não a inspira?

Dei um beijo nele e fechei o zíper do vestido. — Não é isso. Acho que... talvez agora não seja hora de falar, mas não sei se quero um filho. Talvez a gente devesse esperar mais um pouco.

Ele pareceu surpreso. — Mas nós já resolvemos. — Rick gostava de cumprir o que decidia.

— É, mas é mais traumático do que eu imaginava.

— Traumático?

— Talvez a palavra seja forte demais. — Espera aí, Ella, pensei, tem sido traumático mesmo. Por que esconder isso dele?

Rick esperava que eu falasse mais alguma coisa. Como não falei, ele suspirou. — Está certo, Ella, se você pensa assim. — Começou a juntar as canetas de desenho. — Só quero que você tenha um filho se estiver segura.

No carro, voltamos para casa alegres, os dois animados por motivos diversos, os dois acalmados pela minha indecisão. Assim que passamos na praça de Lisle, Rick parou o carro.

— Espera um instante — disse ele. Saltou e sumiu na esquina. Voltou um minuto depois e jogou algo no meu colo.

Eu ri. — Não me diga que você comprou — falei.

— Comprei. — Ele sorriu, malicioso. Nós sempre ríamos da desolada máquina de vender camisinhas que ficava numa das principais ruas da cidade e pensávamos que tipo de emergência faria alguém usá-la.

Naquela noite, transamos e dormimos profundamente.

No dia em que Jean-Paul voltou de Paris, eu estava tão distraída na aula de francês que Madame Sentier mexeu comigo.

— *Vous êtes dans la lune* (Você está com a cabeça na lua) — disse ela. E respondi:

— A luz está acesa, mas não tem ninguém em casa. — Foi preciso explicar o que eu queria dizer, mas, quando ela entendeu, riu e comentou o meu *drôle* (engraçado) humor norte-americano.

— Nunca sei o que você vai dizer, mas pelo menos o seu sotaque está melhorando.

Finalmente, ela deu a aula por terminada, depois de passar mais dever de casa para compensar a lição perdida.

Corri para pegar o trem para Lisle. Quando cheguei à praça e olhei para o *hôtel de ville* (câmara municipal), fiquei de repente sem saber se queria mesmo vê-lo. Era como quando se vai dar uma festa e, uma hora antes de os convidados chegarem, dá vontade de cair fora. Mas atravessei a praça, entrei no prédio da biblioteca, subi as escadas e abri a porta.

Várias pessoas aguardavam para ser atendidas pelos dois bibliotecários. Os dois levantaram os olhos e Jean-Paul me cumprimentou, educado, com um movimento de cabeça. Sentei-me a uma mesa, desconcertada. Não esperava ter de falar com ele com tanta gente em volta. Comecei a fazer a lição de Madame Sentier, desanimada.

Quinze minutos depois, a biblioteca esvaziou um pouco e Jean-Paul apareceu.

— Posso ajudar, *Madame*? — perguntou, apoiando a mão na mesa. Nunca estive tão próxima dele e, quando olhei, senti o cheiro de sol em sua pele dele e vi o rosto que parecia pontilhado de preto com aquela barba por fazer. Pensei, ah, não. Não foi isso. Não foi para isso que vim aqui. Senti um súbito pânico aumentar em mim.

Sacudi a cabeça e falei, baixo: — Olha, Jean-Paul, tenho... — Ele fez um leve movimento de cabeça e me corrigi. —

Sim, *Monsieur*. Tenho uma coisa para lhe mostrar. — E entreguei o cartão-postal. Ele olhou, virou e concordou. — Ah, o Musée des Augustins. Viu a escultura romanesca, não é?

— Não, não, olhe o nome! O nome do pintor!

Ele leu, baixo: — Nicolas Tournier, 1590 a 1639. — Olhou para mim e sorriu.

— Repare no azul — susurrei, mostrando o cartão. — É *aquele* azul. Sabe o sonho que falei? Mesmo antes de ver esse cartão, sabia que estava sonhando com um vestido. Um vestido azul. Esse azul.

— Ah, o azul da Renascença. Sabe, existe lápis-lazúli nesse tom. Mas naquela época era tão caro que os pintores só usavam em detalhes importantes, como o manto da Virgem.

Ele tinha sempre alguma coisa para ensinar.

— Não está percebendo? Esse pintor é meu antepassado!

Jean-Paul olhou em volta da sala, mudou de posição e tornou a olhar o cartão.

— Por que você acha que é?

— Claro que por causa do nome e das datas, mas principalmente por causa do azul. Combina exatamente com o sonho. Não só a cor, mas o clima do quadro. O olhar dela.

— Você nunca tinha visto esse quadro antes de sonhar?

— Não.

— Mas nesse período sua família estava na Suíça. Esse Tournier é francês, não?

— É, mas nasceu em Montbéliard. Conferi onde fica essa cidade, e adivinha onde é? A 50 quilômetros de Moutier! Perto da fronteira com a França. Os pais dele podiam muito bem ter-se mudado de uma cidade para outra.

— O museu não tinha informação sobre a família dele?

— Não, senão que nasceu em Montbéliard em 1590, passou algum tempo em Roma, depois foi para Toulouse e morreu em 1639. É só o que sabem.

Jean-Paul bateu o cartão nas juntas dos dedos.

— Se sabem a data de nascimento, devem saber o nome dos pais. Os registros de nascimento e batismo sempre têm o nome dos pais.

Segurei-me na mesa. A reação de Rick fora tão diferente.

— Vou me informar para você. — Ele se endireitou e me entregou o cartão.

— Não, não quero que faça isso — falei, alto. Várias pessoas olharam e o outro bibliotecário franziu o cenho para nós.

Jean-Paul levantou as sobrancelhas.

— *Monsieur*, eu pesquiso, eu descubro.

— Certo. Muito bem, *Madame*. — Ele se inclinou de leve e se foi, deixando-me confusa e murcha. — Dane-se ele — resmunguei, olhando bem para a Virgem.

O ceticismo de Jean-Paul me influenciou mais do que admiti. Quando descobri o nome do pintor, não pensei em saber mais nada sobre ele. Sabia quem ele era, e minha intuição constituía a prova de que eu precisava. Nomes, datas e lugares não alteravam a minha certeza. Ou, pelo menos, era o que eu pensava.

Bastou um comentário para suscitar a dúvida. Passei dois dias tentando ignorar o que ele dissera, mas, quando fui a Toulouse, levei o cartão e, após a aula de francês, fui à biblioteca da universidade. Já tinha estado lá consultando livros de Medicina, porém nunca estivera na seção de arte. Havia muitos alunos estudando para as provas, escrevendo, falando nas escadas, animados.

Descobrir alguma coisa sobre Nicolas Tournier foi mais demorado do que eu esperava. Ele fez parte de um grupo de pintores franceses chamados caravaggescos, que estudaram em Roma no início do século XVII e copiaram o estilo de Caravaggio, cujo trabalho tinha uma forte diferença entre luz e sombra. Esses pintores não costumavam assinar seus quadros e os estudiosos discutiam muito quem havia feito o quê. Citavam Tournier de vez em quando, superficialmente. Não era famoso, apesar de ter dois quadros no Louvre. A pouca informação que consegui era diferente do que havia lido no museu: a primeira dava-o como *Robert* Tournier, nascido em Toulouse em 1604, morto por volta de 1670. Só tive certeza de que se tratava do mesmo pintor porque reconheci os quadros. Outras fontes davam datas diferentes e corrigiam o nome para Nicolas.

Acabei escolhendo três livros que eram as fontes mais atualizadas. Mas, quando fui procurá-los nas prateleiras, não estavam lá. Falei com um estudante nervoso no balcão de informações, devia estar com provas para estudar, mas ele verificou no computador e confirmou que estavam emprestados.

— A biblioteca está muito cheia agora, como a senhora pode ver. Talvez alguém esteja usando numa pesquisa — explicou.

— É possível dizer com quem estão?

Ele olhou na tela. — Foram pedidos por outra biblioteca.

— Em Lisle-sur-Tarn?

— Sim — confirmou ele, surpreso e mais surpreso ainda quando resmunguei:

— Danado! Não estou me referindo a você — consertei, acrescentando: — Muito obrigada pela informação.

Eu devia saber que Jean-Paul não iria ficar parado, esperando que eu descobrisse. Ele era muito invasivo para ficar de fora, muito decidido em comprovar as próprias teses. A questão era se eu iria atrás dele descobrir mais.

Acabei não precisando decidir. Em Lisle, na rua da estação ferroviária, encontrei Jean-Paul indo a pé do trabalho para casa. Ele me cumprimentou com um — *Bonsoir* (Boa-noite) — e, sem pensar, falei: — Você está com os livros que passei a tarde inteira procurando. Por que fez isso? Pedi para não procurar para mim e, mesmo assim, você o fez!

Ele parecia quase aborrecido. — Quem disse que estou pesquisando para você, Ella Tournier? Fiquei curioso sobre o pintor, então procurei. Se quer os livros, pode vê-los amanhã na biblioteca.

Encostei num muro e cruzei os braços. — Está bem, está bem. Você venceu. Conte o que descobriu, anda logo.

— Tem certeza de que não quer ver os livros?

— Basta você me contar.

Ele acendeu um cigarro, tragou e soprou a fumaça nos pés. — Está certo. Talvez você descubra hoje que há um longo período sem muita informação sobre Nicolas Tournier. Mas em 1951 foi encontrada a certidão de batismo de julho de 1590 numa igreja protestante de Montbéliard. Ele era filho de André Tournier, um pintor de Besançon, cidade não muito longe de Montbéliard. O avô se chamava Claude Tournier. O pai, André Tournier, foi para Montbéliard em 1572 devido a problemas religiosos, talvez por causa do Massacre de São Bartolomeu. O seu pintor, Nicolas, era um de seus filhos. Ele é mencionado em Roma entre 1619 e 1626. Depois, há menção dele em Carcassonne, em 1627, e em Toulouse, em 1632.

Por muito tempo, pensou-se que ele havia morrido no final do século XVII, depois do ano de 1657. Mas em 1974 seu testamento foi descoberto, com data de 30 de dezembro de 1638. Deve ter morrido pouco tempo depois.

Fiquei olhando para o chão, calada por tanto tempo que Jean-Paul se inquietou e jogou o cigarro na rua.

Finalmente, falei:

— Escuta, nessa época batizava-se a criança logo depois do nascimento?

— Geralmente, sim. Mas nem sempre.

— Então, o batizado podia ser adiado por algum motivo, não? A data do batismo não indica necessariamente a data do nascimento. Nicolas Tournier podia estar com um mês, dois ou até dez anos quando foi batizado, pelo que sabemos. Podia ser até adulto!

— Pouco provável.

— É, mas é *possível.* Estou dizendo que a informação não garante nada. E o testamento tem a data que você disse, mas não significa que sabemos quando ele morreu. Não sabemos, não é? Talvez tenha morrido dez anos depois de fazer o testamento.

— Ella, o pintor ficou doente, fez o testamento e morreu. Costumava ser assim.

— Sim, mas não temos *certeza.* Não sabemos exatamente quando nasceu ou morreu. Esses registros não provam nada. Todos os detalhes fundamentais sobre ele continuam questionáveis. — Parei para diminuir a histeria cada vez maior da minha voz.

Ele também se encostou no muro e cruzou os braços.

— Você não quer ouvir que o pai desse pintor foi André Tournier e não um de seus antepassados. Nenhum Étienne ou Jean. Não era de Cévennes nem de Moutier. Não é seu parente.

— Veja por outro ângulo — continuei, mais calma. — Até pouco tempo atrás, na década de 1950, não sabiam *nada* sobre ele. Todas as informações estavam erradas, menos o sobrenome e a cidade onde morreu. O resto estava errado: o nome dele, a data de nascimento e de morte, o local de nascimento, a autoria de alguns quadros, que no fim eram de outros pintores. E toda essa informação errada foi publicada, eu vi na biblioteca. Se eu não descobrisse fontes mais recentes, estaria com todas as informações erradas. Estaria até chamando-o pelo nome errado! Ainda hoje, os historiadores de Arte discutem quais são os quadros dele. Se não conseguem saber esse dado tão importante, se tudo se baseia em especulação, se data de batismo é a mesma de nascimento e data de testamento é igual à de morte... bom, são provas inconsistentes. Nada é concreto, então por que vou acreditar nisso? O *concreto* para mim é que o sobrenome dele é igual ao meu, que ele trabalhou a apenas 50 quilômetros de onde moro e que pintou o mesmo azul que aparece sempre no meu sonho. *Isso* é concreto.

— Não, isso é *coincidência*. Você está sendo atraída pela coincidência.

— E você, pela especulação.

— O fato de você morar perto de Toulouse e de ele ter morado lá não significa que sejam parentes. E o sobrenome Tournier é mais ou menos comum. Você sonhar com o azul que ele pintou, bom, é um azul fácil de lembrar num sonho porque é bem vívido. É mais difícil lembrar um azul-escuro, não?

— Escuta, por que você quer tanto provar que ele *não* é meu parente?

— Porque você está baseando tudo na coincidência e em sua intuição, e não numa prova concreta. Está impressionada com um quadro, com um determinado tom de azul; por isso e porque o nome do pintor é igual ao seu, resolve que é seu antepassado? Não. Eu não devia estar convencendo você de que Nicolas Tournier não é seu parente, você é que devia me convencer de que ele *é*.

Tenho de parar com isso, pensei. Daqui a pouco fico sem esperança alguma.

Talvez meu rosto tenha refletido o que pensei, porque Jean-Paul falou num tom mais gentil. — Acho que talvez esse Nicolas Tournier não a ajude. Talvez ele seja uma pista falsa.

— Uma pista falsa? Talvez você tenha razão. — Fiz uma pausa. — Mas ele invadiu a minha vida. Antes de Nicolas aparecer, nem lembro o que eu iria fazer com essa história de antepassados.

— Iria procurar parentes dos quais não tinha notícias há muito tempo na região de Cévennes.

— Ainda posso fazer isso. — A expressão dele me fez rir. — Sim, *vou procurar*. Sabe, toda a sua argumentação só me dá vontade de provar que está errado. Quero encontrar prova... sim, prova concreta com a qual até você vá concordar... sobre os meus "parentes dos quais não tenho notícias". Só para mostrar que a intuição nem sempre está errada.

Ficamos calados. Passei o peso do corpo de um pé para o outro; Jean-Paul apertou os olhos sob o pôr-do-sol. Tomei consciência de ele estar ali comigo naquela ruazinha da França. Estamos separados por apenas cinco centímetros, pensei, eu podia...

— E o sonho? Continua tendo? — ele perguntou.

— Ah, não. Acho que sumiu.

— Então, quer que eu ligue para o arquivo de Mende e avise que você vai lá?

— Não! — Meu grito fez os pedestres virarem a cabeça para mim. — É exatamente o que não quero que faça! — falei, baixo. — Fique de fora, a menos que eu peça ajuda, certo? Se precisar, aviso.

Jean-Paul levantou as mãos como se houvesse uma arma apontada para ele. — Ótimo, Ella Tournier. Traçamos uma linha de separação e eu fico do meu lado, certo? — Ele deu um passo atrás nessa linha imaginária e a distância entre nós aumentou.

Na noite seguinte, quando estávamos jantando no pátio de casa, contei para Rick que queria ir a Cévennes procurar registros de família.

— Lembra que escrevi para Jacob Tournier, na Suíça? Ele respondeu e disse que nossa família é originária da região de Cévennes. Talvez. — Achei graça de mim mesma: estava aprendendo a colocar cautela no que dizia. — Quero dar uma olhada nos registros — acrescentei.

— Pensei que você já havia descoberto sobre a sua família, com o pintor e tudo.

— Bom, isso não está confirmado. Ainda não — acrescentei logo. — Talvez eu encontre alguma coisa lá que confirme isso.

Para a minha surpresa, ele franziu o cenho. — Isso deve ser alguma coisa que Jean-Pierre inventou.

— Jean-*Paul*. Não, não é. Pelo contrário. Ele acha que não vou encontrar nada.

— Quer que eu vá junto?

— Preciso ir durante a semana, quando os arquivos estão abertos.

— Eu podia tirar dois dias de folga e ir com você.

— Pensei em ir na próxima semana.

— Não posso. O escritório está uma loucura com o contrato da empresa alemã. Talvez mais no meio do verão, quando estiver mais calmo. Em agosto.

— Não posso esperar até agosto!

— Ella, por que tanto interesse nos seus antepassados? Nunca se interessou por eles.

— Nunca morei na França antes.

— É, mas parece estar investindo um bocado no assunto. O que espera encontrar?

Eu queria dizer alguma coisa sobre ser aceita pelos franceses, sobre sentir que fazia parte do país. Em vez disso, falei:

— Quero acabar com o pesadelo azul.

— Acha que saber sobre a sua família vai livrar você de um pesadelo?

— Acho. — Inclinei-me para trás e olhei os vinhedos. Pequenos cachos de uvas estavam começando a aparecer. Sabia que não fazia sentido, que não havia ligação alguma entre o sonho e meus antepassados. Mas minha cabeça fez a ligação e minha teimosia me fez continuar.

— Jean-Pierre vai com você?

— Não! Escuta, por que você está tão negativo? O assunto não é com você. É algo que diz respeito *a mim*. É a primeira coisa que realmente quis fazer desde que chegamos aqui. O mínimo que você podia fazer seria me apoiar.

— Pensei que o que você realmente queria era ter um filho. E apoiei a idéia.

— É, mas... — Não devia só dar apoio para uma idéia dessas, pensei. Devia se interessar também.

Depois, pensei várias coisas que censurei.

Rick me olhou fixamente, cenho franzido, mas se esforçou para relaxar. — Tem razão. Vá, meu bem. Se isso vai deixar você feliz, é o que deve fazer.

— Ah, Rick, não... — Parei. Não tinha sentido criticá-lo. Ele estava tentando me apoiar sem entender o motivo do meu interesse. Pelo menos, estava tentando.

— Olha, fico lá uns dias e pronto. Se encontrar alguma coisa, ótimo. Caso contrário, não tem importância. Certo?

— Ella, se não encontrar nada, vou levar você ao melhor restaurante de Toulouse.

— Ah, obrigada. Isso faz com que eu me sinta bem melhor.

Ironia é a forma mais barata de humor, segundo a minha mãe. Minha observação ficou ainda mais barata com o olhar ofendido que ele fez.

Na manhã em que viajei, o dia estava claro e brilhante; houve um temporal durante a noite, tirando a tensão no ar. Dei um beijo de despedida em Rick quando ele desceu na estação de trem, depois entrei no carro e dirigi na direção contrária. Que alívio ir a Mende. Comemorei ouvindo som bem alto, abrindo as janelas e o teto solar para deixar o vento bater em mim.

A estrada seguia o rio Tarn até Albi, cidade com uma catedral cheia de turistas de junho, depois seguia para o norte, longe do rio. Eu encontraria o Tarn de novo em Cévennes, subindo para a sua nascente. Depois de passar por Albi, a paisagem começou a mudar, o horizonte se ampliou à medida que subi e se estreitou à medida que as colinas me rodearam e o céu passou de azul a cinza. Nas duas margens da estrada, as papoulas e as rendas-da-rainha-Ana tinham a companhia de outras flores, nabos selvagens cor-de-rosa, margaridas e principalmente giestas, com seu cheiro forte e envolvente. As folhas das árvores ficaram mais escuras. Os campos não eram mais cultivados, mas transformados em pasto, com o capim servindo de alimento para cabras e vacas marrons. Os rios eram menores, mais rápidos e mais barulhentos. De repente, as casas mudaram de estilo: de calcário claro passaram a granito marrom-acinzentado com telhados mais em ponta, e telhas de pedra lisa, em vez de serem de barro curvo. Tudo ficou menor, mais escuro e mais sério.

Fechei as janelas e o teto solar, desliguei o som. Meu ânimo parecia estar conectado à paisagem. Não gostei de ver aquela terra linda e triste. Lembrava o azul do sonho.

Mende coroou tanto a paisagem quanto o meu ânimo. Suas ruas estreitas tinham em redor uma rua agitada que fazia a cidade parecer emoldurada. No centro, espraiava-se uma catedral, com duas espirais diferentes, o que dava uma forma estranha, improvável. Dentro, a catedral era sombria e triste. Saí de lá e fiquei na escada, olhando as construções de pedra cinza em volta. *Isso* é Cévennes?, pensei. Depois, sorri para mim mesma: claro que eu achava que a terra de origem dos Tournier tinha de ser linda.

Eu havia percorrido uma boa distância de carro a partir de Lisle; e até as estradas maiores tinham curvas e subidas, exigindo mais atenção do que as vias expressas e retas dos Estados Unidos. Estava cansada e meio desanimada. Entrar num quarto apertado de hotel e jantar sozinha numa pizzaria onde os outros fregueses eram casais ou homens velhos só me fizeram piorar. Pensei em ligar para Rick, mas sabia que, em vez de me animar, isso iria me fazer piorar mais, lembrando-me do vazio que vinha aumentando entre nós.

Os arquivos da região ficavam num prédio bem novo, de pedra rosa e branca e metal pintado de azul, verde e vermelho. A sala de pesquisa era grande e arejada, com quase todas as mesas cheias de gente examinando documentos. As pessoas pareciam saber exatamente o que estavam fazendo. Tive a mesma sensação à qual estava habituada em Lisle: como estrangeira que era, devia ficar na ponta da mesa, de onde poderia olhar e admirar os nativos do local, mas sem jamais me juntar a eles.

Uma mulher alta que estava no balcão principal me olhou e sorriu. Devia ter a minha idade, de cabelos louros e curtos, óculos amarelos. Pensei, ah, graças a Deus, *não* é outra *Madame*. Fui até ela e coloquei minha bolsa no balcão.

— Não sei o que estou fazendo aqui, pode me ajudar, por favor? — perguntei.

O riso dela era inesperadamente alto para um lugar tão quieto.

— *Alors* (Bem), o que procura? — perguntou ela, ainda rindo, os olhos azuis aumentados pelas lentes grossas dos óculos. Nunca tinha visto alguém usar lentes grossas com tanto estilo.

— Tenho um antepassado chamado Étienne Tournier que deve ter morado em Cévennes no século XVI. Quero saber mais sobre ele.

— Sabe quando ele nasceu ou morreu?

— Não. Sei que a família mudou para a Suíça, mas não sei quando exatamente. Deve ter sido antes de 1576.

— Não tem as datas de nascimento ou morte? Filhos? Ou até netos?

— Bom, ele teve um filho, Jean, que, por sua vez, teve um filho em 1590.

Ela concordou com a cabeça. — Então o filho Jean nasceu entre, digamos, 1550 e 1575, e o pai Étienne nasceu vinte ou quarenta anos antes, digamos, a partir de 1510. Então, você procura de 1510 a 1575, mais ou menos, não?

Ela falava francês tão rápido que não consegui responder logo: estava perdida no meio das contas. — Acho que sim — respondi, enfim, pensando se devia falar nos pintores Tournier também, Nicolas, André e Claude.

Ela não me deu chance. — Você quer olhar certidões de batismo, casamento e óbito — concluiu ela. — E talvez *compoix* também, que são registros de impostos. De que província eram eles?

— Não sei.

— Ah, isso é um problema. A região de Cévennes é grande, sabe. Claro que não existem muitos registros dessa época. Nesse tempo, os documentos eram guardados pela igreja, porém muitos foram queimados em incêndios ou perdidos durante guerras religiosas. Então, pode ser que você não tenha muito o que olhar. Se soubesse o nome da província, eu poderia dizer na hora o que temos, mas não se preocupe, vamos ver o que podemos encontrar.

A bibliotecária percorreu uma lista de documentos de Mende e de outros arquivos do *département*. Tinha razão: toda a região dispunha só de alguns documentos do século XVI. Sobraram poucos, talvez por acaso. Claro que a possibilidade de um Tournier aparecer nos livros dependia exclusivamente da sorte.

Pedi os registros importantes que estavam guardados ali e que ficavam entre as datas citadas por ela. Eu não tinha certeza do que iria encontrar: andei usando o termo "registro" aleatoriamente, esperando que no século XVI houvesse algo equivalente às minhas bem datilografadas certidões de nascimento e casamento. Cinco minutos depois, a bibliotecária trouxe algumas caixas de microfichas, um livro encapado com papel pardo e outra enorme caixa. Sorriu para me encorajar e foi embora. Olhei-a voltando para a mesa e sorri dos sapatos plataforma e da saia de couro curta que ela usava.

Comecei pelo livro. Era encadernado num couro de bezerro branco seboso, com a capa ilustrada com notas musicais antigas e um texto em latim. A primeira letra de cada linha era maior que as outras e pintada de vermelho e azul. Abri a primeira página e passei a mão: era emocionante tocar em algo tão antigo. Estava tudo em tinta marrom e, embora a letra fosse bem clara, o texto parecia ter sido escrito mais para ser admirado do que lido: não consegui entender uma palavra sequer. Várias letras eram idênticas e, quando finalmente comecei a entender uma palavra aqui e outra ali, percebi que não fazia diferença: era outra língua.

Então, comecei a espirrar.

A bibliotecária apareceu vinte minutos depois para ver como ia a pesquisa. Eu havia percorrido dez páginas, encontrando datas e, aos poucos, vendo o que pareciam ser nomes.

Olhei para ela. — Esse documento está em francês?

— Francês arcaico.

— Ah. — Não tinha imaginado.

Ela olhou a página e percorreu algumas linhas com a unha pintada de rosa. — Uma grávida se afogou no rio Lot, em maio de 1574. *Une inconnue la pauvre* (Desconhecida, a coitada) — murmurou ela em francês. — Essas mortes não são muito úteis para você, não?

— Acho que não — falei, e espirrei no livro.

A mulher riu quando me desculpei. — Todo mundo espirra. Olhe em volta, todos estão com lenços! — Ouvimos um pequeno espirro de um senhor do outro lado da sala e rimos.

— Venha respirar um pouco fora da poeira. Vamos tomar um café. Meu nome é Mathilde — ela disse. Estendeu a mão e sorriu. — É assim que os norte-americanos fazem, não? Apertam as mãos quando se conhecem?

Sentamos num café no canto da sala e dali a pouco estávamos conversando como velhas amigas. Apesar do jeito de falar rápido, era fácil conversar com Mathilde. Eu não havia percebido como estava sentindo falta de uma companhia feminina. Ela fez inúmeras perguntas sobre os Estados Unidos, principalmente a Califórnia.

— O que faz aqui? Se pudesse, eu iria para a Califórnia já! — disse ela, num suspiro.

Fiquei tensa, pensando numa resposta para mostrar que eu não tinha apenas vindo atrás de Rick , como Jean-Paul dera a entender. Mas Mathilde continuou falando antes de eu responder e vi que não esperava que me explicasse.

Não se surpreendeu nem um pouco por eu estar interessada em parentes distantes. — As pessoas estão sempre buscando a história da família — disse.

— Acho meio bobo fazer isso, é pouco provável encontrar alguma coisa — confessei.

— É verdade — admitiu ela. — Para ser sincera, a maioria das pessoas não encontra nada, quando procuram algo tão remoto. Mas não desanime. Os registros são interessantes, não?

— São, mas levo muito tempo para entender o que dizem! Só encontro mesmo datas e, às vezes, nomes.

Mathilde sorriu. — Se acha difícil ler esse livro, espere até ver as microfichas! — Riu ao ver minha cara. — Hoje não estou muito ocupada, continue lendo o livro que eu olho as microfichas para você. Estou acostumada com aquela escrita antiga!

Fiquei grata pelo oferecimento. Ela se encarregou da máquina de microfilmagem enquanto eu peguei a caixa, que

Mathilde explicou ser um livro de *compoix*. Tudo na mesma caligrafia quase indecifrável. Levei o resto do dia para olhar. No final, estava exausta e Mathilde parecia desapontada por não haver mais onde procurar.

— É só isso mesmo? — perguntou, olhando a lista de novo. — *Attends* (Espera), tem um livro de *compoix* de 1570 na *mairie* (administração municipal) de Le Pont de Montvert. Claro, Monsieur Jourdain trabalha lá! Há um ano, ajudei-o a fazer a lista desses registros.

— Quem é ele?

— Secretário da *mairie.*

— Você acha que vale o esforço?

— *Bien sûr* (Claro). Mesmo que você não encontre nada, Le Tant de Montreal é linda. É uma pequena província aos pés do monte Lozère. — Olhou o relógio. — *Mon Dieu* (Meu Deus), tenho de pegar Sylvie! — Agarrou a bolsa e me empurrou, enquanto ria e trancava a porta da sala. — Você vai se divertir com Monsieur Jourdain. Se ele não comer você viva, claro!

Na manhã seguinte, saí cedo e peguei a pitoresca estrada para Le Pont de Montvert. Quando a estrada começou a subir o monte Lozère, a paisagem se abriu e clareou, ao mesmo tempo em que ficava mais inóspita. Passei por pequenas aldeias poeirentas onde as construções eram de granito até nos telhados, sem um toque de tinta para diferenciá-las da terra em volta. Muitas casas estavam abandonadas, sem telhado, as chaminés caindo, as janelas despencando. Vi poucas pessoas e, depois de certo ponto, nenhum carro. Dali a pouco, havia apenas pedras arredondadas de granito, giestas, urzes e alguns pinheiros.

Está mais parecido com o que eu esperava, pensei.

Perto do cume, parei num lugar chamado Col de Finiels e encostei no capô do carro. Depois de desligado há alguns minutos, o ventilador automático parou e tudo ficou divinamente quieto; ouvi alguns pássaros e o ronco surdo do vento. Conforme o meu mapa, a nascente do Tarn ficava para leste, do outro lado da pequena floresta de pinheiros e depois de uma pequena colina. Tive vontade de ir olhar.

Em vez disso, desci de carro pelo outro lado da montanha, ziguezagueando para a frente e para trás até que a última curva me fez entrar em Le Pont de Montvert e passar por um hotel, uma escola, um restaurante, algumas lojas e bares de um lado da estrada. Caminhos saíam da estrada principal, entrando por entre as casas construídas na colina. Por cima do telhado das casas, eu via o teto da igreja com um campanário de pedra.

Vislumbrei um rio do outro lado da estrada. Era o Tarn, escondido por um muro baixo de pedra. Estacionei perto de uma velha ponte também de pedra e olhei o rio de cima dela.

O Tarn havia mudado completamente. Não era mais largo e lento, tinha no máximo 15 metros de largura e corria como um riacho. Prestei atenção nos seixos bem vermelhos e amarelos brilhando na água. Não conseguia tirar os olhos deles.

Essa água vai correr até Lisle, pensei. Até onde estou.

Eram dez horas da manhã de quarta-feira, Jean-Paul podia estar sentado no café, olhando o rio também.

Pare com isso, Ella, pensei, ríspida. Pense em Rick, ou não pense em nada.

★ ★ ★

Do lado de fora, a *mairie* era bastante apresentável: um prédio grande, de janelas marrons, com a bandeira francesa tremulando numa delas. Mas, por dentro, parecia uma loja de quinquilharias, o sol atravessava uma nuvem de poeira. Monsieur Jourdain estava lendo jornal numa mesa no fundo da sala. Era baixo e gordo, de olhos saltados, pele azeitonada e uma daquelas barbas hirsutas que descem pelo pescoço e escondem o contorno do rosto. Olhou desconfiado para mim enquanto eu abria caminho entre móveis velhos e gastos, e pilhas de papel.

— *Bonjour, Monsieur Jourdain* — cumprimentei, em francês, alegremente.

Ele rosnou alguma coisa e olhou o jornal.

— Eu me chamo Ella Turner —Tournier — continuei, devagar, em francês. — Gostaria de ver alguns registros que o senhor tem aqui na *mairie*. Há um *compoix* de 1570. Posso vê-lo?

Ele deu uma olhada em mim e voltou a ler o jornal.

— *Monsieur*? É Monsieur Jourdain, não? Disseram em Mende para procurar o senhor.

Monsieur Jourdain passou a língua nos dentes. Olhei para baixo. Ele estava lendo um jornal de esportes, aberto na seção de turfe.

Ele falou alguma coisa que não entendi. — *Pardon*? (Como disse?) — perguntei. Ele repetiu de forma incompreensível e fiquei em dúvida se estaria bêbado. Pedi que repetisse, ele balançou as mãos e espirrou cuspe em mim, soltando uma torrente de palavras. Dei um passo atrás.

— Nossa, que tipo! — resmunguei, em inglês

Ele apertou os olhos e rosnou, virei as costas e saí. Sentei-me, furiosa, num café, descobri o telefone do arquivo de Mende e liguei para Mathilde de um telefone público.

Ela soltou uma exclamação quando expliquei o ocorrido. — Deixa comigo, volte lá daqui a meia hora — sugeriu.

Não sei o que ela disse ao telefone para Monsieur Jourdain, mas funcionou, porque, apesar de me olhar fixamente, foi comigo por um corredor até uma sala cheia, com uma mesa abarrotada de papéis. — *Attendez* (Espera) — resmungou, em francês, e saiu. Pensei que ali era uma sala de guardados e dei uma olhada. Havia caixas de livros por toda parte, alguns muito antigos. No chão, pilhas de documentos que pareciam ser do governo, e sobre as mesas havia um monte de envelopes fechados e espalhados, endereçados a Abraham Jourdain.

Dez minutos depois, ele voltou com uma grande caixa e esvaziou-a sobre a mesa. Depois, sem uma palavra nem um olhar, saiu de novo.

A caixa tinha um livro parecido com o *compoix* de Mende, porém maior ainda e em pior estado. A encadernação de couro de bezerro estava tão gasta que não prendia mais as páginas. Segurei o livro com o maior cuidado, mesmo assim pedaços dos cantos se desmancharam e caíram. Escondi os pedaços nos bolsos, com medo de Monsieur Jourdain descobrir e gritar comigo.

Ao meio-dia, ele me pôs para fora. Eu estava trabalhando há apenas uma hora quando ele apareceu na porta, olhou para mim e resmungou alguma coisa. Só concluí o que era porque ele bateu no relógio de pulso. Seguiu pelo corredor, com passos pesados, para abrir a porta da frente e, depois que saí, fechou-a com estrondo e trancou-a. Fiquei piscando na luz do dia, ofuscada depois daquela sala escura e poeirenta.

Fui cercada pelas crianças que saíam de um playground na porta ao lado.

Respirei fundo. Graças a Deus, pensei.

Comprei o que comer nas lojas que estavam prestes a fechar para o almoço: queijo, pêssegos e um pão escuro e vermelho que o vendedor disse que era especialidade local, feito de castanhas. Peguei um caminho que passava entre casas de granito e ia até a igreja no alto da aldeia.

A igreja era uma construção simples de pedra, quase tão grande quanto alta. A porta que eu achei ser a da frente estava trancada, dei a volta e descobri uma entrada lateral aberta, com a inscrição 1828, e entrei. Era cheia de bancos de madeira vazios. As duas longas paredes laterais tinham balcões. Havia um órgão de madeira, um púlpito e uma mesa com uma grande Bíblia aberta. Era só. Nenhum enfeite, nenhuma estátua ou cruz, nenhum vitral. Nunca vira uma igreja tão despojada. Não tinha nem altar para distinguir o lugar onde ficava o padre e nem o lugar para os fiéis.

Fui até a Bíblia, a única coisa lá com uma utilidade que ia além do meramente prático. Parecia antiga, embora não tanto quanto o *compoix* que eu estivera examinando. Virei as páginas. Demorou um pouco (eu não sabia a ordem dos Livros da Bíblia) para encontrar o que procurava. Comecei a ler o Salmo 31: *J'ai mis en toi mon espérance: Garde-moi, donc, Seigneur.* Depois, fui à primeira linha do terceiro verso: *Tu es ma tour et forteresse,* e meus olhos se encheram de lágrimas. Parei de repente e saí da igreja.

Garota boba, xinguei-me, quando sentei no muro em volta da igreja e enxuguei os olhos. Comi meu lanche, piscando sob o sol forte. O pão de castanha era doce e seco, e grudou no fundo da minha garganta. E ficou lá pelo resto do dia.

Voltei ao arquivo, e Monsieur Jourdain estava sentado à mesa, com as mãos entrelaçadas. Não lia o jornal; na verdade, parecia estar à minha espera. Perguntei, com cuidado:

— *Bonjour, Monsieur*. Pode me dar o *compoix*, por favor?

Ele abriu um arquivo ao lado da mesa, tirou a caixa e me entregou. Depois, olhou bem para mim.

— Como se chama? — perguntou, com uma voz estranha.

— Tournier, Ella Tournier.

— Tournier — ele repetiu, ainda me olhando atento. Mexeu a boca para o lado, mastigando a bochecha. Olhava os meus cabelos. — *La Rousse* — murmurou.

— O quê? — perguntei, alto. Uma nuvem de poeira caiu em cima de mim.

Monsieur Jourdain arregalou os olhos e pegou uma mecha dos meus cabelos. — *C'est rouge. Alors, la Rousse* (São ruivos, então, a Ruiva) — disse, em francês.

— Mas meus cabelos são castanhos, *Monsieur.*

— *Rouge* — repetiu, firme.

— Claro que não. São... — Puxei uma mecha na frente dos olhos e prendi a respiração. Ele tinha razão: *havia* luzes acobreadas. Mas, quando olhei no espelho naquela manhã, eram castanhos. O sol já havia posto luzes no meu cabelo antes, mas nunca com tanta rapidez e intensidade.

— O que é *La Rousse*? — perguntei, acusadora.

— É um apelido cevenol para uma moça de cabelos vermelhos. Não é um insulto — acrescentou, rápido. — Eles costumavam chamar a Virgem de *La Rousse* porque achavam que tinha cabelos ruivos.

— Ah. — Senti tontura, enjôo e sede ao mesmo tempo.

— Olhe, *Madame.* — Ele enrolou a língua nos dentes. — Se quiser, pode usar aquela mesa. — Mostrou uma mesa vazia ao lado dele.

— Não, obrigada, a outra sala é ótima — falei, confusa.

Monsieur Jourdain concordou com a cabeça, parecendo aliviado por não ter de dividir uma sala comigo.

Continuei de onde havia parado, mas toda hora interrompia para examinar o meu cabelo. Até que sacudi a cabeça e pensei: não há nada que possa fazer agora, Ella. Termina esse trabalho.

Trabalhei rápido, já que não podia confiar na tolerância de Monsieur Jourdain. Parei de tentar entender quais os impostos que estavam sendo coletados e me concentrei em nomes e datas. Quando cheguei ao final do livro, fui ficando cada vez mais desesperada e fazendo pequenas apostas para me incentivar: aposto que vai ter um Tournier nas próximas vinte páginas, aposto que vou achar um Tournier nos próximos cinco minutos.

Olhei a última página: era o registro de um Jean Marcel e tinha apenas um verbete para *châtaignes* (castanhas), palavra que vi muito nos *compoix*. A nova cor dos meus cabelos, a cor das castanhas.

Guardei o livro na caixa e fui devagar pelo corredor até a sala de Monsieur Jourdain. Ele continuava sentado à mesa, datilografando rápido com dois dedos numa velha máquina manual. Quando se inclinou para a frente, uma corrente de prata balançou no decote em V da camisa e uma cruz bateu nas chaves da mesa. Ele olhou para cima e me viu. Segurou a cruz e esfregou-a com o dedo.

— Essa é a cruz dos huguenotes — ele disse. — Conhece?

Balancei a cabeça. Ele a segurou para eu ver. Era quadrada, com uma pomba de asas abertas na ponta inferior.

Coloquei a caixa sobre a mesa vazia na frente dele.

— *Voilà* — eu disse. — Obrigada por me deixar olhar a caixa.

— Encontrou alguma coisa?

— Não. — Estendi a mão para ele e disse: — *Merci beaucoup, Monsieur.*

Ele apertou minha mão, indeciso.

— *Au revoir, La Rousse* (Adeus, Ruiva) — disse, quando saí.

Era muito tarde para voltar a Lisle. Então passei a noite num dos dois hotéis da província. Depois do jantar, liguei para Rick, mas ninguém atendia. Depois liguei para Mathilde, que me havia dado seu telefone e me fizera prometer informar como tinham sido as coisas. Ficou desapontada por eu não ter encontrado nada, embora soubesse que a chance era mínima.

Perguntei como ela havia conseguido fazer com que Monsieur Jourdain ficasse mais gentil comigo.

— Ah, foi só fazê-lo sentir-se culpado. Lembrei que você estava procurando os huguenotes. A família dele é huguenote, descendente de um dos líderes da rebelião dos *Camisards*. Acho que se chamava René Laporte.

— Então, ele é um huguenote.

— É. O que você achava? Não deve ser muito dura com ele. Passou por maus bocados nos últimos tempos. Há três anos, a filha fugiu com um norte-americano. Turista e, além disso, católico! Não sei o que o irritou mais: o fato de o rapaz ser norte-americano ou ser católico. Dá para ver como isso o abalou. Era um bom funcionário, inteligente, mas, no ano passado, mandaram-me para lá a fim de ajudá-lo a arrumar as coisas.

Pensei na sala onde trabalhei, cheia de livros e papéis, e ri.

— Por que está rindo?

— Você já foi lá na sala dos fundos?

— Não, ele disse que havia perdido a chave e, de todo jeito, não havia nada lá.

Contei-lhe como era a sala.

— *Merde*, eu sabia que ele estava escondendo alguma coisa! Devia ter insistido para entrar.

— De qualquer forma, agradeço a sua ajuda, Mathilde.

— Ah, não foi nada. — Ela fez uma pausa. — E quem é Jean-Paul?

Enrubesci.

— Um bibliotecário de Lisle, onde moro. Como o conheceu?

— Ele me telefonou hoje à tarde.

— Telefonou para *você*?

— Sim, queria saber se você havia encontrado o que queria.

— É mesmo?

— Por que tanta surpresa?

— É, quer dizer, não. Não sei. O que você lhe disse? — perguntei.

— Falei para ele perguntar a *você*. Que charme!

Fiquei pasma.

Na volta para Lisle, peguei a estrada panorâmica, seguindo o rio Tarn por desfiladeiros de muito vento. O dia estava nublado e eu não pensava na estrada. Estava ficando cansada de dirigir por tantas curvas. Acabei me perguntando por que havia me incomodado em fazer aquela viagem.

Rick não estava em casa quando cheguei e o telefone do escritório não respondia. A casa parecia sem vida e fui de um cômodo a outro, sem conseguir ler ou assistir à tevê. Passei um bom tempo examinando meus cabelos no espelho do banheiro. O cabeleireiro em San Francisco sempre quisera me convencer a tingi-los de ruivo, achava que combinava com meus olhos. Nunca aceitei, mas agora ele tinha uma chance: meus cabelos estavam mesmo ficando ruivos.

Quando deu meia-noite, fiquei preocupada: Rick havia perdido o último trem de Toulouse. Eu não tinha o telefone da casa de nenhum colega de trabalho, só podia imaginar que estivesse com um deles. Não havia mais ninguém para quem eu pudesse telefonar, nenhum amigo solidário para me ouvir e me tranqüilizar. Pensei em ligar para Mathilde, mas era tarde e não a conhecia direito para dar telefonemas preocupados à meia-noite.

Liguei então para a minha mãe, em Boston. — Tem *certeza* de que Rick não disse aonde ia? — ela repetiu. — *Aonde* você foi de novo? Ella, você tem dado atenção a ele? — Minha mãe não estava interessada em minha pesquisa sobre a família Tournier. Não era mesmo a família dela; Cévennes e os pintores franceses também não significavam nada para ela.

Mudei de assunto. — Mamãe, meus cabelos ficaram ruivos — contei.

— O quê? Passou henna? Ficou bom?

— Não passei nada... — Não podia dizer que os cabelos simplesmente haviam mudado de cor, não fazia sentido. — Estão bonitos, aliás, *bem* bonitos. Estão naturais — falei, finalmente.

Fui para a cama, mas fiquei acordada horas, tentando ouvir a chave de Rick na porta, pensando se devia ou não me preocupar, lembrando a mim mesma que ele era adulto e, ao mesmo tempo, lembrando que sempre me avisava aonde ia.

Acordei cedo e fiquei tomando café até as sete e meia, quando uma recepcionista atendeu o telefone na empresa de Rick. Não sabia onde ele estava, mas prometeu pedir à secretária para avisar assim que ele chegasse. Quando ela ligou, às oito e meia, eu estava elétrica de tanto café e meio tonta.

— *Bonjour, Madame Middleton* (Bom-dia, Madame Middleton), como vai? — cumprimentou ela, numa voz sonora.

Desisti de explicar que eu não usava o sobrenome de Rick.

— Sabe onde está Rick? — perguntei.

— Em Paris, a negócios. Teve de ir de repente, anteontem. Volta hoje à noite, não avisou a senhora?

— Não, não avisou.

— Tenho o telefone do hotel, caso a senhora queira.

Quando liguei, Rick já havia fechado a conta e saído do hotel. Não sei por quê, mas aquilo me deixou mais irritada do que tudo.

Naquela noite, quando ele chegou em casa, mal consegui olhá-lo. Pareceu surpreso de me encontrar, mas também satisfeito.

Não falei nem oi. — Por que não disse aonde ia? — perguntei.

— Porque não sabia onde *você* estava.

Franzi o cenho. — Você sabia que fui ao arquivo de Mende procurar documentos. Podia ter-me procurado lá.

— Ella, para ser sincero, não sei *o que* você tem feito nos últimos dias...

— O que quer dizer com isso?

— Não sei onde você esteve, aonde você ia. Você não me telefonou nem uma vez sequer. Não disse direito aonde ia e quanto tempo iria demorar. Eu não sabia que você voltaria hoje. Imaginava que fosse levar algumas semanas.

— Ah, não exagere.

— Não estou exagerando. Dá um tempo, Ella. Não pode esperar que eu diga onde estou se não sei onde *você* está.

Fiz uma careta para o chão. Rick era tão sensato e tinha tanta razão que tive vontade de bater nele. Suspirei e disse:

— Está bem. Desculpe. É que não achei nada, aí voltei e você não estava e, ah, tomei café demais. Fiquei enjoada.

Rick riu e me abraçou. — Conte o que você não achou.

Enfiei o rosto no ombro dele. — Não achei nada. Só conheci uma mulher muito simpática e um velho rabugento.

Senti Rick esfregar o rosto nos meus cabelos. Joguei a cabeça para trás para ver o rosto dele. Estava com o cenho franzido.

— Você tingiu os cabelos?

No dia seguinte, Rick e eu andamos pelo mercado de domingo, ele com o braço nos meus ombros. Eu estava mais descansada do que nos últimos dois meses. Para comemorar esse sentimento e o fato de a psoríase parecer diminuir, usei meu vestido preferido, uma túnica sem mangas, amarelo-claro.

À medida que o verão se aproximava, o mercado crescia a cada fim de semana. Naquele domingo, estava com um movimento que eu nunca tinha visto e que ocupava a praça toda. Os agricultores haviam trazido caminhões carregados de frutas e legumes, queijo, mel, toucinho, pão, patê, galinhas, coelhos, cabritos. Eu podia comprar pilhas de doces, um casaco igual ao de *Madame* e até um trator.

Estava todo mundo lá: nossos vizinhos, a mulher da biblioteca, *Madame* num banco do outro lado da praça com duas amigas, colegas minhas do curso de ioga que eu estava fazendo, a mulher com o bebê do chocalho e todas as pessoas de quem algum dia havia comprado algo.

Mesmo com tanta gente, eu o vi na hora. Parecia discutir acaloradamente com um vendedor de tomates, depois riram e deram tapinhas nas costas um do outro. Jean-Paul pegou uma sacola de tomates, virou-se e quase veio correndo para onde eu estava. Recuei para não ficar coberta de tomates e tropecei. Rick e Jean-Paul seguraram cada cotovelo meu por um instante até eu recuperar o equilíbrio. Jean-Paul tirou a mão.

— Bom-dia, Ella Tournier — disse ele, cumprimentando-me com a cabeça e levantando de leve as sobrancelhas. Estava com uma camisa azul-claro e tive uma vontade súbita de tocá-la.

— Olá, Jean-Paul — respondi, calma. Lembrei de ter lido em algum lugar que a pessoa que você apresenta primeiro é a mais importante das duas. De propósito, virei para Rick e disse: — Rick, este é Jean-Paul. Jean-Paul, este é Rick, meu marido.

Os dois se apertaram as mãos, Rick disse *Bonjour* e Jean-Paul, alô. Tive vontade de rir, os dois eram tão diferentes: Rick, alto, largo, bronzeado e falante; Jean-Paul, pequeno, magro, moreno e pensativo. O leão e o lobo, pensei. E como um desconfia do outro.

Fez-se um silêncio esquisito. Jean-Paul virou-se para mim e perguntou: — Como foi a pesquisa em Mende?

Dei de ombros, indiferente. — Mais ou menos. Não encontrei nada de útil. Aliás, não encontrei nada. — Mas não estava indiferente: sentia-me culpada e satisfeita por Jean-Paul ter ligado para Mathilde e eu não ter ligado de volta para ele; estava pensando que o inglês esquisito de Jean-Paul era o único sinal de que ele estava nervoso; que os dois eram tão diferentes e que os dois estavam me observando, atentos.

— Então você foi pesquisar em outras cidades?

Tentei não olhar para Rick. — Fui a Le Pont de Montvert também, mas não havia nada. Não sobrou muita coisa daquela época. Mas não é tão importante. Não tem problema.

O sorriso sardônico de Jean-Paul dizia três coisas: você está mentindo, achava que seria fácil a pesquisa e eu avisei.

Mas ele não falou nada disso, olhou bem em meus cabelos e garantiu: — Seus cabelos estão ficando ruivos.

— Sim. — Sorri para ele. Ele havia colocado o fato do jeito certo: não perguntou nada, não culpou nada. Por um instante, Rick e o mercado sumiram.

Rick passou a mão pelas minhas costas e segurou meu ombro. Ri, nervosa, e disse: — Bom, temos de ir. Prazer em vê-lo.

— *Au revoir*, Ella Tournier — disse Jean-Paul.

Rick e eu ficamos calados por alguns minutos. Fiz de conta que estava preocupada em comprar mel enquanto Rick segurava umas berinjelas para avaliar quanto pesavam, até que perguntou: — Quer dizer que é ele, hein?

Lancei-lhe um olhar feroz. — É o bibliotecário, Rick. Nada mais.

— Tem certeza disso?

— Sim. — Há muito tempo eu não mentia para Rick.

Uma tarde, eu voltava da aula de ioga quando ouvi da rua o telefone tocar em casa. Corri para atender e consegui dizer um alô ofegante antes de uma voz aguda e animada falar tão rápido que tive de sentar e esperar que ela parasse. Finalmente perguntei em francês: — Quem fala?

— Sou eu, Mathilde. Escuta, é uma maravilha, você precisa ver!

— Mathilde, calma! Não entendi o que disse. O que é uma maravilha?

Ela respirou fundo. — Nós encontramos algo sobre a sua família, os Tournier.

— Espera um instante, nós quem?

— Monsieur Jourdain e eu. Lembra que falei que trabalhei com ele antes, em Le Pont de Montvert?

— Sim.

— Pois hoje eu não estava trabalhando no balcão principal, então fui de carro visitá-lo, ver aquela sala de que você falou. Que lixeira! Então, começamos a arrumar as coisas. E, numa das caixas de livros, ele encontrou a sua família!

— Como assim? Um livro sobre a minha família?

— Não, não, escrito no livro. Numa Bíblia. A primeira página era onde as famílias anotavam os nascimentos, mortes e casamento, caso tivessem uma Bíblia.

— Mas o que essa Bíblia fazia lá?

— Boa pergunta. Monsieur Jourdain é terrível. Imagine, deixar coisas antigas e valiosas por lá! Parece que alguém entregou uma caixa de livros antigos. Tem todo tipo de coisas: velhas certidões de igreja, documentos antigos, mas a Bíblia é a mais valiosa. Bom, talvez não tão valiosa, considerando o estado em que se encontra.

— Qual é o estado?

— Queimada. Quase todas as páginas estão enegrecidas. Mas cita vários Tournier. São os seus, Monsieur Jourdain tem certeza.

Fiquei calada, assimilando aquelas informações.

— Você pode vir ver?

— Claro, onde você está?

— Ainda em Le Pont de Montvert. Mas posso encontrar você no meio do caminho, vamos nos ver em Rodez daqui a, digamos, três horas. — Ela pensou um instante. — Já sei, podemos nos encontrar no bar Crazy Joe. Fica bem na esquina da catedral, no bairro antigo. É um bar norte-americano, então você poderá tomar um martini! — Ela riu alto e desligou.

Ao sair de carro de Lisle, passei pelo *hôtel de ville*. Continue em frente, Ella, pensei. Ele não tem nada a ver com isso.

Parei o carro, fui correndo para o prédio da biblioteca e subi as escadas. Abri a porta e enfiei a cabeça. Jean-Paul estava sozinho em sua mesa, lendo um livro. Olhou para mim, mas não se mexeu.

Fiquei na porta. — Está ocupado? — perguntei.

Ele deu de ombros. Depois da cena do mercado, dias antes, o comportamento distante não era de surpreender.

— Achei algo — disse, calmamente. — Ou, melhor dizendo, alguém achou para mim. Uma prova concreta. Algo de que você vai gostar.

— É sobre o seu pintor?

— Acho que não. Venha ver comigo.

— Onde?

— Eles acharam em Le Pont de Montvert, mas vou vê-los em Rodez. — Olhei para o chão. — Quero que você venha comigo.

Jean-Paul me olhou um instante, depois concordou com a cabeça. — Está bem. Vou fechar cedo aqui. Pode me encontrar no posto Fina, na estrada de Albi, daqui a 15 minutos?

— No posto de gasolina? Por quê? Como você irá até lá?

— Vou de carro. Encontro você lá e poderemos seguir no mesmo carro.

— Por que não pode vir comigo agora? Esperarei lá fora.

Jean-Paul suspirou. — Escuta, Ella Tournier, antes de morar em Lisle, você nunca morou numa cidade pequena?

— Não, mas...

— Eu explico no carro.

Jean-Paul apareceu no posto de gasolina num velho Citroën Deux Chevaux branco, daqueles carros que parecem um frágil fusca e têm um teto macio que pode ser enrolado como tampa de lata de sardinha. O motor emitia um som inconfundível, um ronronar gostoso que sempre me fazia sorrir ao ouvir. Achei que Jean-Paul tivesse um carro esporte, mas um Deux Chevaux fazia sentido.

Ele parecia tão furtivo ao sair do carro dele e entrar no meu que achei graça. — Você pensa que as pessoas vão falar de nós? — perguntei, ao entrar na estrada para Albi.

— A cidade é pequena. Muitas velhas lá não têm nada para fazer a não ser ver e comentar o que viram.

— Claro que isso não tem nada demais.

— Ella, vou contar como é o dia dessas mulheres. Levantam de manhã e tomam o café no terraço para ver todo mundo que passa na rua. Depois, vão às compras, passando por todas as lojas todos os dias, conversam com as outras e vêem o que os outros fazem. Voltam e ficam na porta de casa, conversam com as vizinhas e vêem tudo. À tarde, dormem durante uma hora, pois sabem que todos estarão dormindo também e elas não vão perder nada. Passam o resto da tarde sentadas no terraço fingindo ler o jornal, mas, na verdade, estão olhando todos que passam na rua. À noite, dão outra caminhada e conversam com todas as amigas. O dia delas tem muita conversa e muita coisa para ver. É o que fazem.

— Mas não fiz nada em público para elas comentarem.

— Elas pegam qualquer coisa e distorcem.

Fiz uma curva aberta. — Não fiz nada nesta cidade que alguém possa achar interessante, escandaloso ou lá o que você queira dar a entender.

Jean-Paul ficou calado um instante. Depois, perguntou:

— Está gostando das suas *quiches* de cebola?

Empertiguei-me um instante e ri. — Estou, são ótimas. Aposto que as velhas fofoqueiras estão realmente pasmas.

— Acharam que você estava... — Ele parou. Olhei para ele, que parecia constrangido. — Grávida — disse ele, finalmente.

— O quê?

— Que você estava com desejo de grávida.

Comecei a rir. — Mas isso é ridículo! Por que foram achar isso? E o que elas tinham a ver?

— Num lugar pequeno, todos sabem da vida de todos. Acham que têm o direito de saber se você vai ter um filho. De todo jeito, agora já sabem que não está grávida.

— Que bom — resmunguei. Depois, olhei para ele. — Como sabem que não estou?

Para a minha surpresa, Jean-Paul pareceu mais constrangido ainda. — Nada, nada, elas só... — Ele disfarçou e mexeu no bolso da camisa.

— Elas só o quê? — Comecei a ficar com raiva do que elas poderiam saber. Jean-Paul tirou um maço de cigarros do bolso.

— Sabe a máquina que vende camisinhas na praça? — perguntou, por fim.

— Ah. — Alguém deve ter visto Rick comprando camisinha naquela noite. Nossa, pensei, onde elas não se metem? Será que o médico irradia todas as consultas? Será que elas mexem no nosso lixo?

— O que mais elas disseram?

— Você não precisa saber.

— O que mais disseram?

Jean-Paul olhou pela janela. — Elas sabem tudo que você compra. O carteiro fala de todas as cartas que você recebe. Elas sabem quando você sai de dia e quantas vezes sai com seu marido. E, bom, se você não fecha as venezianas, elas olham lá dentro. — Ele parecia condenar mais o fato de eu não fechar as venezianas do que de elas olharem dentro da minha casa.

Estremeci, pensando no bebê do chocalho, em todos aqueles ombros virados para mim.

— Do que elas falaram, exatamente?

— Quer saber?

— Sim.

— Das *quiches* e do desejo. E acham que você é pretensiosa porque comprou uma máquina de lavar.

— Mas por que pretensiosa?

— Porque devia lavar a roupa à mão, como elas. Acham que só quem tem filhos deve ter máquina. E acham que a cor que usou para pintar as janelas é vulgar e não serve para Lisle. Que você não é fina. Que não devia usar vestido sem mangas. Que é grosseira porque fala inglês com as pessoas. Que mente, pois disse a Madame Rodin, na *boulangerie,* que morava aqui, quando ainda não morava. E você arrancou um ramo de lavanda na praça; ninguém faz isso. Na verdade, foi a primeira impressão que tiveram de você. É difícil mudar.

Seguimos em silêncio pela estrada alguns minutos. Eu tinha vontade de chorar e, ao mesmo tempo, de rir. Só havia falado inglês em público uma vez, mas isso contava mais que todas as vezes que falei francês. Jean-Paul acendeu um cigarro e abriu a janela com um estalido.

— Acha que sou grosseira e sem educação?

— Não — ele respondeu, sorrindo. — E acho que devia usar vestidos sem manga com mais freqüência.

Corei. — Disseram alguma coisa agradável a meu respeito?

Ele pensou um instante. — Acham seu marido muito bonito, mesmo com o... — Ele fez um gesto atrás na cabeça.

— Rabo-de-cavalo.

— Isso. Mas não entendem por que ele pratica corrida e acham os shorts dele são muito curtos.

Sorri para mim mesma. Correr devia parecer estranho numa aldeia francesa, mas Rick não se perturbava com o olhar das pessoas. Então, meu sorriso sumiu.

— Como *você* sabe de tudo isso? — perguntei. — De *quiches*, gravidez, janelas e máquinas de lavar? Você dá a impressão de estar acima de todos esses mexericos, mas parece saber de tudo.

— Não sou mexeriqueiro — respondeu Jean-Paul, firme, soprando fumaça para o alto da janela. — Alguém me contou, como um aviso.

— Aviso de quê?

— Ella, é um acontecimento público toda vez que nos encontramos. Não é direito você me encontrar. Soube que fazem intrigas sobre nós. Eu devia ter tomado mais cuidado. Para mim, não tem importância, mas você é mulher e é sempre pior. Você agora vai dizer que isso é errado, mas, certo ou errado, é verdade. Você é casada. E estrangeira. Tudo isso piora a situação.

— Mas é uma ofensa você achar que o julgamento delas vale mais do que o meu. Qual é o erro de encontrar você? Não estou fazendo nada de errado, pelo amor de Deus. Sou casada com Rick, mas isso não significa que não possa nem falar com outro homem!

Jean-Paul não disse nada.

— Como você agüenta? Essa vida de mexerico de aldeia? Elas sabem tudo sobre você? — perguntei, impaciente.

— Não. Claro que fiquei chocado com esse comportamento, depois de morar em cidades grandes, mas aprendi a ser discreto.

— E você chama isso de discrição, ficar se escondendo para me encontrar? Agora, sim, nós *parecemos* culpados.

— Não é bem isso. Elas ficam mais ofendidas quando é na frente, na narina delas.

— No nariz — corrigi, rindo, apesar de tudo.

— No nariz, embaixo do nariz delas. É uma psicologia diferente. — Ele sorriu, amargo.

— De qualquer jeito, o aviso não funcionou. Cá estamos nós, afinal.

Passamos o resto da viagem em silêncio.

A capa estava meio queimada, as páginas crestadas e ilegíveis, exceto a primeira. Escrita com mão trêmula, numa tinta marrom apagada, havia as seguintes informações:

Jean Tournier, nascido em 16 de agosto de 1507
casado com Hannah Tournier em 18 de junho de 1535
    Jacques, nascido em 28 de agosto de 1536
    Étienne, nascido em 29 de maio de 1538
    casado com Isabelle du Moulin em 28 de maio de 1563
        Jean, nascido em 1º de janeiro de 1564
        Jacob, nascido em 2 de julho de 1565
        Marie, nascida em 9 de outubro de 1567
    Susanne, nascida em 12 de março de 1540
    casada com Bertrand Bouleaux em 29 de novembro de 1565
        Deborah, nascida em 16 de outubro de 1567

Quatro pares de olhos me fitavam: os de Jean-Paul, de Mathilde, de Monsieur Jourdain (quando chegamos, para a minha surpresa, ele estava sentado ao lado de Mathilde, tomando uísque com soda) e os de uma menina loura, empoleirada num banquinho, tomando um refrigerante, olhos arregalados de animação, apresentada como Sylvie, filha de Mathilde.

Fiquei meio tonta, mas apertei a Bíblia contra o peito e sorri para eles.

— *Oui, oui* — disse apenas.

5
OS SEGREDOS

As montanhas eram a diferença mais óbvia.

Isabelle olhou as encostas ao redor: a pedra lisa, perto do cume, dava a impressão de que iria rolar a qualquer momento. As árvores eram estranhas, agrupadas como limo, mostrando aqui e ali o brilho rápido de um riacho.

As montanhas Cevenol são como barriga de mulher, ela pensou. Essas montanhas do Jura são como os ombros da mulher. Mais angulosas, mais definidas, menos receptivas. Minha vida será outra em montanhas como essas. Ela estremeceu.

Eles estavam à margem de um rio próximo de Moutier, junto com um grupo que viera de Genebra em busca de um lugar para se estabelecer. Isabelle queria pedir para eles não pararem ali, para continuarem o caminho até encontrar um lugar menos inquietante. Ninguém compartilhava dessa inquietude dela. Étienne e mais dois homens deixaram o grupo e seguiram para a aldeia à procura de trabalho.

O rio que passava pelo vale era pequeno, escuro e margeado de bétulas prateadas. Exceto pelas árvores, o rio Birse não era muito diferente do Tarn, mas parecia hostil. Embora estivesse baixo, na primavera ele triplicava de tamanho. Enquanto os adultos discutiam, as crianças correram para o rio; Petit Jean e Marie mergulharam as mãos na água enquanto Jacob se abaixava na margem, olhando os seixos no fundo. Com cuidado, enfiou a mão e pegou um seixo preto em forma de coração assimétrico, segurando-o com o indicador e o polegar para eles verem.

— *Eh, bravo, mon petit*! — gritou Gaspard, um homem alegre, cego de um olho. Ele e a filha, Pascale, haviam tido uma hospedaria em Lyon e depois tinham fugido levando uma carroça de comida que dividiam com quem precisasse. Os Tournier os encontraram na estrada que vinha de Genebra quando as castanhas acabaram e as batatas só davam para mais um dia. Gaspard e Pascale ofereceram comida para eles e recusaram agradecimentos e ofertas de pagamento.

— Deus quer assim — disse Gaspard, e riu como se tivesse acabado de contar uma piada. Pascale apenas sorria, e Isabelle se lembrou de Susanne, com seu rosto calmo e jeito suave.

Os homens voltaram da hospedaria: Étienne estava com a expressão intrigada, olhos arregalados e surpresos, sem pestanas ou sobrancelhas para protegê-los.

— Aqui não tem um Duque de l'Aigle — disse, balançando a cabeça. — Não tem propriedade para arrendar terra, nem trabalho para fazer.

— Eles fazem o quê? — perguntou Isabelle.

— Trabalham para si mesmos. — A resposta pareceu dúbia. — Alguns fazendeiros precisam de ajuda na colheita do cânhamo. Poderíamos ficar por um tempo.

— O que é cânhamo, papai? — perguntou Petit Jean.

Étienne deu de ombros.

Não quer mostrar que não sabe, pensou Isabelle.

Pararam em Moutier. Antes que a neve chegasse, os Tournier foram contratados por um fazendeiro após outro.

No primeiro dia, foram levados para um campo de cânhamo a fim de cortar a planta e colocá-la para secar. Ficaram olhando as plantas fibrosas e duras, da altura de Étienne.

Até que Marie fez a pergunta que todos aguardavam.

— *Maman*, como se come essa planta?

O fazendeiro riu.

— *Non, non, ma petite fleur* (Não, não, minha florzinha), essa planta não é para comer. Nós tiramos a fibra para fazer roupa e corda. Está vendo essa camisa? — perguntou, mostrando a camisa cinza que usava. — É feita de cânhamo. Olhe, toque nela!

Isabelle e Marie seguraram no pano. Era grosso e áspero.

— Essa camisa vai durar até meu neto ter filhos!

Explicou que eles cortariam e secariam o cânhamo, depois o mergulhariam numa tina de água para amaciá-lo e separar a fibra da madeira, e o secariam de novo antes de bater as plantas para separar bem a fibra. Só então a fibra seria cardeada e fiada na roca.

— Vocês vão fazer isso o inverno todo — disse ele, olhando para Isabelle e Hannah. — Suas mãos ficarão ásperas.

— Mas o que vocês *comem*? — insistiu Marie.

— Muita coisa! No mercado de Bienne, trocamos o cânhamo por trigo, cabritos, porcos e outras coisas. Não tema, *fleurette* (florzinha), você não vai ficar com fome.

Étienne e Isabelle ficaram em silêncio. Na região de Cévennes, eles raramente faziam trocas no mercado, pois vendiam a sobra da colheita para o Duque de l'Aigle. Isabelle apertou o pescoço com as mãos. Não parecia direito plantar coisas que não podiam ser comidas.

— Temos hortas — garantiu o fazendeiro. — E algumas pessoas cultivam trigo de inverno. Não se preocupe, aqui tem fartura. Olhe para essa aldeia... vê alguém com fome? Tem gente pobre? Deus provê. Nós trabalhamos duro e Ele provê.

Era verdade que Moutier era mais rica que a velha aldeia de onde tinham vindo. Isabelle pegou uma foice e seguiu em direção ao campo. Ela sentia como se deitasse num rio e tivesse de acreditar que iria boiar.

A leste de Moutier, o rio Birse virava para o norte, passando pela cadeia de montanhas e deixando para trás um enorme desfiladeiro de pedra amarelo-acinzentado, às vezes dura, com as encostas desmoronando. A primeira vez que Isabelle viu o desfiladeiro teve vontade de se ajoelhar, pois parecia uma igreja.

A fazenda para onde haviam se mudado não ficava à margem do Birse, mas de um riacho mais a leste. Sempre que iam ou voltavam de Moutier, atravessavam o desfiladeiro. Quando Isabelle passava sozinha, benzia-se.

A casa deles era de uma pedra que não conheciam, mais leve e mais macia do que o granito do Cevenol. Havia buracos onde o reboco tinha desmanchado, tornando a casa úmida e permitindo a entrada do vento. A moldura da janela e da porta era de madeira, assim como o teto baixo, e Isabelle temia que a casa pegasse fogo. A fazenda dos Tournier era toda de pedra.

O mais estranho era que a casa não tinha chaminé, como todas as casas do vale. O teto baixo de madeira era falso e a fumaça ficava presa entre esse teto e o telhado, dispersando-se aos poucos pelos buracos sob os beirais. A carne era dependurada nesse espaço para defumar; parecia ser essa a única vantagem do teto falso. Tudo dentro da casa ficava coberto por uma camada acinzentada e, quando as janelas estavam fechadas, o ambiente ficava escuro e abafado.

Às vezes, durante o rápido inverno, quando Isabelle enrolava os cabelos num pano de linho cinza e áspero, ou fiava sem parar, tentando fazer com que o sangue dos dedos não manchasse a áspera fibra do cânhamo, ou quando sentava à mesa em meio à fumaça fina, tossindo e pigarreando, sabia que do lado de fora o céu estava baixo e pesado de neve e que continuaria assim por meses. Nessas horas, ela achava que ia enlouquecer. Sentia falta do sol nas rochas, das giestas congeladas, dos dias claros e frios, da enorme lareira dos Tournier, que espalhava calor e jogava fumaça para fora. Ela não dizia nada. Já era uma sorte terem uma casa.

— Um dia, vou construir uma chaminé — anunciou Étienne numa tarde escura de inverno, quando as crianças não paravam de tossir. Olhou para Hannah, que concordou com a cabeça.

— Toda casa precisa de uma chaminé e de uma boa lareira — continuou ele. — Mas, primeiro, precisamos semear. Quando puder, construo, e a casa vai ficar completa. E segura — disse, olhando para o canto, sem encarar Isabelle.

Ela saiu da sala, entrou no *devant-huis*, uma área aberta situada entre a casa, o celeiro e o estábulo, coberta pelo mesmo telhado. Lá, ela podia ficar só e olhar para fora sem ser açoitada pelo vento nem atingida pela neve. Respirou fundo o ar fresco e suspirou. A porta abria para o sul, mas não havia nenhum sol quente e brilhante. Olhou as colinas brancas em frente e viu um vulto cinza agachado na neve. Recuou para a parte mais escura do *devant-huis* e ficou olhando o vulto entrar no bosque.

— Agora me sinto segura — disse, entre dentes, para Étienne e Hannah. — E não tem nada a ver com a *sua* magia.

De vez em quando, Isabelle passava pela trilha gelada no desfiladeiro amarelo para ir ao forno comunitário de Moutier.

Em casa, ela sempre fizera pão na chaminé dos Tournier ou na casa do pai, mas agora só podia assá-lo num lugar. Esperava a porta do forno abrir e a onda de calor atingi-la, ao enfiar os pães lá dentro. Em volta, as mulheres de touca de lã conversavam calmamente. Uma delas sorriu.

— Como vão Petit Jean, Jacob e Marie? — perguntou.

Isabelle retribuiu o sorriso.

— Querem sair, não gostam de ficar tanto tempo dentro de casa. Lá onde era nossa casa não fazia tanto frio. Agora, eles brigam mais.

— Sua casa agora é *aqui* — corrigiu a mulher, gentil. — Deus vai cuidar de vocês aqui. Deu-lhes um inverno suave este ano.

— É verdade — concordou Isabelle.

— Deus os guarde, *Madame* — disse a mulher, indo embora com pães enfiados embaixo do braço.

— A você também.

Aqui me chamam de *Madame*, pensou ela. Ninguém repara no meu cabelo ruivo. Ninguém sabe. Aqui é uma aldeia de trezentas pessoas que nunca me chamam de *La Rousse*. Que não sabem nada sobre os Tournier, senão que somos seguidores da Verdade. Quando saio, não falam de mim pelas costas.

Ela se sentia grata por isso. Dessa forma, conseguia agüentar as montanhas escarpadas e ásperas, as colheitas estranhas, os invernos rigorosos. Talvez conseguisse até viver sem uma chaminé.

Isabelle sempre encontrava Pascale no forno comunitário e na igreja. No começo, Pascale falava bem pouco, mas, gradativamente, ficou mais loquaz e acabou contando sua vida toda para Isabelle.

— Em Lyon, eu trabalhava o máximo que podia na cozinha — disse, num domingo, quando estava em meio às pessoas do lado de fora da igreja. — Mas, quando *Maman* morreu de praga, tive de começar a servir as mesas. Não gostava de ficar no meio daqueles homens estranhos, que me tocavam o corpo todo. — Ela estremeceu. — E de servir tanto vinho, já que não podíamos bebê-lo; parecia errado. Preferia ficar escondida. Quando dava. — Ficou quieta um instante.

— Mas *Papa* gosta muito de vinho — continuou ela. — Ele espera tomar conta do Cheval-Blanc, se os donos forem embora. Por via das dúvidas, dá-se muito bem com eles. Em Lyon nossa hospedaria também se chamava Cheval-Blanc. Ele acha que isso é um bom sinal.

— E você não sente falta da vida que tinha antes?

Pascale balançou a cabeça.

— Gosto daqui, sinto-me mais segura do que em Lyon. Lá era tão apertado, tinha tanta gente que não dava para confiar.

— Aqui é seguro, é verdade. Mas sinto falta do céu — disse Isabelle. — O vasto céu onde se enxerga até o fim do mundo. Aqui, as montanhas escondem o céu. Lá em casa, elas o mostravam.

— Sinto falta das castanhas — avisou Marie, encostando-se na mãe. Isabelle concordou com a cabeça.

— Quando a gente tinha castanhas sempre, eu não pensava nelas. É como a água. Você só pensa nela quando está com sede e não tem.

— Mas lá também era perigoso, não? — quis saber Pascale.

— Sim — ela respondeu, engolindo em seco, ao pensar no cheiro de carne queimada. Não comentou essa lembrança. Preferiu perguntar, apontando para as mulheres:

— Elas usam umas toucas engraçadas, não? Você se imagina usando isso por cima do capuz?

As duas riram.

— Talvez um dia a gente use, e as recém-chegadas à cidade rirão de nós — acrescentou Isabelle.

A voz de Gaspard surgiu no meio das pessoas: — Soldados! Posso contar umas coisas sobre soldados católicos que vão deixar você de cabelo em pé!

O sorriso de Pascale sumiu. Abaixou os olhos, o corpo ficou rígido, as mãos juntas. Nunca falava na fuga, mas Isabelle já tinha ouvido Gaspard contar várias vezes em detalhes, como fazia naquele momento para um novo amigo.

— Quando os católicos souberam do massacre em Paris, ficaram loucos e foram para a hospedaria dispostos a acabar conosco — explicou Gaspard. — Os soldados entraram e achei que a única forma de nos salvarmos seria perder o vinho de nossa adega. Então, na mesma hora, ofereci vinho de graça. *Aux frais de la maison!* (Por conta da casa!), gritei. Bom, isso fez com que eles se contivessem. Você sabe como são os católicos, adoram um trago! Foi o que nos ajudou; dali a pouco estavam tão bêbados que haviam esquecido por que tinham ido até lá e, enquanto Pascale os distraía, juntei todos os nossos pertences, bem embaixo do nariz deles!

De repente, Pascale deixou Isabelle e sumiu atrás da igreja. Como Gaspard não notava que havia algo errado com a filha?, pensou Isabelle, enquanto Gaspard continuava a falar e rir.

Um instante depois, foi atrás dela. Pascale teve um enjôo e estava encostada no muro, limpando a boca, trêmula. Isabelle notou a palidez do rosto dela, o olhar aflito, e concluiu logo. Está de três meses. E não tem marido.

— Isabelle, você foi parteira, não? — perguntou Pascale, por fim.

Isabelle balançou a cabeça.

— Minha mãe me ensinou a profissão, mas, quando casamos, Étienne, quer dizer, a família dele não me deixou continuar.

— Mas você sabe... sobre bebês e...

— Sei.

— E se... o bebê some, sabe isso também?

— Você quer dizer: se Deus quiser que o bebê suma?

— Eu... é, isso mesmo. Se Deus quiser.

— Sim, eu sei.

— Tem alguma coisa... alguma prece especial?

Isabelle pensou um instante.

— Vá me encontrar daqui a dois dias no desfiladeiro e rezaremos juntas.

Pascale ficou indecisa até dizer, de repente:

— Foi em Lyon. Quando tentamos ir embora. Eles haviam bebido tanto, *Papa* não sabe...

— Nem vai saber.

Isabelle foi até o fundo do bosque para conseguir o zimbro e a arruda. Dois dias depois, quando Pascale a encontrou entre as rochas no alto do desfiladeiro, Isabelle deu uma pasta para ela comer, depois se ajoelharam no chão e rezaram para Santa Margarida até o chão ficar vermelho de sangue.

Foi esse o primeiro segredo de sua nova vida.

No primeiro Natal que passaram em Moutier, Isabelle descobriu que a Virgem estava à espera dela.

Havia duas igrejas. Os seguidores de Calvino tinham se apossado da igreja católica de São Pedro, queimado as estátuas dos santos e virado o altar de costas. Os padres fugiram, fechando a igreja que existia ali há séculos e onde haviam ocorrido muitos milagres. A capela ao lado, de Chalières, era agora usada pelos fiéis da paróquia de Perrefitte, uma pequena aldeia perto de Moutier. Quatro vezes ao ano, nos dias de festa, os aldeões de Moutier assistiam aos serviços matinais em São Pedro e aos serviços vespertinos em Chalières.

Naquele primeiro Natal, usando roupas negras que Pascale e Gaspard haviam emprestado a eles, os Tournier entraram na pequena capela. Estava tão cheia que Isabelle ficou na ponta dos pés para tentar ver o padre. Desistiu logo e olhou acima dele os murais verdes, vermelhos, amarelos e marrons que cobriam as paredes do coro e mostravam Cristo com o Livro da Vida na abóbada e, embaixo, os 12 apóstolos em murais. Ela nunca mais tinha visto uma igreja enfeitada, desde o vitral até a estátua da Virgem com o Menino da sua infância.

Na ponta dos pés outra vez, Isabelle olhou as figuras pintadas à altura dela e soltou uma exclamação. À direita do padre havia uma imagem desbotada da Virgem olhando, triste, para longe. Isabelle ficou com os olhos cheios de lágrimas, mas manteve a mesma expressão indiferente. Olhava o padre e, de vez em quando, o mural. A Virgem olhava para ela e sorria, depois voltava a ficar com o rosto triste. Só Isabelle via.

Esse foi o segundo segredo.

Depois disso, ela sempre ia a Chalières nos dias de festa para ficar o mais perto possível da Virgem.

O sol da primavera trouxe o terceiro segredo. Da noite para o dia, a neve derreteu, formando cascatas que despencaram das montanhas em volta e encheram o rio. O sol voltou, o céu ficou azul, a grama apareceu. Podiam deixar as janelas e a porta abertas, as crianças e a fumaça fugiam para fora, Étienne se espreguiçava ao sol como um gato e sorria de leve para Isabelle. Os cabelos grisalhos faziam com que parecesse velho.

Isabelle deu as boas-vindas ao sol, mas também ficou atenta. Todo dia levava Marie ao bosque e examinava os cabelos dela, arrancando todos os fios ruivos. Marie tinha paciência e jamais gritou a cada alfinetada de dor. Pediu à mãe para guardar os fios arrancados, que escondia no buraco de uma árvore próxima, formando um novelo cada vez maior.

Um dia, Marie correu e enfiou a cabeça no colo da mãe.

— Meus cabelos sumiram — disse, entre lágrimas, já sabendo então que não devia contar nada para os outros. Isabelle olhou para Étienne, Hannah e os meninos. A não ser pela expressão amarga de Hannah, a fisionomia dos outros não a fez desconfiar de nada.

Isabelle foi ajudar Marie a procurar a árvore onde havia guardado os cabelos, quando viu um ninho de passarinho reluzindo ao sol.

— Lá! — mostrou. Marie achou graça e bateu palmas.

— Peguem! — gritou ela para os pássaros, segurando os cabelos para cima e deixando-os cair numa lenta cascata. — Peguem, é de vocês! Agora já sei onde meu cabelo está.

Ela ficou rodando de alegria e caiu no chão, rindo.

O assobio agudo aumentou e diminuiu até acabar numa espécie de trinado de pássaro. Ecoou por todo o vale. Dali a pouco, ouviram-se os chiados, tinidos e rangidos de uma carroça cujas rodas faziam saltar as pedras do chão para alcançá-los no campo, onde estavam plantando linho. Étienne mandou Jacob ver quem vinha vindo. Quando Jacob voltou, pegou a mão de Isabelle e levou-a pela trilha, com o resto da família atrás, até o começo da aldeia. Lá, a carroça estava parada, cercada por muita gente.

O mascate era baixo e moreno, de barba, com um bigode comprido que dava caprichosas voltas e um boné de listras vermelhas e amarelas, como se fosse um balde de cabeça para baixo sobre as orelhas. Ele se inclinava na carroça cheia de mercadorias, bem acima do povo, balançando e subindo pelos produtos com a firmeza de quem conhece todos os apoios para os pés e as alças para segurar. Ao mesmo tempo, falava sem parar com um estranho sotaque cantado que fez Isabelle sorrir e Étienne prestar atenção.

— Laranjas, laranjas! Tenho para vocês laranjas, azeitonas, limões de Sevilha! Eis aqui um lindo pote de cobre. E aqui uma bolsa de couro para você. E umas fivelas, quer fivelas para os seus sapatos, linda senhora? Sim, quer! Tenho botões para combinar! E mais tecido, renda, sim, a melhor renda. Venham, venham! Venham ver e pegar, não tenham medo. *Ah, Jacques La Barbe, bonjour encore!* (Ah, estou vendo Jacques La Barbe, bom-dia outra vez!) Seu irmão manda dizer que vem logo de Genebra, mas que sua irmã vai ficar perto de Lyon. Por que ela não vem ficar com você aqui neste lindo lugar? Não tem importância. E você, Abraham Rougemont, um cavalo está pronto para você em Viena. É uma boa compra, vi o animal com os meus olhos. Dê à sua linda filha uma volta pela aldeia. E *Monsieur le régent*, encontrei seu filho...

Ele falava sem parar, passando recados enquanto vendia os produtos. As pessoas riam e mexiam com ele, era conhecido e bem-vindo a cada ano, chegava após os rigores do inverno e, de novo, nas festas da colheita.

No meio da agitação, ele se inclinou na direção de Isabelle.

— *Che bella*, não a conhecia! — gritou. — Quer ver as coisas que trago? — perguntou, batendo nas peças de tecido ao lado dele. — Venha ver!

Isabelle sorriu, tímida, e abaixou a cabeça. Étienne franziu o cenho. Eles não tinham nada com o que trocar, menos que nada até, pois deviam favores a todos em Moutier. Ao chegarem à aldeia, ganharam dois cabritos, um pequeno saco de fibra de linho e sementes de cânhamo e linho, lençóis e roupas. Não foi preciso pagar a ninguém, mas esperava-se que tivessem a mesma generosidade com os próximos refugiados que chegassem ali sem nada. Os dois ficaram um bom tempo olhando as mercadorias, admirando a renda, os novos arreios, as túnicas de linho branco.

Isabelle ouviu o mascate mencionar Alès.

— Pode ser que ele saiba — ela sussurrou para Étienne.

— Não pergunte — ordenou ele, entre dentes.

Ele não quer saber, pensou Isabelle. Mas eu quero.

Esperou Étienne e Hannah irem embora, e Petit Jean e Marie se cansarem de correr em volta da carroça e irem para o rio. Então, ela se aproximou do mascate.

— Por favor, *Monsieur* — chamou, baixo.

— Ah, *Bella*, você quer dar uma olhada! Venha, venha!

Ela balançou a cabeça.

— Não, quero perguntar uma coisa... o senhor esteve em Alès?

— No Natal, sim, estive. Por quê? Tem algum recado para eu dar?

— Minha cunhada e o marido estão lá... devem estar. Chamam-se Susanne Tournier e Bertrand Bouleaux. Têm uma filha, Deborah, e talvez um bebê, se Deus quiser.

Pela primeira vez, o mascate ficou calado, pensativo. Parecia procurar entre todos os rostos e nomes que tinha visto e ouvido em suas viagens e arquivado na memória.

— Não, não os vi. Mas procuro para você em Alès. Como é seu nome?

— Isabelle du Moulin. E meu marido é Étienne Tournier.

— Isabella, *che bella*. Um nome perfeito, não vou esquecer! — disse, sorrindo para ela. — E mostro para você uma coisa ótima, especial — disse, baixando a voz. — *Très cher* (É bem caro), não mostro para todo mundo.

Fez Isabelle ir para o outro lado da carroça e mexeu em pilhas de pano até tirar uma peça de linho branco. Jacob apareceu ao lado de Isabelle e o mascate fez sinal para ele.

— Venha, venha, você gosta de ver as coisas! Vejo que está olhando. Veja isso, então.

O mascate ficou na frente dos dois e desenrolou a peça de pano branco. De dentro dela, caiu o quarto segredo, um pano na cor que Isabelle pensou que nunca mais fosse ver. Ela soltou um grito e pegou no pano. Era uma lã macia, bem tingida. Inclinou a cabeça e encostou o rosto no tecido.

O mascate concordou com a cabeça.

— Você conhece esse tom de azul — disse, satisfeito. — Sabia que conhecia, é o azul da Virgem de São Zacarias.

— Onde fica isso? — perguntou Isabelle, alisando o pano.

— Ah, é uma linda igreja que fica em Veneza. Sabe, esse azul tem história. O tecelão que o fez copiou a cor do manto da Virgem que está num quadro da igreja. Foi para agradecer um milagre dela.

— Que milagre? — perguntou Jacob, com os olhos castanhos arregalados.

— O tecelão tinha uma filhinha que adorava e um dia ela sumiu, como costuma acontecer com as crianças em Veneza. Caem nos canais, sabe, e se afogam. — O mascate se benzeu. — Então, a filhinha não voltou para casa e o tecelão foi à igreja de São Zacarias rezar pela alma dela. Rezou horas para a Virgem. E, quando voltou para casa, a filha estava lá, viva! Em agradecimento, ele teceu o pano e tingiu nesse azul especial, está vendo, para a filha usar e ficar sempre protegida pela Virgem. Outros tecelões tentaram copiar, mas jamais conseguiram. Há um segredo no tingimento, sabe, que só o filho dele conhece. É segredo de família.

Isabelle olhou surpresa para o pano, depois para o mascate, com lágrimas nos olhos.

— Não tenho dinheiro — disse ela.

— Então tenho uma coisa para você, *Bella*, vou lhe dar uma coisinha. Um presente azul.

Ele se inclinou sobre o pano e, de uma ponta desfiada, tirou uma amostra do tamanho do dedo de Isabella. E, fazendo uma grande reverência, entregou a ela.

Isabelle pensava sempre no pano azul. Não tinha como comprá-lo e, mesmo se tivesse, Étienne e Hannah não deixariam levá-lo para casa.

É um pano católico!, resmungaria Hannah, se pudesse falar.

Isabelle escondeu a amostra na bainha do vestido e tirava só quando estava sozinha ou com Jacob, que não sabia falar as palavras direito e não diria nada sobre aquele pedaço de cor.

Então, uma das cabras pariu um filhote escondido, e Isabelle passou a ter mais um segredo para guardar.

A cabra pariu dois filhotes, lambeu-os para limpá-los, amamentou-os e adormeceu com eles encostados em seus peitos fartos. Quando Isabelle saiu do campo para ver como estava a cabra, percebeu a membrana vermelha de mais uma cabeça saindo. Puxou o pequeno corpo, viu que o cabrito estava vivo e colocou-o na frente da cabra para ser lambido. O novo filhote começou a mamar, e Isabelle ficou olhando e pensando. Os segredos a estavam deixando ousada.

Os bosques em volta de Moutier eram tão vastos que ela conhecia lugares aonde ninguém ia. Levou o filhote para um desses lugares, construiu um abrigo de galhos e forragem, alimentou-o e cuidou dele durante todo o verão, sem que ninguém soubesse.

Exceto uma pessoa. Um dia, ela estava dando de mamar ao filhote num saco com leite da cabra, quando Jacob surgiu de trás de uma faia. Agachado atrás dela, pôs a mão nas costas do filhote.

— *Papa* quer saber onde você está — disse, enquanto passava a mão no filhote.

— Desde quando você sabe que venho aqui?

Ele deu de ombros e brincou com o pêlo do filhote, levantando-o e alisando-o, para um lado e para outro.

— Você me ajuda a cuidar dele?

Jacob olhou para ela.

— Claro, *Maman*.

Era tão raro ele sorrir que aquele sorriso foi como receber uma dádiva.

Dessa vez, quando ouviu o assobio do mascate, estava preparada. E, ao vê-la, o mascate abriu um largo sorriso. Ela retribuiu. Enquanto ela e Hannah olhavam os panos de linho, Jacob subiu na carroça e começou a mostrar os seixos para o mascate, enquanto dava o recado da mãe em voz baixa. O mascate concordava com a cabeça e admirava as estranhas formas e cores das pedras.

— Você tem bons olhos, *mio bambino*. Suas pedras possuem lindas cores, lindas formas. Você olha e não fala muito, ao contrário de mim! Eu gosto de falar e você gosta de olhar, não? Sim.

Quando o mascate começou a dar os recados que havia trazido de longe, seus olhos fitaram Isabelle e se iluminaram. Estalou os dedos e exclamou:

— Ah, lembrei agora! Sim, encontrei sua família em Alès!

Étienne e Hannah também tiveram de olhar para ele, ansiosos. O mascate instigou a platéia:

— Sim, sim — disse, acenando de um jeito elaborado. — Eu os vi no mercado de Alès, ah, uma *bella famiglia*! E falei em você, ficaram felizes por você estar bem.

— Eles vão bem? Têm um bebê? — perguntou Isabelle.

— Sim, sim, um bebê. Bertrand, Deborah e Isabella, lembrei agora os nomes.

— Não, Isabelle sou *eu*. Você quer dizer Susanne. — Isabelle achou que o mascate havia se enganado.

— Não, não, é Bertrand e as duas filhas, Deborah e Isabella, que é bebê.

— Mas, e Susanne, a mãe?

— Ah. — O mascate parou, olhou para eles e cofiou o bigode, nervoso. — Ah, bem, ela morreu quando o bebê nasceu. Quando Isabella nasceu.

Ele virou de costas, sem jeito por dar aquela má notícia, e ocupou-se de pegar arreios de couro para um freguês. Isabelle abaixou a cabeça, os olhos turvos de lágrimas. Étienne e Hannah saíram do meio das pessoas e ficaram em silêncio a distância, cabeças baixas.

Marie segurou a mão de Isabelle.

— *Maman*, um dia vou encontrar Deborah, não é? — sussurrou.

O mascate encontrou Jacob mais tarde, na estrada. No escuro, fizeram a troca: a cabra pelo pano azul. O menino escondeu o pano no bosque. No dia seguinte, ele e Isabelle pegaram o pano e ficaram olhando por um bom tempo aquela cor que parecia ondular. Depois, enfiaram o pano dentro de uma peça de linho e esconderam no colchão de palha onde Jacob dormia com Marie e Petit Jean.

— Vamos fazer alguma coisa com esse pano, Deus tem de nos dizer o quê — prometeu ela ao filho.

No outono, fizeram a colheita de um cânhamo que pertencia a eles. Um dia, Étienne mandou Petit Jean ao bosque cortar galhos grossos de carvalho para baterem o cânhamo. Os outros armaram cavaletes e foram trazendo braçadas de cânhamo do celeiro para estirar em cima.

Petit Jean voltou com cinco galhos no ombro e o ninho de passarinho feito com fios de cabelo de Marie.

— Olha o que achei, *Mémé* — disse, girando o ninho para Hannah, e a cor ruiva refulgiando ao receber a luz do sol.

— Oh! — exclamou Marie, sem se conter. Isabelle estremeceu.

Étienne passou os olhos de Marie para Isabelle. Hannah examinou o ninho, depois os cabelos de Marie. Olhou espantada para Isabelle e entregou o ninho a Étienne.

— Vocês vão ficar lá na beira do rio um pouco — disse Étienne aos filhos, enérgico.

Petit Jean colocou no chão os galhos e puxou com toda força os cabelos de Marie. Ela chorou, Petit Jean riu de um jeito que fez Isabelle se lembrar de quando conhecera Étienne. O menino foi andando, segurou a faca pela ponta e atirou-a longe. Ela grudou firme no tronco de uma árvore.

Ele tem dez anos, disse Isabelle a si mesma, mas já pensa e age como um homem.

Jacob segurou na mão de Marie e saiu junto com ela, de olhos arregalados para Isabelle.

Étienne não disse nada até as crianças estarem longe. Então, mostrou o ninho.

— O que é isso?

Isabelle olhou o ninho, depois olhou para o chão. Não sabia muito sobre guardar segredos a ponto de saber o que fazer quando fossem descobertos.

Então, disse a verdade.

— São fios de cabelo de Marie — disse, baixo. — Foram ficando ruivos e eu os tiro no bosque. Os pássaros pegaram os fios para fazer um ninho. — Engoliu em seco. — Não queria que zombassem dela, que ela fosse... julgada.

Isabelle percebeu o olhar que Étienne e Hannah trocaram, e seu estômago ficou pesado, como se tivesse engolido pedras. Preferia ter mentido para eles.

— Fiz isso para ajudar Marie! — gritou. — Para nos ajudar! Não tive a intenção de prejudicar ninguém!

Étienne olhou no horizonte.

— Há boatos na aldeia, andei sabendo de algumas coisas — disse ele, lentamente.

— Que coisas?

— O lenhador Jacques La Barbe disse que acha que você estava com um filhote de cabra no bosque. Outro encontrou uma mancha de sangue no chão. Estão falando de você, *La Rousse*. É isso o que quer?

Estão falando de mim, pensou ela. Até aqui neste lugar. Afinal, meus segredos não podem ser segredos. E levam a outros segredos. Será que vão descobri-los também?

— Mais uma coisa: você esteve com um homem quando saímos do monte Lozère. Um pastor de ovelhas.

— Quem disse? — Era um segredo que guardava até de si mesma, não se permitindo pensar nele. O segredo secreto.

Olhou para Hannah e, de repente, soube. Ela pode falar, concluiu Isabelle. Pode falar e está falando para Étienne. Ela nos viu no monte Lozère. Ao pensar isso, Isabelle estremeceu fortemente.

— O que tem a dizer, *La Rousse*?

Ficou quieta, sabendo que as palavras não podiam ajudá-la, temendo que mais segredos saíssem, se abrisse a boca.

— O que está escondendo? O que fez com aquela cabra? Matou-a? Fez um sacrifício para o demônio? Ou trocou-a com aquele mascate católico que olhava para você daquele jeito?

Ele pegou um dos galhos, segurou-a pelo pulso e puxou-a para dentro de casa. Deixou-a num canto, enquanto procurava alguma coisa em toda parte, jogando os potes no chão, mexendo na lareira, rasgando o colchão de palha deles, depois o de Hannah. Quando chegou ao colchão das crianças, Isabelle prendeu a respiração.

Agora é o fim, pensou. Santa Mãe, me ajude.

Tirou toda a palha de dentro do colchão.

O pano não estava lá.

A surra foi uma surpresa, ele nunca havia batido nela. O soco fez com que ela caísse no meio da sala.

— Você não vai nos arrastar para baixo por causa de sua feitiçaria, *La Rousse* — disse ele, calmamente. Depois, pegou o galho que Petit Jean havia cortado e bateu nela até a sala ficar escura.

6
A BÍBLIA

Não sei se acordei por causa da fumaça, ou do frio que entrava pela janela aberta. Abri os olhos e vi a ponta laranja de um cigarro aceso, depois a mão que o segurava, descansada no volante do carro. Sem mexer a cabeça, segui o braço até os ombros e depois o rosto dele, de perfil. Ele olhava para fora por cima do volante, como se ainda estivesse dirigindo, mas o carro estava parado, o motor desligado sem sequer sacudir como quando era desligado. Não tinha idéia do tempo que estávamos sentados ali.

Eu estava enroscada de lado, no assento do carona, virada para ele, com o rosto enfiado na trama áspera do descanso de cabeça, meus cabelos haviam caído no rosto e grudado na boca. Olhei pelo espaço entre os dois assentos: a Bíblia estava no banco de trás, enrolada numa sacola plástica.

Embora eu não tivesse me mexido nem falado, Jean-Paul virou a cabeça e olhou para mim. Ficamos um bom tempo nos olhando sem dizer nada. O silêncio era agradável, mesmo eu não sabendo o que ele estava pensando: seu rosto tinha expressão, mas não dava qualquer pista.

Quanto tempo é preciso para superar dois anos de casamento e mais dois de relacionamento? Nunca passei por qualquer tentação no casamento, pois, quando encontrei

Rick, achei que minha busca havia terminado. Tinha ouvido minhas amigas falarem da procura pelo homem certo, os casos desastrosos, os corações partidos, e jamais me via no lugar delas. Era como assistir na tevê a um programa de viagem para um lugar aonde você sabe que jamais irá: a Albânia, a Finlândia, o Panamá. Mas agora eu estava com a impressão de que tinha em mãos uma passagem aérea para Helsínque.

Estendi a mão e segurei no braço dele. Estava quente. Passei a mão no cotovelo e na manga da camisa dobrada. Quando estava no meio do braço, sem saber o que fazer a seguir, ele cobriu minha mão com a dele, parando-a na curva do bíceps.

Segurei firme o braço dele, sentei no banco e tirei os cabelos do meu rosto. Minha boca tinha o gosto das azeitonas dos martínis que Mathilde havia pedido para mim à tarde. Eu estava com a jaqueta preta de Jean-Paul nos ombros, era macia e com cheiro de cigarro, folhas e pele cálida. Nunca havia usado as jaquetas de Rick, pois ele era muito mais forte e mais alto do que eu, e elas me faziam parecer uma caixa, com suas mangas deixando meus braços sem movimento. Naquele momento, senti que estava usando uma roupa que me pertencia há anos.

Mais cedo, quando estávamos com as outras pessoas no bar, Jean-Paul e eu conversamos em francês a noite toda e prometi continuar falando francês. Perguntei então: — *Nous sommes arrivés chez nous?* (Chegamos à nossa casa?) — E imediatamente me arrependi. A frase estava gramaticalmente correta, mas o "nossa casa" dava a impressão de que morávamos juntos. Como acontecia com freqüência com o francês que eu falava, sabia o sentido das palavras, mas não suas conotações.

Se Jean-Paul percebeu, não chegou a demonstrar. — *Non, le Fina* (Não, estamos no posto de gasolina Fina) — respondeu.

— Obrigada por dirigir — continuei, em francês.

— Não há de quê. Você já pode dirigir?

— Posso. — De repente, eu me senti sóbria e prestei atenção na mão dele sobre a minha. — Jean-Paul... — comecei, querendo dizer alguma coisa, mas sem saber o quê.

Ele passou um instante calado até dizer: — Você nunca usa cores vivas.

Pigarreei. — Acho que não. Desde adolescente.

— Ah. Goethe disse que só as crianças e as pessoas simples gostam das cores vivas.

— Isso é um elogio? É que eu gosto de tecidos em cores naturais, só isso. Algodão, lã e principalmente, como se diz em francês? — Mostrei a manga do meu vestido e Jean Paul tirou sua mão da minha para pegar na roupa com dois dedos e com os outros esfregar minha pele.

— *Le lin*. E como se diz em inglês?

— *Linen*. Como eu dizia, sempre usei linho, principalmente no verão. Fica melhor em cores naturais, branco, marrom e... — desisti. O nome das cores estava muito longe do francês que eu sabia: quais eram as palavras para areia, caramelo, ferrugem, bege cru, sépia, ocre?

Jean-Paul soltou a manga do vestido e segurou no volante. Olhei minha mão no braço dele, após vencer tantas inibições para chegar lá, e achei que ia chorar. Relutante, enfiei a mão embaixo do meu braço, apertando a jaqueta de Jean-Paul nos ombros e olhando para a frente. Por que estávamos ali falando nas minhas roupas? Eu estava com frio, queria ir para casa.

— Goethe — esnobei, enfiando os saltos no chão do carro e empurrando as costas no assento, impaciente.

— O que tem Goethe?

Voltei a falar inglês. — Você tinha de falar em alguém como Goethe exatamente agora.

Jean-Paul jogou pela janela o toco do cigarro e tornou a fechar o vidro. Abriu a porta do carro, saiu e sacudiu as pernas duras. Entreguei a jaqueta para ele e passei para o lugar do motorista. Ele vestiu a jaqueta, inclinou-se sobre o carro com uma das mãos no alto da porta e a outra no teto. Olhou para mim, balançou a cabeça e suspirou, exasperado, entre dentes.

— Não gosto de me meter com mulher casada — resmungou, em inglês. — Mesmo quando não consigo parar de olhá-la e ela sempre discute comigo, me irrita e, ao mesmo tempo, me atrai. — Ele se inclinou e, bruscamente, me deu um beijo de cada lado do rosto. Ia se levantar quando minha mão, minha ousada e traiçoeira mão, agarrou o pescoço dele e puxou-o.

Fazia anos que eu só beijava Rick, mais ninguém. Havia esquecido como cada pessoa podia ser diferente. Os lábios de Jean-Paul eram macios mas firmes, davam só uma amostra do que havia além. O cheiro dele era intoxicante; parei o beijo e esfreguei o rosto na lixa do rosto dele, enfiei o nariz em seu pescoço e respirei fundo. Ele se abaixou e empurrou minha cabeça para trás, passando os dedos pelos meus cabelos como se fossem um pente. Sorriu. — Você parece mais francesa, com esses cabelos ruivos, Ella Tournier.

— Não pintei, juro.

— Eu nunca disse que havia pintado.

— Foi Ri... — Nós dois nos endireitamos e Jean-Paul parou de acariciá-los.

— Desculpe, eu não quis... — suspirei e abaixei a cabeça. — Não pensei que estivesse infeliz com Rick, mas agora parece que alguma coisa não... é como se fôssemos um quebra-cabeça com todas as peças encaixadas, mas formando uma imagem errada. — Minha garganta foi se apertando e parei de falar.

Jean-Paul tirou a mão dos meus cabelos. — Ella, nós demos um beijo, não quer dizer que o seu casamento tenha acabado.

— É, mas... — Parei. Se eu tinha dúvidas sobre a minha relação com Rick, devia comentá-las com ele.

— Quero continuar encontrando você, posso? — perguntei.

— Pode me encontrar na biblioteca. No posto Fina, não. — Ele pegou minha mão e beijou a palma. — *Au revoir, Ella Tournier. Bonne nuit* — disse ele.

— *Bonne nuit* — respondi.

Ele se levantou. Fechei a porta do carro e olhei-o entrar no dele, que parecia de lata. Ligou o motor, deu uma buzinada leve e partiu. Senti um alívio por ele não querer esperar que eu fosse primeiro. Aguardei as lâmpadas traseiras do carro piscarem no final da longa estrada margeada de árvores. Então, soltei um longo suspiro, peguei a Bíblia dos Tournier no banco traseiro, coloquei-a no colo e fiquei olhando a estrada.

Fiquei pasma ao constatar como era fácil mentir para Rick. Sempre achei que ele saberia na hora se eu o enganasse, que eu jamais conseguiria esconder minha culpa, que ele me conhecia muito bem. Mas as pessoas vêem o que querem, e Rick esperava que eu fosse de um jeito e era assim que eu era para ele. Quando entrei em casa com a Bíblia embaixo do braço, depois de estar com Jean-Paul apenas meia hora antes, Rick levantou os olhos do jornal e disse, animado: — Olá, garota. — E foi como se nada tivesse acontecido. Foi o que pareceu, eu estava em casa, com Rick muito tranqüilo sob a lâmpada de leitura, longe do carro escuro, da fumaça de cigarro, da jaqueta de Jean-Paul. O rosto de Rick era sincero e ingênuo, não escondia nada de mim. Sim, eu quase podia dizer que não havia acontecido nada. A vida podia ser incrivelmente dividida em compartimentos.

Seria bem mais fácil se Rick fosse um bobo, pensei. Mas eu jamais teria me casado com um bobo. Dei um beijo na testa dele. — Tenho uma coisa para mostrar a você — anunciei.

Ele abaixou o jornal e empertigou-se. Ajoelhei a seu lado, tirei a Bíblia da sacola e coloquei-a no colo dele.

— Olha aí que coisa importante. Onde arrumou? Ao telefone, você não disse direito aonde estava indo — ele falou, passando a mão na capa do livro.

— O senhor que me ajudou em Le Pont de Montvert, Monsieur Jourdain, achou-a no arquivo. E me deu.

— É *sua*?

— É. Olhe a página de rosto. Viu? São meus antepassados. Pronto.

Rick olhou a lista de nomes, concordou com a cabeça e sorriu para mim.

— Você conseguiu, encontrou-os!

— É. Com muita ajuda e muita sorte. Mas achei. — Tive de notar que ele não examinou a Bíblia com tanta atenção e carinho quanto Jean-Paul. Pensar nisso fez meu estômago dar um nó de culpa: aquelas comparações eram totalmente injustas. Não vou mais fazer isso, pensei, séria. Não vou mais fazer isso com Jean-Paul. Pronto.

— Sabe, essa Bíblia vale um bom dinheiro. Tem certeza de que ele a *deu* para você? Pediu um recibo de doação? — perguntou Rick.

Olhei-o, incrédula. — Não, não pedi! Você pede recibo toda vez que lhe dou um presente?

— Ora, Ella, estou tentando ser útil. Não vai querer que ele mude de idéia e peça a devolução. Se tiver a doação por escrito, esse problema estará descartado. Devemos guardá-la numa caixa de valores no banco. Talvez em Toulouse. Não creio que o banco daqui tenha uma.

— Não vou colocá-la em caixa de valores! Vou guardá-la aqui comigo! — Olhei bem para ele. Foi exatamente nesse ponto que aconteceu: como aquelas criaturas unicelulares que de repente se dividem em duas sob o microscópio, sem qualquer motivo aparente, senti que estávamos nos separando em seres distintos com perspectivas diversas. Foi estranho, não havia percebido quão juntos havíamos estado até nos separarmos.

Rick não pareceu notar a mudança. Eu o encarei até que franziu o cenho: — O que houve? — perguntou.

— Eu... bom, garanto que não vou colocá-la numa caixa de valores. É valiosa demais para isso. — Peguei a Bíblia e apertei-a contra o peito.

Para alívio meu, Rick viajou para a Alemanha no dia seguinte. Eu estava tão agitada com o novo espaço que havia entre nós que precisava de um tempo sozinha. Ele me deu um beijo de despedida, sem saber do meu tumulto interior, e fiquei pensando se era tão cega para o que se passava dentro dele quanto ele era em relação a mim.

Era uma quarta-feira e eu queria muito ir ao café à beira do rio ver Jean-Paul. Mas a razão venceu o coração: sabia que era melhor deixar as coisas estagnadas por algum tempo. Antes de sair de casa para fazer minha ronda diária, esperei ter certeza de que Jean-Paul estaria no café, enfiado no jornal. Um encontro casual na rua, com tanta gente em volta fascinada com cada gesto nosso, não seria nada agradável. Eu não estava com a menor intenção de apresentar essa cena para a cidade. À medida que me aproximava da praça central, fui tomada pelas histórias que Jean-Paul havia contado das moradoras, do que a cidade pensava de mim, e quase voltei correndo para a privacidade de minha casa, com vontade até de fechar as venezianas.

Fiz questão de seguir em frente. Comprei o *Herald Tribune* e o *Le Monde*, a vendedora mostrou-se muito simpática, não me lançou nenhum olhar esquisito, e até chegou a comentar do tempo. Não parecia estar pensando na minha máquina de lavar, nas janelas da minha casa ou nos meus vestidos sem manga.

O verdadeiro teste foi com a *Madame*. Encaminhei-me decidida para a *boulangerie*. — *Bonjour, Madame!* — cumprimentei ao entrar. Ela estava conversando com alguém e franziu o cenho de leve. Olhei as pessoas com quem ela falava e dei de cara com Jean-Paul. Ele disfarçou a surpresa, mas não o bastante para *Madame* não perceber: olhou para nós com nojo e alegria triunfantes.

Ah, pelo amor de Deus, agora chega. — *Bonjour, Monsieur* — disse eu, alto.

— *Bonjour, Madame* — respondeu ele. Embora o rosto não se alterasse, a voz dava a impressão de que ele havia levantado as sobrancelhas.

Virei-me para *Madame*. — *Madame*, gostaria de levar vinte *quiches*, por favor. Adoro-as. Como *quiches* todos os dias no café-da-manhã, almoço e jantar.

— *Vinte quiches* — repetiu ela, boquiaberta.

— Sim, por favor.

Madame fechou a boca e apertou tanto os lábios que eles sumiram, e, de olho em mim, pegou um saco de papel. Ouvi Jean-Paul pigarrear baixo. *Madame* se abaixou para colocar as *quiches* no saco e aproveitei para olhá-lo. Jean-Paul estava examinando uma vitrine de amêndoas açucaradas, no canto da loja. Apertava a boca e esfregava o queixo com o indicador e o polegar. Olhei para *Madame* e sorri. Ela se empertigou por trás da vitrine e dobrou a beira do saco com as *quiches*. — Só tem 15 — avisou, olhando para mim.

— Ah, que pena. Terei de ir à *pâtisserie* ver se tem mais. — Desconfiei que *Madame* não gostava da *pâtisserie*, onde vendiam produtos que, para ela, pareciam supérfluos demais, enquanto ela era uma padeira séria. Eu estava certa: *Madame* arregalou os olhos, tomou fôlego, balançou a cabeça e fez um ruído grosseiro: — Eles não têm *quiches*! Sou a única que as faz em Lisle-sur-Tarn!

— Bom, então pode ser que eu encontre no Intermarché — disse eu.

Nesse ponto, Jean-Paul emitiu um som esquisito e *Madame* quase deixou cair o saco de *quiches*. Eu havia cometido o pecado de falar na arqui-rival e maior ameaça à loja dela: o supermercado na saída da cidade, que não tinha história, não tinha dignidade, nem sofisticação. Era meio como eu. Sorri. — Quanto é? — perguntei.

Madame demorou um instante para responder; parecia precisar se sentar. Jean-Paul aproveitou a oportunidade para murmurar "*Au revoir, Mesdames*", e sumiu.

Assim que saiu, perdi a vontade de brigar com ela. Quando respondeu o que me pareceu um alto preço, entreguei o dinheiro, humilde. As *quiches* valiam.

Do lado de fora, Jean-Paul emparelhou o passo comigo.

— Você está muito agressiva, Ella Tournier — disse, baixo, em francês.

— Quer algumas *quiches*? — ofereci. Rimos.

— Acho que não devemos nos ver em público. Este lugar aqui é bem público. — Mostrei a praça com a mão.

— Ah, mas eu tenho um motivo profissional para falar com você. Olhou bem a Bíblia?

— Ainda não. Escuta, você não pára de trabalhar? Não dorme?

Ele sorriu. — Nunca precisei dormir muito. Leve a Bíblia à biblioteca amanhã. Descobri umas coisas interessantes sobre a sua família.

A Bíblia tinha um formato esquisito, era comprida e bem estreita. Mas não era muito pesada e cabia bem no meu braço. A capa era de um couro gasto e seco, muito raspado e macio, manchado de castanho-escuro. O couro estava partido e enrugado, com pequenos furos de inseto em várias partes. A capa posterior estava enegrecida e meio queimada, mas continuava intacto o desenho intricado de linhas, folhas e pontos dourados. A lombada tinha flores douradas, e um desenho diferente havia sido feito com martelo e alfinete, na lateral das páginas.

Abri no começo do Gênesis: *Diev crea av commencement le ciel & la terre.* (No começo, Deus criou o céu e a terra.) O texto em francês era em duas colunas, com uma tipografia clara e, embora a escrita fosse estranha, entendi o francês... ou o que havia restado dele. O final do livro estava queimado, e as páginas do meio tão chamuscadas que não dava para ler.

No bar Crazy Joe, Mathilde e Monsieur Jourdain haviam tido uma longa discussão sobre as origens daquela Bíblia, e Jean-Paul dava um palpite de vez em quando. Eu entendia só um pouco do que falavam porque o sotaque de Monsieur Jourdain era bem difícil de decifrar e Mathilde falava muito rápido. Era sempre mais complicado acompanhar uma conversa em francês quando as pessoas não estavam falando diretamente comigo. Pelo que pude entender, eles concordavam que o livro devia ter sido publicado em Genebra e traduzido por alguém chamado Lefèvre d'Etaples. Monsieur Jourdain insistiu naquele nome.

— Quem foi ele? — perguntei, insegura.

Monsieur Jourdain riu. — *La Rousse* quer saber quem foi Lefèvre — ficou repetindo, balançando a cabeça. Àquela altura, ele havia tomado três uísques com soda. Deixei, paciente, que ele fizesse sua piadinha, os martínis tinham me deixado mais tolerante em relação a rirem de mim.

Ele acabou explicando que Lefèvre d'Etaples tinha sido o primeiro tradutor da Bíblia do latim para o francês vernáculo, de forma que os fiéis pudessem lê-la, não só os padres. — Foi o começo de tudo — declarou ele. — Dividiu o mundo ao meio! — disse Monsieur Jourdain, após o que despencou do banquinho e caiu sentado no meio do bar.

Tentei não rir, mas Mathilde cobriu a boca com a mão, Sylvie achou muita graça e Jean-Paul sorriu enquanto virava as páginas da Bíblia. Lembrei então que ele tinha olhado a página sobre os Tournier durante um bom tempo e feito anotações nas costas de um envelope. Eu estava muito tonta, e não tive coragem de perguntar o que estava fazendo.

Para tristeza de Mathilde e desapontamento meu, Monsieur Jourdain não lembrava quem havia entregue a

Bíblia para ele. — É por isso que você precisa registrar as coisas! — zangou ela. — Para uma pessoa como Ella, detalhes são importantes! — *Monsieur* ficou bem sem graça, copiou o nome de todos os membros da família que estavam na Bíblia e prometeu ver se achava alguma coisa sobre eles, inclusive sobre os que tinham outros sobrenomes.

Eu estava chegando à conclusão de que a Bíblia viera de alguém que morava em redor de Le Pont de Montvert, mas sabia que podia ter sido trazida de qualquer lugar, com as pessoas se mudando para a região e levando seus pertences. Mas, quando sugeri isso, Mathilde e Monsieur balançaram a cabeça.

— Pessoas de fora não trariam a Bíblia para cá — explicou Mathilde. — Só uma família de Cevenol poderia tê-la entregue a Monsieur Jourdain. Aqui, as pessoas têm uma forte noção de História, e objetos de família como esse não saem daqui.

— Mas as famílias saem. A minha saiu.

— Saiu por causa de religião — disse ela, fazendo um gesto reticente com a mão. — Claro que eles foram embora a partir de 1685; muitas famílias foram. É engraçado que a sua família tenha ido na época em que foi. Um século depois, a situação foi muito pior para os protestantes cevenóis. O Massacre de São Bartolomeu foi uma... — Ela parou e deu de ombros, depois fez um gesto para Jean-Paul: — Explique, Jean-Paul. — Ela estava de blusa de ginástica rosa e minissaia xadrez.

— Foi um evento burguês, de certa forma — continuou ele, baixo, sorrindo para ela. — Acabou com a nobreza protestante. Mas os huguenotes cevenóis eram camponeses e a região de Cévennes era isolada demais para ser ameaçada. Podia haver uma tensão com os poucos católicos locais, suponho. A catedral em Mende, por exemplo, continuou católica.

Eles podem ter resolvido ir assustar alguns huguenotes. O que você acha, *Mademoiselle*? — perguntou Jean-Paul para Sylvie. Ela olhou-o com franqueza, esticou as pernas, mexeu os dedos dos pés e disse:

— Olhe, mamãe pintou minhas unhas de branco!

Então me voltei para a lista dos Tournier e examinei-a. Ali estava a família que devia ter acabado em Moutier: Étienne Tournier, Isabelle du Moulin e seus filhos, Jean, Jacob e Marie. Segundo a carta de meu primo, Étienne constava de um alistamento militar de 1576 e Jean se casara em 1590. Conferi as datas, fazia sentido. E esse Jacob era mais um na longa lista que terminava em meu primo. Achei que ele devia ficar sabendo. Vou escrever para ele contando, pensei.

Descobri algo escrito na parte interna da capa que ninguém tinha visto ainda. Estava sujo e apagado, mas consegui entender *Mas de la Baume du Monsieur*. Seria, mais ou menos traduzido, Fazenda do Bálsamo do Cavalheiro. Peguei o mapa que havia comprado, com detalhes da área em torno de Le Pont de Montvert, e fui olhando. Procurei em círculos concêntricos a partir de aldeia com um nome parecido. Em apenas cinco minutos, encontrei, a uns dois quilômetros a noroeste de Le Pont de Montvert. Era uma colina situada ao norte do rio Tarn, semicoberta por uma floresta. Concordei com a cabeça. Aquilo era tarefa para Jean-Paul.

Mas ele não devia ter visto o nome da fazenda na noite anterior, senão teria dito. O que ele queria dizer quando comentou que sabia algo sobre a minha família? Olhei os nomes e datas, mas só encontrei duas coisas estranhas na lista: um Tournier que se casara com uma Tournier, um dos Jean, que nascera no dia de Ano-Novo.

Na tarde seguinte, quando cheguei à biblioteca com a Bíblia numa sacola, Jean-Paul me apresentou para a outra bibliotecária. Quando ela bateu os olhos na Bíblia, deixou de parecer desconfiada.

— O senhor Piquemal é especialista em livros e História antigos — disse ela, numa voz sonora. — Isso é assunto para ele. Eu trato mais de romances, narrativas históricas, coisas assim. Livros mais populares.

Senti uma provocação em Jean-Paul, mas simplesmente cumprimentei a mulher e sorri para ela. Jean-Paul esperou que terminássemos de falar e me levou para uma mesa na outra sala. Abri a Bíblia enquanto ele tirava o envelope no qual havia feito anotações.

— Então, o que você descobriu? — perguntou, ansioso.

— Que o seu sobrenome é Piquemal.

— E daí?

— Significa "má picada", perfeito. — Dei um sorriso irônico e ele franziu o cenho.

— *Pique* também pode ser lança — ele resmungou.

— Melhor ainda!

— Então. O que encontrou em suas pesquisas? — repetiu ele.

Mostrei o nome da fazenda na parte interna da Bíblia, depois abri meu mapa e mostrei o lugar. Jean-Paul concordou com a cabeça e olhou o mapa: — Muito bem, hoje nessa área não há qualquer construção, mas pelo menos temos certeza de que a Bíblia vem daí. E o que mais?

— Dois Tournier se casaram.

— É, deviam ser primos. Na época, isso era mais ou menos comum. O que mais?

— Hum, um deles nasceu no dia de Ano-Novo.

Ele levantou as sobrancelhas; eu esperava não ter dito nada de errado. — Mais alguma coisa? — insistiu.

— Não. — Ele estava sendo irritante outra vez, mas achei difícil sentar do seu lado e conversar como se nada tivesse acontecido naquela noite. Estava com o braço tão próximo do meu na mesa que eu podia facilmente tocá-lo. Isso é o mais próximo que vamos chegar um do outro, pensei. Não vai passar disso. Sentar ao lado dele parecia uma coisa triste, inútil.

— Não achou mais nada de interessante? — perguntou Jean-Paul, irritado. — Ah, a educação norte-americana. Você não seria uma boa detetive, Ella Tournier. — Ao ver minha expressão, ele parou e ficou sem jeito. — Desculpe. Você não gosta do meu jeito de brincar — disse, passando a falar inglês como se isso fosse me acalmar.

Balancei a cabeça e fiquei olhando a Bíblia. — Não é isso. Se eu não aceitasse as suas brincadeiras, não poderia falar com você. Não, é que... — balancei a mão como se quisesse afastar o assunto — ... naquela noite. É difícil ficar aqui assim — expliquei, baixo.

— Ah. — Sentamos lado a lado, olhando a lista da família, bem cientes da presença um do outro.

— Engraçado — quebrei o silêncio —, acabo de notar que Étienne e Isabelle se casaram um dia antes do aniversário dele. Vinte e oito de maio, 29 de maio — disse eu.

— É. — Jean-Paul bateu um dedo de leve na minha mão. — É. Foi a primeira coisa que notei. Estranho. E me perguntei: será que foi coincidência? Depois, vi a idade dele. Faria 25 anos no dia seguinte ao casamento.

— Ele *fez* 25 anos.

— É. Na época, quando um huguenote fazia 25 anos, não precisava mais da permissão dos pais para se casar.

— Mas ele tinha 24 quando se casou, portanto deve ter precisado — considerei.

— É, mas parece estranho casar tão perto dos 25 anos. Pode ter sido para o caso de alguém ficar na dúvida sobre o que os pais achavam do casamento. Depois, pesquisei mais. Veja a data de nascimento do primeiro filho deles — disse Jean-Paul, mostrando a página.

— É, no dia do Ano-Novo, como eu disse. E daí?

Ele franziu o cenho para mim. — Olhe de novo, Ella Tournier. Use a cabeça.

Olhei a página. Quando entendi o que quis dizer, não acreditei que eu não tivesse percebido antes, logo eu. Comecei a calcular rápido, contando nos dedos, de trás para diante.

— Agora você entendeu.

Concordei, somando os dias, e anunciei: — Ela teria engravidado mais ou menos em 10 de abril.

Jean-Paul parecia achar graça. — Dez de abril, é? Como chegou a essa conclusão? — Ele simulou estar contando nos dedos.

— Calcula-se que o nascimento ocorra mais ou menos 266 dias após a fecundação. Mais ou menos. A gestação varia de uma mulher para outra, claro, e na época podia ser um pouco diferente. Tinham uma alimentação diferente e, portanto, um corpo diferente. Mas, de todo jeito, ela engravidou em abril. Umas sete semanas antes de se casarem.

— E de onde você tirou esses 266 dias, Ella Tournier? Nunca teve filhos, não? Ou escondeu-os em algum lugar?

— Sou parteira.

Ele pareceu intrigado, então falei em francês: — *Une sage-femme.* (Parteira.) *Je suis une sage-femme.*

— *Toi? Une sage-femme?*

— É. Você nunca perguntou o que eu fazia.

Ele parecia desanimado, o que não era comum, e me senti vitoriosa; pela primeira vez, eu estava por cima.

— Você sempre me surpreende, Ella — disse, balançando a cabeça e sorrindo.

— Anda, anda, não faça charme, senão sua colega vai contar para a cidade inteira.

Por instinto, nós dois olhamos para a porta e nos empertigamos. Eu me afastei dele.

— Quer dizer que foi um casamento sob a mira do revólver? — falei, para voltarmos ao assunto.

— Sob a mira do revólver?

— Essa expressão norte-americana significa que o sogro obrigou o noivo a casar quando soube que a noiva estava grávida. Nos Estados Unidos existe esse estereótipo: o pai apontando uma arma para o rapaz subir ao altar.

Jean-Paul pensou um instante. — Vai ver que foi isso. — Ele não parecia convicto.

— Mas?

— Mas um casamento sob a mira do revólver, como você diz, não explica por que se casaram tão perto do aniversário dele.

— Bom, então foi coincidência. E daí?

— Você e as suas coincidências, Ella Tournier. Escolhe as que são mais que coincidências. Portanto, essa aqui é uma coincidência e Nicolas Tournier não é.

Fiquei tensa. Não discutíamos o pintor desde o dia em que havíamos discordado tanto sobre ele.

— Eu podia dizer o mesmo de você! Escolhemos coincidências diferentes para acreditar, nada mais — revidei.

— Eu estava interessado em Nicolas Tournier até descobrir que não era seu parente. Dei uma oportunidade a ele. E dou outra oportunidade para essa coincidência também.

— Está bem, então por que isso é mais do que uma coincidência?

— Por causa do ano e do dia do casamento. Ambos são nefastos.

— O que você quer dizer com nefasto?

— No Languedoc, acreditava-se que não se devia casar em maio ou novembro.

— Por quê?

— Maio é mês de chuva e de lágrimas, e novembro é mês dos mortos.

— Mas isso não passa de superstição. Pensei que os huguenotes estivessem tentando não ser supersticiosos. Supunha-se que esse era um vício dos católicos.

Isso fez com que ele parasse um pouco. Não era só ele que havia lido livros.

— Mesmo assim, é verdade que havia menos casamentos nesses meses, e 28 de maio de 1563 foi uma segunda-feira; a maioria dos casamentos era na terça ou no sábado. Eram os dias preferidos.

— Espera aí. Como você sabe que era uma segunda-feira?

— Achei um calendário na Internet.

Ele era o mais improvável bobo metido a intelectual. Suspirei. — Então você, obviamente, tem uma teoria sobre o que aconteceu. Não sei por que eu insisto em pensar que tenho alguma opinião sobre isso tudo.

Ele me olhou. — *Pardon*. Tirei a sua pesquisa de você, não é?

— Sim. Olhe, agradeço a ajuda, mas sinto que você está agindo com a cabeça e não com o coração. Entende?

Ele apertou os lábios como se estivesse amuado e concordou.

— Mesmo assim, gostaria de ouvir a sua teoria. Mas é apenas uma teoria, não? Continuo acreditando que tenha sido um casamento sob a mira do revólver.

— É. Portanto, pode ser que os pais dele fossem contra o casamento até saberem da gravidez. Então, apressaram tudo para os vizinhos acreditarem que eles sempre aprovaram.

— Mas será que as pessoas não desconfiaram por causa das datas? Sou capaz de imaginar uma versão de *Madame* do século XVI em ação.

— Talvez, mas ainda era melhor parecer que haviam aprovado.

— Só por causa das aparências.

— Quer dizer que as coisas não mudaram muito em quatrocentos anos.

— Você esperava que mudassem?

A bibliotecária apareceu na porta. Deve ter parecido que estávamos imersos em consultas, pois ela apenas sorriu e sumiu.

— Tem mais uma coisa. Uma coisinha. O nome Marie. É estranho uma família de huguenotes dar esse nome a uma criança — disse Jean-Paul.

— Por quê?

— Porque Calvino queria que as pessoas deixassem de adorar a Virgem Maria. Acreditava num contato direto com Deus e não através de uma figura como ela, que era considerada um desvio de Deus. Além de fazer parte do catolicismo. É estranho terem dado o mesmo nome da Virgem.

— Marie — repeti.

Jean-Paul fechou a Bíblia. Olhei-o tocar a capa e acompanhar com o dedo o desenho da folha dourada.

— Jean-Paul.

Ele virou-se para mim, os olhos brilhando.

— Venha para casa comigo. — Eu não tinha percebido que ia dizer isso.

O rosto dele não se alterou, mas a transformação entre nós foi como o vento mudando de direção.

— Ella. Eu estou trabalhando.

— Depois do trabalho.

— E o seu marido?

— Está fora. — Estava começando a sentir-me humilhada. — Esqueça. Esqueça até que perguntei. — Ia me levantar, mas ele colocou a mão sobre a minha e não deixou que eu me levantasse. Sentei de novo, ele olhou para a porta e tirou a mão.

— Quer ir a algum lugar hoje à noite? — perguntou.

— Onde?

Jean-Paul escreveu alguma coisa num pedaço de papel. — A melhor hora para chegar é lá pelas 11 da noite.

— Mas o que tem nesse lugar?

Ele balançou a cabeça. — Uma surpresa. Apenas vá e verá.

Tomei um banho e passei mais tempo me arrumando, como não fazia há muito, embora não tivesse idéia do lugar aonde ia: Jean-Paul apenas rabiscara um endereço em Lavaur, cidade a uns 19 quilômetros. Podia ser um restaurante, a casa de um amigo ou um boliche, eu não tinha a menor idéia.

O comentário dele na noite anterior, sobre as minhas roupas, ficou na minha cabeça. Apesar de não ter certeza se havia sido uma crítica, procurei no guarda-roupa alguma coisa colorida. Acabei usando outra vez o vestido amarelo-claro sem mangas, que era o máximo que eu conseguia chegar em matéria de cor. Pelo menos, eu me sentia bem nele e, com sandálias marrons sem salto e um pouco de batom, não fiquei muito ruim. Não podia começar a competir com as francesas, que pareciam ter estilo usando apenas jeans e camiseta, mas eu dispensava esse tipo de roupa.

Havia acabado de fechar a porta de casa, quando o telefone tocou. Corri para atender antes da secretária eletrônica.

— Olá, Ella, tirei você da cama?

— Rick. Não, eu estava indo, hum, dar uma caminhada. Lá na ponte.

— Uma caminhada às 11 da noite?

— É, está calor e eu estou entediada. Onde você está?

— No hotel.

Tentei lembrar: em Hamburgo ou em Frankfurt?

— A reunião foi boa?

— Ótima! — Ele contou como havia sido o dia, dando tempo para eu me recompor. Quando perguntou o que eu andava fazendo, não pensei em nada que ele gostaria de ouvir.

— Pouca coisa. E quando você volta? — respondi, apressada.

— No domingo. Tenho de parar em Paris na volta. Escuta, meu bem, com que roupa você está? — Era uma velha brincadeira que costumávamos fazer ao telefone: um dizia como o outro estava e o outro começava a tirar a peça. Olhei meu vestido e sapatos. Não podia dizer o que eu estava usando, nem por que não queria fazer o jogo.

Por sorte, fui salva pelo próprio Rick, que disse: — Espera, tem uma ligação para mim, é melhor eu atender.

— Claro. Vejo você daqui a uns dias.

— Te amo, Ella. — Desligou.

Esperei alguns minutos sentindo um enjôo, para ter certeza de que ele não ia ligar de novo.

No carro, fiquei pensando: Você pode voltar, Ella. Não precisa fazer isso. Pode dirigir até esse lugar, estacionar, chegar à porta do que for e voltar. Pode até vê-lo, passar algum tempo com ele, o que será perfeitamente inocente, e depois voltar pura e sem se adulterar. Literalmente.

Lavaur era uma cidade com uma catedral umas três vezes maior do que Lisle-sur-Tarn, com um bairro antigo e alguma semelhança de uma vida noturna: um cinema, alguns restaurantes, dois bares. Conferi no mapa, parei ao lado da catedral, que era uma construção pesada, de tijolos, com uma torre octogonal, e entrei na cidade antiga. Mesmo com incríveis atividades noturnas, não havia ninguém nas ruas, todas as janelas estavam fechadas, todas as luzes apagadas.

Foi fácil encontrar o endereço, que era impossível não perceber, pois tinha uma incrível placa de néon indicando uma taberna. A entrada era por uma alameda lateral, e as janelas ao lado da porta tinham uma espécie de mural com soldados sem rosto vigiando uma mulher de vestido longo. Parei e olhei bem o mural. A cena me desanimou; entrei logo.

O contraste entre interior e exterior não podia ser maior. Era um pequeno bar pouco iluminado, barulhento, cheio e enfumaçado. Os poucos bares aonde eu fora em cidades pequenas da França costumavam ser feios, cheios de homens e pouco simpáticos. Aquele era como uma fresta de luz no meio da escuridão. Foi tão inesperado que fiquei na porta olhando.

Bem na minha frente, havia uma mulher linda, de jeans e blusa de seda marrom, cantando *Every Time We Say Goodbye* com forte sotaque francês. E, embora ele estivesse de costas para mim, vi imediatamente que Jean-Paul estava ao piano, com sua macia camisa azul. Ele olhava para as mãos e, às vezes, para a cantora com uma expressão concentrada, mas também serena.

Chegaram algumas pessoas atrás de mim e fui obrigada a entrar no meio da platéia. Não conseguia tirar os olhos de Jean-Paul. Quando os dois terminaram a canção, houve gritos de aprovação e prolongados aplausos. Jean-Paul olhou em volta, me viu e sorriu. Um homem à direita bateu no meu ombro: "Tome cuidado... aquele sujeito é um lobo!", gritou, rindo e mostrando o piano. Enrubesci e fui andando. Quando Jean-Paul e a mulher começaram outra canção, fui me apertando até o bar e, por milagre, encontrei um banquinho vago.

A pele azeitonada da cantora parecia iluminada por dentro, suas sobrancelhas escuras eram perfeitamente delineadas. Os longos cabelos castanhos eram ondulados e estavam soltos, e ela chamava a atenção para a cabeleira enquanto cantava, passando os dedos nela, jogando a cabeça para trás, tocando na testa quando soltava uma nota aguda. Jean-Paul era menos extravagante, sua presença calma equilibrava a dramaticidade dela, seu piano destacava a voz cintilante. Os dois estavam muito bem juntos: tranqüilos, seguros para brincar um com o outro. Senti uma ponta de ciúme.

Duas canções depois, houve um intervalo e Jean-Paul veio falar comigo, parando antes para cumprimentar quase todo mundo. Puxei nervosa o vestido para baixo, esperando que cobrisse meus joelhos.

Quando chegou do meu lado, ele disse: — *Salut,* Ella — e deu dois beijos no rosto, como fizera com várias outras pessoas. Fiquei mais calma, aliviada, mas vagamente desconcertada por não receber uma atenção especial. O que *quer*, Ella?, perguntei-me, furiosa. Jean-Paul deve ter percebido a confusão no meu rosto. — Venha, vou lhe apresentar uns amigos — disse ele, com naturalidade.

Saí do banquinho, peguei minha cerveja e esperei enquanto ele recebia um uísque do barman. Jean-Paul mostrou uma mesa do outro lado da sala e pôs uma das mãos nas minhas costas para me guiar, mantendo-a enquanto passávamos pelas mesas e cadeiras, e retirando-a quando chegamos à mesa dos amigos dele.

Seis pessoas, inclusive a cantora, estavam sentadas em bancos dos dois lados de uma mesa comprida. Eles se apertaram para dar espaço para nós. Acabei ao lado da cantora, com Jean-Paul sentado na minha frente, nossos joelhos se tocando naquele espaço apertado. Olhei a mesa, cheia de garrafas de cerveja e taças de vinho, e sorri para mim mesma.

O grupo estava discutindo música, falando em cantores franceses dos quais nunca tinha ouvido falar, rindo alto de referências culturais que para mim não significavam nada. Falavam tão alto e tão rápido que dali a pouco desisti de prestar atenção. Jean-Paul acendeu um cigarro e riu das piadas, mas, fora isso, ficou calado. De vez em quando, sentia os olhos dele pousados em mim, e uma vez, quando retribuí o olhar, ele perguntou: — *Ça va?*

Concordei. Janine, a cantora, virou-se para mim e perguntou: — Você prefere Ella Fitzgerald ou Billie Holiday?

— Ah, não ouço muito nenhuma das duas. — Isso pareceu pouco polido, afinal ela estava me dando chance de entrar na conversa. E eu queria me convencer de que não estava com ciúme dela, de sua beleza, seu desembaraço, sua ligação com Jean-Paul. — Gosto de Frank Sinatra — acrescentei logo.

Um careca com cara de bebê, barba de dois dias, sentado ao lado de Jean-Paul, não gostou da minha preferência:

— Sinatra é sentimental demais, *show-biz* demais. — Usou a frase em inglês e mexeu as mãos ao lado das orelhas, dando um sorriso amarelo. — Já Nat King Cole é outra coisa!

— É, mas... — comecei. Todos à mesa me olharam, esperando o que eu ia dizer. Havia me lembrado de uma coisa que meu pai dissera sobre a técnica de Sinatra e estava tentando, desesperada, traduzir rápido. Exatamente o que Madame Sentier tinha dito para não fazer.

— Frank Sinatra não respira quando canta — disse e parei. Não era o que eu estava pensando: tentei dizer que ele cantava tão suavemente que não se ouvia sua respiração, mas meus conhecimentos do francês falharam. — Ele...

Mas o assunto havia acabado, não fui rápida o bastante. Franzi o cenho e balancei de leve a cabeça, aborrecida comigo mesma e constrangida, como quando você começa a contar um caso e percebe que ninguém está ouvindo.

Jean-Paul tocou na minha mão e disse, em inglês:

— Você me faz lembrar uma vez que fui a Nova York. Às vezes, num bar, eu não conseguia ouvir nada, todo mundo falava aos berros palavras que eu não conhecia.

— Ainda não consigo pensar rápido em francês. Coisas complicadas, não dá.

— Vai conseguir, se ficar aqui o bastante.

O homem de cara de bebê ouviu-nos falar inglês e me olhou de cima a baixo. — *Tu es américaine?* — perguntou.

— *Oui.*

Minha resposta surtiu um efeito estranho: foi como se uma corrente elétrica passasse pela mesa. Todos se empertigaram e olharam de mim para Jean-Paul. Olhei para ele também, intrigada com a reação. Jean-Paul pegou seu copo de uísque e esvaziou-o, num gesto cheio de desafio.

O homem sorriu, sarcástico.

— Ah, mas você não é gorda. Por que é diferente das outras norte-americanas? — Ele inflou as bochechas e fez com as mãos uma pança imaginária.

Descobri uma coisa a respeito do meu francês: quando eu estava irritada, falava num jato.

— Há norte-americanas gordas, mas pelo menos não são mexeriqueiras como as francesas!

Todos na mesa riram, até o homem. Na verdade, ele parecia disposto a ouvir mais. Dane-se, pensei. Mordi a isca e agora ele vai me alugar por horas.

Ele se inclinou para a frente.

Vamos, Ella, a melhor defesa é o ataque. Era a frase preferida de Rick, eu quase o estava ouvindo dizer.

Interrompi-o antes que ele conseguisse dizer alguma coisa.

— Bom, quanto aos Estados Unidos, claro que você vai falar em, espera, tenho que colocar pela ordem. No Vietnã. Não, talvez em primeiro lugar, nos filmes e na tevê norte-americana, Hollywood e o McDonald's na avenida Champs-Elysées. — Estalei os dedos. — *Depois*, vem o Vietnã. A violência e as armas. E a CIA, claro, você tem de falar nela várias vezes. E talvez, se você for comunista, é comunista, *Monsieur*?, talvez mencione Cuba. Finalmente, falará na Segunda Guerra, que os norte-americanos chegaram tarde e nunca tiveram seu país ocupado pelos alemães, como os pobres franceses. Essa é a *pièce de résistance, n'est-ce pas*?

Cinco pessoas arreganharam os dentes para mim, enquanto o homem ficava amuado e Jean-Paul levava o copo vazio à boca para esconder o riso. Continuei:

— Como você é francês, talvez eu deva perguntar se, como colonizadores, os franceses trataram melhor os vietnamitas.

E você se orgulha do que houve na Argélia? E do racismo contra os africanos do Norte? E os testes nucleares no Pacífico? Você é francês. Então claro que é um representante do seu governo e concorda com tudo que ele faz, não? Seu merdinha — acrescentei, baixo, em inglês. Só Jean-Paul entendeu e me olhou surpreso. Sorri. Não era adequado para uma dama.

O homem colocou os dedos no peito e tirou-os, num gesto de derrota.

— Bom, estávamos falando em Frank Sinatra e Nat King Cole. Desculpe o meu francês, às vezes levo algum tempo para dizer o que quero. E quis dizer que não se consegue ouvir a... como se diz? — Coloquei a mão no peito e respirei.

— *Respiration* — sugeriu Janine.

— Isso. Não se ouve a respiração de Sinatra quando ele canta.

— Dizem que é uma técnica de respiração circular que ele aprendeu com... — Um homem na outra ponta da mesa estava se retirando, para alívio meu.

Jean-Paul se levantou. — Está na hora de eu tocar. Você vai ficar? — perguntou, calmo, para mim.

— Vou.

— Que bom. Você consegue defender bem seu ponto de vista, não?

— O quê?

— Você sabe, defender o seu... — Ele apontou para os fundos da sala.

— Começar uma briga de bar?

— Não, não. — Ele mostrou com o dedo um canto da mesa.

— Ah, defender o meu *lado*. Sim, vou ficar legal. Vai ser ótimo.

E foi ótimo. Ninguém mais falou em estereótipos norte-americanos, consegui emitir um palpite de vez em quando e, se não entendia o que eles falavam, ouvia a música.

Jean-Paul tocou um pouco de música de cabaré, depois Janine foi acompanhá-lo. Apresentaram uma série de canções de Gershwin, Cole Porter, músicas francesas. A uma certa altura, eles trocaram idéias e, olhando para mim rapidamente, Janine começou a cantar *Let's Call The Whole Thing Off*, de Gershwin, enquanto Jean-Paul sorria para o teclado.

Mais tarde, a casa esvaziou um pouco e Janine veio sentar na minha frente. Na nossa mesa só ficaram três pessoas e permanecemos naquele silêncio gostoso de fim de noite, quando tudo já havia sido dito. Até o careca estava calado.

Jean-Paul continuou a tocar — música calma, contemplativa, alguns acordes sublinhando linhas simples de melodia. Passeava entre o clássico e o jazz, uma mistura de Erik Satie com Keith Jarrett.

Inclinei-me para falar com Janine: — O que ele está tocando?

Ela sorriu. — Música de autoria dele. Ele compõe.

— Linda.

— É. Só toca no fim da noite.

— Que horas são?

Ela olhou o relógio no pulso. Eram quase duas da manhã.

— Não sabia que era tão tarde!

— Não usa relógio?

Mostrei os braços: — Deixei em casa. — Nossos olhos viram minha aliança ao mesmo tempo e, por instinto, escondi a mão. A aliança fazia tanto parte de mim que me esquecera dela. Se tivesse lembrado, provavelmente não a teria tirado; teria sido um gesto muito calculado.

Quando nós duas nos olhamos, ruborizei, o que piorou as coisas. Por um instante, pensei em ir ao banheiro tirar a aliança, mas sabia que ela iria perceber. Então escondi a mão no colo e mudei de assunto, perguntando de onde era a blusa dela. Ela entendeu.

Minutos depois, o resto da mesa se levantou para ir embora. Para a minha surpresa, Janine saiu com o careca. Os dois acenaram para mim, efusivos. Janine jogou um beijo para Jean-Paul e foi-se com os outros. Ficamos os dois com o barman, que juntava os copos e passava pano nas mesas.

Jean-Paul terminou a música que estava tocando e fez silêncio um instante. O barman assobiava qualquer coisa enquanto empilhava as cadeiras nas mesas. — François, traga dois uísques aqui, se não for difícil. — François sorriu malicioso, foi atrás do balcão e serviu três copos. Colocou um na minha frente, com uma pequena reverência, e outro sobre o piano. Depois, tirou a gaveta da caixa registradora e, com o copo na outra mão, sumiu numa sala escura.

Levantamos nossos copos e bebemos ao mesmo tempo.

— Tem uma luz linda na sua cabeça, Ella Tournier. — Olhei para o spot amarelo suave que estava em cima de mim e fazia meu cabelo ficar cobre e dourado. Olhei para ele, que tocou um acorde suave e baixo.

— Você estudou piano clássico?

— Sim, quando jovem.

— Conhece alguma coisa de Erik Satie?

Ele descansou o copo e começou a tocar uma música que eu conhecia, num compasso de quatro por cinco com uma melodia uniforme, forte. Combinava perfeitamente com o lugar, a luz, a hora. Enquanto tocava, descansei a mão no colo e tirei a aliança, guardando-a no bolso do vestido.

Ao terminar, ele ficou com as mãos no teclado um instante, depois pegou o copo e bebeu. — Temos de ir. François precisa dormir — disse ele, levantando-se.

Sair foi como voltar ao mundo após ficar gripada uma semana: o mundo parecia grande e estranho, e eu não tinha certeza das minhas intenções. Estava mais frio e algumas estrelas brilhavam no céu. Passamos pelas janelas com a mulher e os soldados. — Quem foi ela? — perguntei.

— É a Dame du Plô. Foi uma mártir dos cátaros no século XIII. Os soldados a violentaram, jogaram o corpo num poço e encheram de pedras.

Estremeci e ele pôs o braço nos meus ombros. — Vamos, senão vai me acusar de falar coisas erradas na hora errada.

Ri. — Como Goethe.

— É, como Goethe.

Antes daquela hora, pensei se chegaria um momento em que teríamos de resolver, discutir ou analisar alguma coisa. Aquele momento havia chegado e, claro, tínhamos estado a noite toda negociando e já estava decidido. Foi um alívio não dizer nada, apenas ir até o carro dele e entrar. Na verdade, mal falamos no caminho de volta. Ao passarmos pela catedral de Lavaur, ele notou meu carro parado sozinho no estacionamento. — O seu carro — disse, como uma constatação mais do que uma pergunta.

— Amanhã pego o trem para buscá-lo. — Era isso, sem confusão.

Quando passamos pelo campo, pedi para abrir a capota do Deux Chevaux. Ele abriu na hora. Encostei a cabeça no ombro dele, ele pôs o braço nas minhas costas e ficou passando a mão no meu braço enquanto eu me encostava no banco e via os plátanos sobre a minha cabeça.

Assim que atravessamos a ponte do Tarn para entrar na cidade, sentei-me direito no banco. Mesmo às três da manhã era preciso ter algum decoro. O lugar onde Jean-Paul morava ficava exatamente no lado contrário ao da minha casa, perto do começo do campo. Mas eram apenas dez minutos de caminhada, detalhe que eu tinha dificuldade de tirar da cabeça.

Estacionamos, saímos do carro e colocamos a capota. As casas em volta estavam com a luz apagada e as janelas fechadas. Eu o segui pela escada externa que levava ao apartamento dele. Entrei enquanto ele acendia uma lâmpada, iluminando uma sala simples cheia de livros.

Ele virou-se e estendeu a mão para mim. Engoli em seco, minha garganta estava fechada. Quando chegou a hora da decisão final, eu estava apavorada.

Finalmente, estendi a mão e puxei-o para mim, abracei-o e apertei as costas dele, com o rosto tocando seu pescoço. Então, o medo sumiu.

O quarto tinha poucos móveis, mas a maior cama que eu já havia visto. Uma janela abria para o campo e não deixei que fechasse as venezianas.

Foi como se fosse um longo movimento. Não houve instante em que eu pensasse: agora estou fazendo isso, agora ele está fazendo aquilo. Não houve pensar, apenas dois corpos se identificando, se unindo.

Só dormimos quando o sol apareceu.

Acordei com o sol forte e a cama vazia. Sentei e olhei em volta. O quarto tinha duas mesas-de-cabeceira, uma delas cheia de livros; sobre a cama, um cartaz preto e vermelho emoldurado, de um concerto de jazz ao piano, e no chão, um tapete áspero, cor-de-trigo. Lá fora, o campo em volta da casa era verde-claro e se estendia até uma fila de plátanos e uma estrada. Tudo tinha o mesmo tom de simplicidade das roupas de Jean-Paul.

A porta se abriu e ele entrou, vestido de preto e branco, com uma pequena xícara de café. Colocou-a sobre a mesa-de-cabeceira e sentou-se na beira da cama ao meu lado.

— Obrigada pelo café.

Ele concordou com a cabeça. — Ella, tenho de ir trabalhar.

— Tem certeza?

Ele respondeu com um sorriso.

— Tenho a impressão de que não dormi — falei.

— Dormiu três horas. Pode dormir mais, se quiser.

— Seria estranho ficar nesta cama sem você.

Ele passou a mão pela minha perna. — Se quiser, pode esperar até não ter muita gente na rua.

— Acho que vou fazer isso. — Pela primeira vez, ouvi a gritaria das crianças passando na rua e foi como se caísse uma barreira, a primeira intrusão do mundo exterior. Com ela, veio o pouco bem-vindo disfarce, a necessidade de tomar cuidado. Não tinha certeza se estava preparada para enfrentar aquela situação ou vê-lo ser tão sensível àquilo tudo.

Adivinhando meus pensamentos, ele me olhou e disse:

— É com você que me preocupo, não comigo. Para mim é diferente. Aqui, é sempre diferente para o homem.

Aquela conversa séria era sensata. Obrigou-me a pensar.

— Esta cama... — Parei. Depois, completei a frase: — ... é grande demais para uma pessoa só. E não teria duas mesas-de-cabeceira e duas lâmpadas se só você dormisse aqui.

Jean-Paul examinou meu rosto. Deu de ombros e, com esse gesto, nós realmente voltamos ao mundo.

— Morei algum tempo com uma mulher. Ela foi embora há mais ou menos um ano e meio. A cama foi idéia dela.

— Eram casados?

— Não.

Coloquei a mão no joelho dele e apertei. — Desculpe — falei, em francês. — Eu não devia ter comentado.

Ele deu de ombros outra vez, depois me olhou e sorriu.

— Sabe, Ella Tournier, depois de toda aquela conversa em francês na noite passada, você ficou mais faladeira. Tenho certeza!

Ele me deu um beijo e suas pestanas brilharam ao sol.

A porta da frente bateu e tudo pareceu mudar. Nunca havia me senti tão estranha por estar na casa de alguém. Sentei-me empertigada, tomei o café e deixei a xícara na mesinha. Ouvi as crianças do lado de fora, os carros na rua, uma Vespa passando de vez em quando. Senti muita falta dele e queria sair o quanto antes, mas me senti numa armadilha com os sons que vinham do exterior.

Finalmente, levantei e tomei um banho. Meu vestido amarelo estava amassado, com cheiro de fumaça e suor. Coloquei o vestido e me senti uma mendiga. Queria ir para casa, mas me obriguei a ficar até as ruas estarem mais calmas. Esperei olhando os livros dele na sala. Havia bastante história da França, romances e alguns livros em inglês: John Updike, Virginia Woolf, Edgar Allan Poe. Estranha combinação. Fiquei surpresa porque os livros não tinham qualquer ordem: ficção e não-ficção estavam misturados, e nem sequer dispostos em ordem alfabética. Pelo jeito, ele não trazia os conhecimentos do trabalho para casa.

Quando tive certeza de que a rua estava vazia, não me deu vontade de sair; sabia que depois não poderia voltar. Olhei os cômodos mais uma vez. Fui ao closet do quarto e peguei a camisa azul-clara que Jean-Paul tinha usado na noite anterior, embolei-a e enfiei-a na minha bolsa.

Ao colocar o pé fora da casa, foi como se estivesse entrando num grande palco, embora não visse nenhuma platéia. Desci as escadas correndo e andei rápido para o Centro da cidade, respirando um pouco mais calma quando cheguei à região onde sempre andava de manhã, mas ainda me sentindo exposta. Tinha certeza de que todos olhavam para mim, para os amassados no meu vestido, as minhas olheiras. Vamos, Ella, eles sempre olham para você. Tentei ficar mais segura. É porque você ainda é uma estrangeira, não porque você acaba de... Não consegui concluir a frase.

Só ao chegar à nossa rua me ocorreu que não queria ir para casa: vi a nossa casa e senti uma onda de enjôo. Parei e encostei na casa do vizinho. Quando eu entrar, pensei, terei de enfrentar a minha culpa.

Fiquei lá um bom tempo. Depois, virei na direção contrária e fui para a estação de trem. Pelo menos eu podia pegar o carro antes de voltar para casa, era uma desculpa concreta para deixar de lado o resto da minha vida.

Sentei no trem meio tonta, uma sensação acridoce; na estação seguinte, quase esqueci de mudar para o trem de Lavaur. À minha volta, homens de negócio, mulheres com as compras, adolescentes namorando. Parecia muito estranho uma coisa tão extraordinária ter acontecido comigo e ninguém em volta saber. "Você sabe o que acabei de fazer?", eu queria perguntar para a mulher séria, que tricotava no banco na minha frente. "Você também teria feito isso?"

Mas os acontecimentos na minha vida não faziam diferença para as pessoas no trem, nem para o resto do mundo. O pão continuava sendo assado, a gasolina tirada da bomba, as *quiches* feitas e os trens circulando na hora certa. Até Jean-Paul estava no trabalho, recomendando romances às velhas senhoras. E Rick estava em suas reuniões com alemães, sem saber nada do que havia acontecido. Respirei mais forte: só eu estava fora de compasso, sem nada mais para fazer senão pegar o carro e sentir culpa.

Em Lavaur, tomei um café expresso antes de pegar o carro. Ao abrir a porta, ouvi alguém exclamar, à esquerda:

— *Eh, l'américaine!* — Virei e vi, vindo na minha direção, o careca com quem havia discutido na noite anterior. Estava com uma barba de três dias. Abri bem a porta e me encostei nela, assim ficou um escudo entre mim e ele.

— *Salut* — cumprimentei.

— *Salut, Madame.* — Reparei que ele usou *Madame.*

— *Je m'appelle Ella* — falei, fria.

— Claude. — Ele estendeu a mão e nos cumprimentamos, formais. Eu me senti um pouco ridícula. Todas as pistas do que eu tinha acabado de fazer estavam expostas para ele como numa vitrine: o carro, que ainda estava ali, o vestido amassado que usara na noite anterior, o rosto cansado, tudo levava a uma conclusão. A questão era se ele teria a delicadeza de não comentar. Eu duvidava um pouco.

— Aceita um café?

— Não, obrigada, acabei de tomar um.

Ele sorriu. — Venha, tome um café comigo. — Fez um gesto como se estivesse me cercando e foi andando. Não me mexi. Ele olhou em volta, parou e riu. — Ah, você é difícil! Como um gatinho com as patas assim... e o pêlo todo eriçado. — Ele imitou as patas com os dedos duros, dobrados. — Está bem, não quer café. Venha sentar comigo no banco um instante. Tenho uma coisa a lhe dizer.

— O quê?

— Quero ajudá-la. Não, não é isso. Quero ajudar Jean-Paul. Então, sente-se. Só um instante. — Ele sentou num banco perto e me olhou ansioso. Finalmente, fechei a porta do carro e fui sentar ao lado dele. Não olhei para ele, mas para o jardim à nossa frente, onde harmoniosos arranjos de flores estavam começando a florir.

— O que tem a dizer? — Tive certeza de usar um tom formal para rebater o jeito íntimo dele. Não surtiu resultado.

— Sabe, Jean-Paul é muito amigo meu e de Janine. De todos nós, da La Taverne. — Tirou um maço de cigarros e me ofereceu. Balancei a cabeça, ele acendeu um cigarro e cruzou as pernas.

— Sabe que ele morou com uma mulher durante um ano, não? — continuou ele.

— Sei. E então?

— Ele falou a respeito dela?

— Não.

— Ela era norte-americana.

Olhei Claude para ver como esperava que eu reagisse, mas ele estava acompanhando o trânsito com os olhos e não demonstrou nada.

— *Ela* era gorda?

Claude morreu de rir. — Você... entendo por que Jean-Paul gosta de você. Você é um gatinho!

— Por que ela foi embora?

Ele deu de ombros e finalmente diminuiu a risada.

— Sentia falta dos Estados Unidos e achou que não ia se adaptar aqui. Disse que as pessoas não eram simpáticas. Estava isolada.

— Nossa — exclamei em inglês, sem conseguir me conter. Claude se inclinou para a frente, afastou as pernas e apoiou os cotovelos nos joelhos, deixando as mãos soltas. Olhei para ele e perguntei: — Ele ainda gosta dela?

Deu de ombros: — Ela se casou.

Isso não era resposta ... veja eu aqui, por exemplo, pensei, mas não disse.

— Sabe, nós protegemos um pouco Jean-Paul. Conhecemos uma norte-americana bonita, com muito humor, que parece um gatinho e fica de olho nele, mas é casada e pensamos: talvez isso não seja muito bom para Jean-Paul, mas sabemos que ele não vai perceber. Ou vai, mas ela é uma tentação mesmo assim — disse, dando de ombros.

— Mas... — Eu não conseguia argumentar. Se dissesse que nem toda norte-americana corre para casa de rabo entre as pernas (não que não tivesse pensado nisso nos meus momentos mais solitários), Claude iria enfatizar o fato de eu ser casada. Não sabia dizer o que ele estava destacando mais, vai ver que era parte da estratégia dele. Minha antipatia por ele era muito grande para querer sondar.

O que ele estava dizendo, sem qualquer dúvida, era que eu não servia para Jean-Paul.

Ao pensar nisso (junto com a falta de sono e o absurdo de estar sentada naquele banco com um homem dizendo coisas que eu já sabia), eu finalmente não agüentei. Apoiei os cotovelos nos joelhos e pus as mãos nos olhos como se fosse protegê-los da luz forte e chorei em silêncio.

Claude se aprumou. — Desculpe, Ella. Não falei isso para você ficar infeliz.

— Como queria que eu reagisse? — respondi, ríspida. Ele fez o mesmo gesto de derrota que havia feito na noite anterior.

Limpei as mãos úmidas no vestido e levantei-me.

— Tenho de ir — murmurei, tirando os cabelos do rosto. Não consegui agradecer, nem me despedir.

Chorei até chegar em casa.

* * *

A Bíblia estava na minha escrivaninha como uma censura. Eu não agüentava ficar num lugar sozinha, mas não tinha muita escolha. Precisava falar com uma amiga, eram as mulheres que eu costumava procurar nas horas de crise. Mas aquela hora, nos Estados Unidos, era o meio da noite e, além do mais, uma conversa nunca é igual pelo telefone. Ali onde eu estava, não havia ninguém em quem confiasse. O mais perto que conseguira chegar de uma pessoa delicada havia sido Mathilde, mas ela tinha gostado tanto de flertar com Jean-Paul que talvez não apreciasse saber o que havia acontecido.

Mais tarde, lembrei que tinha aula de francês em Toulouse à tarde. Liguei para Madame Sentier e cancelei, dizendo que estava doente. Ela perguntou o que eu tinha, respondi que era uma febre de verão.

— Ah, você precisa que alguém cuide de você! — exclamou. Isso me fez pensar no meu pai e na preocupação dele em eu ficar solta na França, sem ajuda. “Se tiver algum problema, ligue para Jacob Tournier. Numa situação assim, é bom ter a família por perto”, ele havia dito.

Jean-Paul,

Vou encontrar minha família. Acho que é o melhor a fazer. Se ficasse aqui, morreria de culpa.

Peguei a sua camisa azul.

Perdoe-me.

Ella

Não escrevi nenhum bilhete para Rick. Liguei para a secretária dele e deixei o recado mais curto possível.

7
O VESTIDO

Ela nunca ficava sozinha, alguém sempre a acompanhava: Étienne, Hannah ou Petit Jean. Em geral, era Hannah, e Isabelle até preferia, pois a velha não podia ou não iria falar com ela, além de ser idosa e pequena demais para machucá-la. Agora os braços de Étienne estavam moles de ódio e Isabelle não confiava mais em Petit Jean, com sua faca e seu olhar sorridente.

Como isso foi acontecer, ela pensou, pondo as mãos na nuca e apertando os braços contra o peito. Não posso confiar nem mesmo no meu filhinho? Ela ficou no *devant-huis* olhando os campos nevados e secos, as montanhas escuras, o céu cinza.

Hannah apareceu na porta atrás dela. Étienne sempre sabia o que Isabelle estava fazendo, mas ela não conseguia pegar Hannah contando para ele.

— *Mémé*, fecha a porta! — pediu Petit Jean, do lado de dentro.

Isabelle olhou, por cima do ombro, a escura sala fumacenta e estremeceu. Eles haviam coberto as janelas e mantinham a porta fechada, a fumaça então formava uma nuvem espessa e sufocante. Seus olhos e garganta doíam e ela começou a andar pela sala com cuidado, lentamente, como se estivesse embaixo d'água. Só no *devant-huis* conseguia respirar normalmente, apesar do frio.

Hannah tocou no braço de Isabelle, fez um gesto com a cabeça indicando o fogão e ficou de lado na porta para que ela entrasse logo em casa.

No inverno, fiavam o dia inteiro, imensas pilhas de cânhamo aguardavam no celeiro. Enquanto trabalhava, Isabelle pensava na maciez do tecido azul, fazia de conta que estava segurando nele, e não na áspera fibra que feria sua pele e deixava uma teia de pequenos cortes em seus dedos. Não conseguia fiar o cânhamo numa trama tão fina quanto a lã de Cévennes.

Sabia que Jacob devia ter escondido o pano em algum lugar, no bosque ou no celeiro, mas nunca perguntou. Não tinha chance de perguntar, e, mesmo que os dois ficassem a sós por um instante, ela o deixaria guardar o segredo. Do contrário, Étienne poderia bater nela outra vez.

Isabelle tinha dificuldade de pensar envolta em fumaça, com tanto cânhamo para fiar, com o escuro, com o silêncio amortecido da sala. Étienne sempre olhava para ela e não desviava o olhar quando ela o encarava. Os olhos dele tinham ficado mais duros depois que perdera as sobrancelhas e ela não conseguia vê-lo sem se sentir ameaçada e culpada.

Então começou a falar menos, ficava em silêncio ao lado do fogo à noite, não contava mais histórias para as crianças, nem cantava ou ria. Sentia como se estivesse encolhendo e, se permanecesse em silêncio, podia ficar menos visível e conseguir escapar da desconfiança, que a prendia como uma armadilha, da ameaça sem nome que pairava no ar.

★ ★ ★

Primeiro, ela sonhou com o pastor num campo de giestas. Ele colhia as flores amarelas e apertava-as nos dedos. "Jogue-as em água quente e beba", dizia ele no sonho. "Você vai ficar boa." A cicatriz dele havia sumido e, quando ela perguntou como tinha acontecido, o pastor disse que passara para outra parte do corpo.

Depois, ela sonhou que o pai mexia nas ruínas de uma chaminé aos pedaços, em volta dele estavam as cinzas de uma casa incendiada. Ela chamou pelo pai, mas, distraído com o que estava fazendo, ele não olhou.

Foi então que surgiu uma mulher. Isabelle nunca conseguia olhar direto para ela. Ficou na porta, depois ao lado de árvores e, uma vez, à margem de um rio que parecia o Tarn. A presença dela era um consolo, embora a mulher nunca dissesse nada, nem chegasse perto para Isabelle vê-la direito.

Depois do Natal, ela não sonhou mais.

Na manhã de Natal, a família vestiu os habituais trajes negros, mas agora as roupas pertenciam a eles, não eram mais emprestadas, haviam sido feitas com o cânhamo que tinham colhido. O pano era duro e áspero, mas ia durar muito. As crianças reclamaram que ele arranhava e coçava. Isabelle concordou em silêncio, mas não disse nada.

Do lado de fora da igreja de São Pedro, viram Gaspard no meio dos fiéis na frente da igreja e foram cumprimentá-lo.

— *Écoute, Étienne* — disse Gaspard —, encontrei um homem na hospedaria que consegue granito para a sua chaminé. Lá na França, à distância de um dia a cavalo, tem uma mina de granito perto de Montbéliard. Na primavera, ele pode trazer uma boa laje de pedra para a chaminé. Diga as medidas e eu passo o recado para a próxima pessoa que for naquela direção.

Étienne concordou.

— Você disse a ele que eu pago com peças de cânhamo?

— *Bien sûr.* (Claro.)

Étienne virou-se para as mulheres.

— Vamos fazer uma chaminé na primavera — disse, baixo, para os vizinhos suíços não ouvirem e levarem a mal.

— Deus seja louvado — disse Isabelle, automaticamente.

Étienne olhou para ela, apertou os lábios e virou-se, enquanto Pascale se aproximava. Cumprimentou Hannah com um sinal de cabeça e sorriu insegura para Isabelle. Elas se viram muitas vezes na igreja, mas nunca conseguiram se falar.

O padre Abraham Rougemont se aproximou e cumprimentou Hannah. Isabelle aproveitou para conversar baixo com Pascale.

— Desculpe não ter ido ver você. Agora está... difícil.

— Eles sabem do... do...

— Não. Não se preocupe.

— Isabelle, tenho o...

Parou, confusa, pois de repente Hannah apareceu ao lado de Isabelle, a boca fechada, os olhos fixos no rosto de Pascale.

Pascale lutou um instante, depois disse apenas: — Que Deus guarde você nesse inverno.

Isabelle deu um sorriso cansado.

— Você também.

— Vai à nossa casa entre um serviço religioso e outro?

— *Bien sûr.*

— Que bom. Jacob, o que tem para mim dessa vez, *chéri*?

Ele tirou do bolso uma pedra verde em forma de pirâmide e deu a ela.

Isabelle virou-se para entrar na igreja. Ao olhar para trás, viu Jacob cochichando com Pascale.

Após o serviço matinal, Étienne virou-se para Isabelle.

— Você e *Maman* agora vão para casa — resmungou.

— Mas o serviço religioso em Chalières...

— Você não vai, *La Rousse*.

Isabelle abriu a boca, mas parou quando viu os ombros dele e o olhar. Agora não vou poder encontrar Pascale, pensou. Agora não vou ver a Virgem na capela. Fechou os olhos e apertou a cabeça com os braços, como se esperasse uma explosão.

Étienne segurou no cotovelo dela e tirou-a, grosseiro, do meio das pessoas.

— Vá — mandou ele, empurrando-a na direção de casa. Hannah ficou a seu lado.

Isabelle estendeu a mão dura.

— Marie — chamou. A filha pulou ao lado dela.

— *Maman* — disse, segurando a mão estendida.

— Não. Marie vai à igreja conosco. Venha cá, Marie.

Marie olhou para a mãe, depois para o pai. Soltou a mão de Isabelle e ficou no meio deles.

— Aqui. — Étienne mostrou um lugar ao lado dele.

Marie pôs os arregalados olhos azuis nele.

— *Papa*, se você me bater como faz com *Maman*, eu vou sangrar! — disse, alto.

A raiva que Étienne sentiu fez com que parecesse mais alto. Deu um passo à frente, mas parou quando Hannah estendeu a mão e balançou a cabeça. Olhou para as pessoas: elas haviam se calado. Olhou para Marie, virou-se e seguiu na direção da casa de Gaspard.

Hannah desceu o caminho que ia para a fazenda deles. Isabelle não se mexeu.

— Marie, venha conosco — disse ela.

Marie ficou no mesmo lugar até Jacob pegar na mão dela.

— Vamos ao rio — disse ele. Marie deixou que ele a levasse. Nenhum dos dois olhou para trás.

Jacob brincou com Marie quando o frio os obrigou a ficar dentro de casa, e inventou novos jogos com seus seixos. Ensinou-o a contá-lo e a catalogá-lo de várias maneiras: pela cor, pelo tamanho, pelo lugar de onde tinham vindo. Começaram, então, a demarcar objetos com seixos em volta deles. Puseram uma foice no chão e cercaram-na de seixos, depois pegaram o ancinho e o contornaram de pedras. O mesmo fizeram com ancinhos, espadas, potes, o banco, vestidos, calções, as próprias mãos.

Uma tarde, ele sugeriu: — Deixe-me colocar seixos em volta de você.

Marie bateu palmas e riu. Deitou no chão e ele arrumou com cuidado o vestido dela para os seixos marcarem bem a forma. Escolheu as pedras também com cuidado: granito de Cevenol em volta da cabeça e pescoço; branco em volta do vestido; verde-escuro nas pernas, pés e mãos. Ele era meticuloso, seguia o desenho do vestido, marcava até a cintura, o arredondado das mangas. Quando terminou, ajudou Marie a levantar-se sem tirar os seixos do lugar. Todos admiraram o contorno da menina, braços e pernas no chão duro. Isabelle olhou para cima e percebeu que Jacob e Étienne olhavam atentamente os seixos. Os lábios de Étienne se moviam de leve.

Ele está contando os seixos, pensou ela. Por quê? Uma onda de medo a invadiu.

— Pare! — ela gritou, chutando as pedras.

Os meses escuros depois do Natal eram os mais difíceis. Fazia tanto frio que eles só abriam a porta uma vez por dia, para pegar lenha e cânhamo. O céu estava quase sempre cinza, cheio de neve, e do lado de fora era quase tão escuro quanto dentro. Isabelle olhava para fora, esperando escapar por um instante, mas não encontrava sossego no céu pesado, a superfície lisa da neve quebrada de vez em quando, ao longe, pelos cumes negros dos pinheiros ou pela cobertura dos rochedos. Quando o frio tocava na pele macia dela, parecia uma placa de metal.

Ela começou também a sentir gosto de metal no duro pão de centeio que Hannah assava uma vez por semana no forno comunitário e mais gosto de metal ainda no grosso ensopado de legumes que comiam todos os dias. Tinha de se obrigar a comer, tentar não sentir o gosto de sangue, esconder o enjôo. Muitas vezes, deixava que Marie terminasse o prato dela.

Então, passou a ter coceiras nas dobras dos braços e pernas. No início, ela se coçava por cima da roupa: estava frio demais para tirar a roupa e pegar os piolhos. Mas, um dia, viu que o sangue havia manchado a roupa, arregaçou as mangas e olhou bem as feridas: a pele seca e prateada escamava, formando placas vermelhas; não eram piolhos. Escondeu as manchas ásperas, com medo de Étienne acusá-la, se visse o sangue.

À noite, ficava na cama olhando para o escuro e se coçando, tentando não se mexer para Étienne não notar. Escutava a respiração sempre igual dele; com medo de que ele despertasse, preferia ficar acordada para estar alerta, sem saber para que, mas esperava no escuro por alguma coisa; mal respirava.

Ela achou que estava tomando cuidado, mas uma noite ele pegou na mão dela e descobriu o sangue. Bateu nela e depois a possuiu violentamente pelas costas. Foi um alívio não ter de olhar para a cara dele.

* * *

Uma noite, Gaspard foi se sentar ao lado da lareira.

— O granito está encomendado — disse para Étienne, pegando o cachimbo no bolso e o socador de fumo. — O preço foi acertado e ele está com as medidas que você me deu. Vai trazer antes da Páscoa. Você quer mais granito? Para a chaminé?

Étienne balançou a cabeça.

— Não posso pagar mais. De todo jeito, o calcário daqui servirá muito bem para a chaminé. A lareira precisa de uma pedra mais dura porque esquenta mais.

Gaspard riu.

— Lá na hospedaria, eles acham que você ficou louco. *Por que ele quer uma chaminé*, perguntam. *Mora numa casa ótima!*

Fez-se um silêncio e Isabelle sabia no que todos estavam pensando: lembravam-se da chaminé dos Tournier.

Marie pegou no braço de Gaspard, esperando que fizesse cócegas nela, mas mexeu em seu queixo e puxou-lhe as orelhas.

— Ei, você quer uma chaminé, *mon petit souris* (meu sorrisinho), quer? Não gosta dessa fumaça?

— *Maman* é quem mais detesta — respondeu Marie, rindo.

— Ah, Isabelle — disse Gaspard, virando-se para ela. — Você não parece bem. Está se alimentando direito?

Hannah franziu o cenho e Étienne respondeu por ela.

— Tem muito o que comer nesta casa, para quem quer — disse, agressivo.

— *Bien sûr*. — Gaspard bateu as mãos como se estivesse alisando um pano. — Tiveram uma boa colheita de cânhamo, têm cabras, está tudo bem. Só precisam de uma chaminé para a *Madame*. E *Madame* sempre consegue o que quer — disse, mostrando Isabelle.

Isabelle pestanejou e olhou para ele em meio à fumaça. Fez-se outro silêncio até Gaspard rir, inseguro.

— Estava brincando! Foi só uma brincadeira — disse, alto.

Depois que ele foi embora, Étienne ficou andando pela sala, olhando de todos os ângulos para o fogo aceso.

— A lareira vai ficar aqui, nessa parede — explicou a Petit Jean, batendo na parede mais distante da porta. — Podemos abrir o teto nesse ponto. Está vendo? Faremos quatro colunas aqui — ele apontou —, sustentando um telhado de pedra com um buraco no alto que levará a fumaça.

— De que tamanho vai ser a lareira, *Papa*? Igual à da fazenda antiga? — perguntou Petit Jean.

Étienne olhou em volta até seus olhos chegarem em Marie.

— Sim, vai ser uma lareira grande. O que acha, Marie?

Raramente pronunciava o nome dela. Isabelle sabia que ele detestava o nome. Mas ela havia ameaçado rogar uma praga nas colheitas, se ele não deixasse o bebê se chamar Marie. Em todos os anos que viveu com os Tournier, foi a única vez que teve a ousadia de usar o medo que tinham dela. Agora, aquele medo tinha acabado e em seu lugar havia ódio.

Marie franziu o cenho para Étienne. Quando ele continuou a encará-la com seus olhos frios e grandes, ela chorou. Isabelle abraçou a filha.

— Não foi nada, *chérie*, não chore, senão vai piorar. Não chore — disse, baixo, passando a mão nos cabelos dela.

Por cima da cabeça da filha, ela viu Hannah inclinada no canto mais distante da sala. Por um instante, achou que havia algo errado com ela. O rosto estava diferente, a teia de rugas mais acentuada. Depois percebeu que era porque a velha estava sorrindo.

Isabelle passou a manter Marie perto, ensinando-a a fiar, enrolar novelos, tricotar vestidinhos para a boneca. Ela sempre a tocava, apertava seus braços, passava a mão em seus cabelos, como se quisesse garantir para si mesma que a filha ainda estava lá. Mantinha o rosto de Marie constantemente limpo, passando um pano todos os dias para que brilhasse em meio à escuridão da fumaça.

— Preciso ver você, *ma petite* (minha pequena) — explicava, embora Marie nunca pedisse explicação.

Isabelle fazia Hannah ficar longe da menina o máximo que podia, colocando-se entre ambas.

Nem sempre conseguia. Um dia, Marie apareceu com os lábios brilhando e contou: — *Mémé* passou gordura de porco no meu pão! — disse, alto.

Isabelle franziu o cenho.

— Com certeza vai dar um pouco amanhã para você engordar, *Maman*. Está tão magra e tão cansada — continuou a filha.

— Por que *Mémé* quer que você engorde?

— Vai ver que sou especial.

— Ninguém é especial aos olhos de Deus — disse Isabelle, séria.

— Mas a gordura de porco estava boa, *Maman*. Tão boa que eu quero mais.

Certa manhã, ela acordou com o som de água correndo e soube que finalmente tinha acabado.

Étienne abriu a porta para deixar entrar o sol e um calor que pareceu deixar o corpo de Isabelle mais leve. Toda a neve estava derretendo e formando riachos que corriam para o rio. As crianças saíram de casa como se tivessem estado amarradas: correram e riram, e seus sapatos ficaram com placas de lama.

Isabelle se ajoelhou na horta e deixou a lama encharcar seus joelhos. Pela primeira vez em meses, ela estava sozinha, pois todos se encontravam muito ocupados com a chegada da primavera, deixando-a sem vigia. Abaixou a cabeça e rezou alto.

— Santa Mãe, não posso passar mais um inverno aqui — murmurou. — Só consigo agüentar um inverno desses. Por favor, querida Virgem, não deixe isso acontecer outra vez. — Apertou a barriga com as mãos. — Deixe que eu e esse bebê fiquemos em segurança. Você é a única pessoa que sabe.

Isabelle não ia a Moutier desde o Natal. Durante todo o inverno, Hannah levara o pão para ser assado no forno comunitário. Quando o tempo estava bom, Étienne levava as crianças à igreja, mas Isabelle nunca era convidada e ficava com Hannah. Quando escutaram o assobio do mascate em sua visita da primavera, Isabelle esperava ouvir que não poderia ir, e levaria uma surra só por perguntar. Ficou na horta, plantando ervas.

Marie foi procurá-la.

— *Maman*, você não vai? — perguntou.

— Não, *ma petite*. Como você vê, estou ocupada.

— Mas *Papa* mandou buscar você, mandou dizer para você ir.

— Seu pai quer que eu vá à cidade?

— Quer. — Marie baixou a voz: — Por favor, venha, *Maman*. Não diga nada, só venha.

Isabelle olhou o rosto dela, os olhos azuis e os cabelos louro-claros por cima e escuros por baixo, como um dia haviam sido os do pai. Os fios ruivos tinham começado a aparecer outra vez, um por dia, e agora a própria Hannah os arrancava.

— Você é muito jovem para ser tão sensata.

Marie girou, tocou na moita nova de lavanda e correu, rindo.

— Vamos todos à cidade! — exclamou.

Isabelle tentou sorrir quando chegaram ao ajuntamento em volta da carroça do mascate. Sentiu as pessoas olhando para ela. Não tinha idéia do que a cidade pensava a seu respeito, se Étienne havia ou não incitado ou reprimido os boatos sobre ela, ou se as pessoas sequer falavam nela.

Monsieur Rougemont se aproximou.

— É um prazer vê-la outra vez, Isabelle. Vamos encontrá-la no domingo também, espero? — perguntou, sério, cumprimentando-a.

— Sim — ela respondeu. Ele não iria tratar uma bruxa assim, pensou ela, insegura.

Pascale apareceu, o rosto tenso de preocupação.

— Isabelle, você estava doente?

Isabelle olhou para Hannah ao lado, desconfortável.

— Sim. Fiquei doente o inverno todo. Mas acho que agora melhorei.

— *Bella!* — Ouviu uma voz chamar atrás e virou-se para ver o mascate inclinado na carroça. Pegou a mão dela e beijou-a. — Ah, que alegria vê-la, *Madame*! Uma alegria. — Continuou segurando a mão de Isabelle e, passando por cima das coisas na carroça, deu a volta com ela, para longe de Étienne, de Hannah e das crianças, que olhavam para eles, mas não os seguiram. Era como se o mascate tivesse feito uma magia que os tivesse deixado congelados.

Largou a mão dela, ficou de cócoras na beira da carroça e olhou-a fixamente.

— Você está tão triste, *Bella* — disse, baixo. — O que houve? Como pode ficar tão triste com um pano azul tão lindo para olhar?

Isabelle balançou a cabeça, sem conseguir explicar. Fechou os olhos para ocultar as lágrimas.

— Escuta, *Bella*, escuta. Tenho de perguntar uma coisa — disse ele, sempre baixo.

Ela abriu os olhos.

— Confia em mim, não?

Ela olhou bem nos olhos negros dele.

— Sim, confio — disse, num cochicho.

— Preciso que me diga a cor do seu cabelo.

Isabelle pôs a mão, automaticamente, na touca da cabeça.

— Por quê?

— Tenho um recado que talvez seja para você, só posso saber quando me disser a cor.

Isabelle balançou a cabeça devagar.

— A última notícia que você me deu foi que minha cunhada havia morrido. Por que vou querer saber mais de você?

O mascate se inclinou mais perto.

— Porque você está triste e o recado pode deixá-la feliz, esquecer a tristeza. Prometo, *Bella*. Não trago má notícia. Além do mais, esse inverno foi ruim para você, não? Nunca houve um pior — disse, olhando o rosto dela.

Isabelle olhou para a lama em volta dos sapatos dela. Respirou fundo.

— Ruivo. Meu cabelo é ruivo.

Ele sorriu.

— Mas essa cor é linda, não? A mesma dos cabelos da Virgem, louvada seja. Por que se envergonhar? Além de ser a resposta que eu queria! Agora posso dar o recado. É de um pastor de ovelhas que encontrei em Alès, no inverno. Ele a descreveu e pediu para eu cuidar de você. Tem cabelos negros e uma cicatriz no rosto. Sabe quem é?

Isabelle gelou. Em meio à fumaça, ao cansaço, ao medo que embaralhava seus pensamentos, veio um brilho.

— É Paul — disse ela, baixo.

— *Si, si*, é esse o nome dele! Pediu para dizer — o mascate fechou os olhos e pensou — que ainda espera você no verão, perto da nascente do Tarn. Espera sempre por você.

Isabelle chorou. Por sorte, foi Marie, e não Étienne ou Hannah, quem se aproximou e pegou a mão dela.

— O que houve, *Maman*? O que esse homem mau disse a você? — perguntou, olhando zangada para o mascate.

— Ele não é um homem mau — disse Isabelle, em meio às lágrimas.

O mascate riu e mexeu nos cabelos de Marie.

— Você, *bambina*, é como um barquinho, uma gôndola. Balança para cima e para baixo, enfrenta a água e é corajosa, mas muito pequena.

Continuou a passar os dedos pelos cabelos dela até encontrar um fio ruivo que Hannah não tinha visto.

— Está vendo essa cor? Não é vergonha alguma. É linda — disse para Isabelle.

— Diga-lhe que ele está sempre nos meus pensamentos — pediu Isabelle.

Marie olhou para os dois.

— Dizer a quem?

— Não é nada, Marie. Estávamos conversando. Obrigada — disse para o mascate.

— Seja feliz, *Bella*.

— Vou tentar.

★ ★ ★

Um dia antes da Sexta-Feira Santa, a lareira chegou.

Étienne e os meninos estavam arando a terra, Isabelle e Hannah limpavam a casa, tirando a fumaça e a escuridão do inverno. Escovavam o chão e as paredes, ferviam as panelas, lavavam as roupas, trocavam a palha dos colchões, limpavam o celeiro. Ainda não tinham caiado as paredes. Todas as casas do vale eram caiadas por dentro uma vez ao ano, na primavera, mas os Tournier esperavam a chaminé ser construída.

Isabelle mexia uma tina cheia de roupas fumegantes, quando viu a carroça se aproximar, o cavalo arfando com o peso da carga.

— Marie, vá dizer a *Papa* que o granito chegou — disse ela. Marie largou o galho com que mexia a roupa molhada e correu para o campo.

Na hora em que Étienne e os meninos chegaram, o carroceiro estava comendo uma tigela de assado, na mesa recém-escovada. Comia depressa, com a boca perto da tigela. Ao terminar, levantou a cabeça.

— Vamos precisar de mais dois homens para levantar a pedra.

Étienne fez sinal com a cabeça para Petit Jean.

— Vá chamar Gaspard — mandou.

Enquanto esperavam, Étienne explicou como iria construir a chaminé.

— Primeiro, vamos cavar para a pedra ficar no mesmo nível do piso — disse.

Hannah, que estava atrás de Étienne, pegou a tigela do carroceiro, encheu-a de novo e colocou-a na frente do homem, com uma batida na mesa.

— Por que não cava agora? Assim podemos colocar a pedra logo no lugar — disse o homem.

— Levaria muito tempo, pois o chão ainda está com gelo. Não quero fazer você esperar — respondeu Étienne, sem jeito.

O homem bateu o pé no chão.

— Acho que não tem gelo.

— Ainda está muito duro. Estou trabalhando no campo e não tive tempo de cavar. Além disso, achava que você viria mais tarde, depois da Páscoa.

Não é verdade, pensou Isabelle, olhando firme para Étienne, que olhava onde o homem tinha feito um pequeno buraco no chão com o salto do sapato. Gaspard tinha dito que esperassem a pedra antes da Páscoa. Era raro Étienne mentir tão descaradamente.

O homem do granito terminou a segunda tigela de comida. — Suas mulheres não têm dificuldade de cozinhar no fogão aqui. Por que mudar? — perguntou ele, mostrando com a cabeça as chamas no canto da sala.

Étienne deu de ombros.

— Estamos acostumados com uma chaminé.

— Mas agora você está em outro lugar, com novos costumes. Devia adotá-los.

— Certos costumes ficam com a gente para sempre, aonde quer que vamos — disse Isabelle. — Fazem parte de nós e nada consegue substituí-los completamente.

Todos olharam para ela e um olhar maldoso passou pelo rosto de Étienne.

Por que falei?, pensou ela. Sei que calar é melhor. Por que fui dizer uma coisa dessas? Agora ele vai me bater como fez no inverno. E pode machucar o bebê. Pôs a mão na barriga.

Quando os homens chegaram, Étienne ficou muito ocupado para se preocupar com sua raiva. Foram necessários quatro homens fortes para levantar a pedra da carroça e carregá-la com esforço, encostando-a na parede ao lado da porta. Jacob acariciou-a. Marie se deitou nela como se fosse uma cama.

— É quente, *Maman*, como a lá de casa — disse.

A Páscoa era tempo de redenção, quando a dureza do inverno era compensada. Isabelle tirou as roupas pretas que usavam para assistir aos serviços religiosos e trocou-se com uma facilidade que pensava ter perdido.

Isso se chama esperança, pensou. Era isso que eu havia esquecido.

Achava que Étienne iria proibi-la de ir à igreja porque havia falado aquilo para o homem do granito, mas ele não disse nada. A ousadia dela foi compensada pela mentira dele.

Ajudou Marie a pôr o vestido. A filha estava agitada, correndo pelo quarto, rindo. Na hora de ir, pegou a mão de Isabelle e a de Jacob, e os três desceram o caminho estreito lado a lado, atrás de Étienne e Hannah, e de Pétit Jean correndo à frente.

Isabelle não ousava pensar na Virgem de Chalières. Já basta eu ir ao primeiro serviço religioso, ver as outras pessoas, andar ao sol, pensou. Não espero mais.

No fim do serviço matinal na igreja de São Pedro, Étienne seguiu em direção à casa de Gaspard sem dizer nada a Isabelle; o resto da família foi atrás. Pascale apareceu e caminhou ao lado dela, sorridente.

— Estou contente por você ir ao outro serviço religioso, que bom que está aqui hoje — disse, baixo.

Na casa de Gaspard, Isabelle sentou-se ao lado de Pascale junto ao fogo e ouviu as novidades do inverno, que ignorava.

— Claro que você sabia disso! — exclamava Gaspard, toda vez que contava uma história nova. — Hannah deve ter sabido quando veio assar pão, claro que ela contou para você! Ah! — fez, colocando a mão na boca, tarde demais para impedir que as palavras saíssem. Olhou para Hannah, sentada de olhos fechados, ao lado de Étienne no outro banco. Ela abriu os olhos para Gaspard, que riu, nervoso.

— Ei, Hannah, você sabe de todos os mexericos, *n'est-ce pas*? Você ouve, embora não possa falar.

Hannah deu de ombros e fechou os olhos outra vez.

Ela está ficando velha, pensou Isabelle. Velha e cansada. Mas ainda fala, tenho certeza.

Petit Jean sumiu logo com os filhos de um vizinho, mas Jacob e Marie ficaram por ali, agitados, com olhos brilhantes e ansiosos. Até que Pascale disse, animada:

— Venham, crianças, vou mostrar a vocês os novos filhotes. Você não, Isabelle, só os dois. — E levou as crianças para o celeiro.

Quando voltaram, riam, principalmente Marie. Ela andava pela sala, com a cabeça empinada, como se usasse uma coroa.

— Como são os filhotes? — perguntou Isabelle.

— Fofos — respondeu Jacob e riu junto com Marie.

— Venha cá, *petit souris*, senão jogo você no rio — ameaçou Gaspard.

Marie soltou gritinhos, enquanto ele corria atrás dela pela sala e, ao pegá-la, fez-lhe cócegas.

— Não faça isso, senão ela vai ficar agitada durante o serviço religioso — disse Étienne, duro.

Gaspard largou Marie, de repente.

Pascale voltou a sentar-se ao lado de Isabelle. Tinha um sorriso que Isabelle não entendia. Não perguntou. Aprendeu a não perguntar.

— Quer dizer que logo vai ter uma chaminé — disse Pascale.

— É. Étienne vai instalá-la depois do plantio, com a ajuda de Gaspard, claro. O granito é muito pesado. Depois, vai construir a chaminé.

— Não vai mais ter fumaça. — Pascale parecia com inveja e Isabelle sorriu.

— Não, não teremos mais fumaça.

Pascale baixou a voz.

— Você parece melhor do que na última vez.

Isabelle olhou em volta. Étienne e Gaspard estavam entretidos em conversa; Hannah parecia dormir.

— É porque fiquei mais tempo fora de casa, tomei ar fresco — disse ela, com cuidado.

— Não é só isso. Parece mais feliz. Como se alguém tivesse lhe contado um segredo.

Isabelle pensou no pastor.

— Talvez sim.

Pascale arregalou os olhos e Isabelle riu.

— Não é nada. Só a primavera e a chaminé — disse ela.

— Então as crianças não contaram nada para você?

Isabelle se empertigou.

— Do quê?

— Nada. Vamos comer, daqui a pouco está na hora de ir a Chalières. — Pascale se levantou antes que Isabelle pudesse dizer alguma coisa.

Depois da refeição, foram andando numa procissão informal até a igreja: Étienne e Gaspard à frente, Hannah ao lado de Étienne, depois as outras duas mulheres, com Marie segurando a mão da mãe, e Petit Jean e seus amigos num bando animado, empurrando-se e falando alto. Atrás, Jacob seguia sozinho, de mãos nos bolsos, sorrindo.

Chegaram cedo, a igreja só tinha a metade dos fiéis e puderam ficar perto para ver o padre sem dificuldade. Isabelle manteve os olhos baixos, mas de forma que pudesse ver a Virgem, quando ousasse levantar os olhos. Marie ficou ao lado dela, agitada e rindo.

— *Maman*, gosta do meu vestido? — perguntou, baixo.

Isabelle olhou para ela.

— Seu vestido é como deve ser, *ma fille*. Preto para os dias santos.

Marie riu e mordeu o lábio quando Jacob franziu o cenho para ela.

— Vocês estão escondendo alguma coisa de mim — concluiu Isabelle.

— Estamos, *Maman* — concordou Jacob.

— Aqui não é lugar de brincadeira, é a casa de Deus.

Durante o serviço religioso, Isabelle pôde olhar várias vezes para a Virgem. De vez em quando, sentia os olhos de Étienne pousados nela, mas manteve o rosto sério, a alegria escondida.

Monsieur Rougemont falou bastante sobre o sacrifício de Cristo e a necessidade de levar uma vida pura.

— Deus já escolheu quais entre vocês seguirão o Filho Dele ao céu — garantiu. — O comportamento de vocês aqui mostra o que Ele decidiu. Se preferem pecar, manter velhos hábitos depois de conhecer a Verdade, adorar falsos ídolos — Isabelle baixou os olhos para o chão —, ter maus pensamentos, não poderão receber o perdão de Deus. Mas, se levarem uma vida pura, de trabalho duro e simples devoção, ainda podem mostrar que são um dos escolhidos de Deus e que merecem o sacrifício de Seu Filho. Rezemos, irmãos.

O rosto de Isabelle queimava de rubor. Monsieur Rougemont falou isso para mim, pensou. Sem mexer a cabeça, olhou nervosa para Étienne e Hannah e, para a surpresa dela, viu uma expressão de medo. Olhou para o outro lado e, exceto pelo rosto sereno das crianças, viu a mesma expressão em todos os rostos.

Talvez nenhum de nós tenha sido escolhido, pensou ela. E sabemos disso.

Olhou para a Virgem.

— Ajude-me. Ajude-me a ser perdoada — rezou.

Monsieur Rougemont terminou a cerimônia com a taça de vinho e finas hóstias para a Comunhão.

— Primeiro, comungam as crianças. Abençoados são os inocentes — disse ele.

— Vai. — Isabelle deu um pequeno empurrão em Marie, que se juntou com os dois irmãos às outras crianças ajoelhadas na frente do padre.

Enquanto esperavam a Comunhão, Isabelle descansou os olhos na Virgem outra vez. Olhe para mim, implorou em silêncio. Mostre que meus pecados foram perdoados.

Os olhos da Virgem estavam baixos, fixos em alguma coisa. Isabelle seguiu aquele olhar até chegar em Marie. A filha estava de joelhos, paciente, esperando sua vez, o vestido negro puxado em volta do corpo. Por baixo, entretanto, o vestido não tinha um forro branco. Era azul. Marie estava usando o pano azul.

Isabelle soltou uma exclamação e as pessoas próximas viraram a cabeça para ela, junto com Étienne e Hannah. Quis, mas não conseguiu tirar os olhos do azul.

Os outros também começaram a ver. Cutucões e murmúrios se espalharam rapidamente pela igreja. Jacob, ajoelhado ao lado de Marie, olhou para trás, depois olhou as pernas de Marie. Fez como se fosse puxar o vestido preto da irmã para baixo, depois se conteve.

Quando Étienne finalmente viu, ficou lívido e, depois, rubro. Abriu caminho entre as pessoas até a frente da igreja e colocou Marie de pé. Ela olhou para o pai e seu sorriso desapareceu. Pareceu se encolher dentro de si mesma. Étienne arrastou-a em meio aos fiéis até a porta, onde sumiram.

Jacob se levantou e ficou paralisado na frente das crianças ajoelhadas, olhos fixos na porta da igreja. Isabelle virou-se para segui-los e viu que Pascale chorava.

Abriu caminho até a porta. Lá fora, Étienne havia levantado o vestido preto de Marie para ver o forro azul.

— Quem deu isso para você? Quem vestiu você? — exigiu. Marie não disse nada. Étienne fez com que ela se ajoelhasse.

— Quem deu isso para você? Quem?

Marie continuou sem responder e ele bateu com força na cabeça dela. A menina caiu de rosto no chão.

— Fui eu — mentiu Isabelle.

Étienne virou-se.

— Eu devia ter adivinhado que você ia nos enganar, *La Rousse*. Mas não vai mais. Não vai mais nos ofender. Levante-se — mandou, dirigindo-se a Marie.

Ela se levantou devagar. O sangue tinha escorrido do nariz para o queixo dela.

— *Maman* — murmurou.

Étienne ficou entre as duas.

— Não toque nela — sibilou para Isabelle. Puxou Marie

e olhou em volta. — Petit Jean, venha cá — mandou, quando o filho apareceu na porta da igreja.

O menino se aproximou.

— Foi Pascale quem fez o vestido, *Papa*, foi ela — disse para Étienne. Pegou o outro braço de Marie e os dois foram se afastando. Marie virou a cabeça e olhou para Isabelle.

— Por favor, *Maman*. — Ela tropeçou; Étienne e Petit Jean seguraram os braços dela com mais firmeza.

Hannah e Jacob apareceram na porta da igreja. Jacob foi ficar ao lado de Isabelle.

— Os seixos no chão — disse ela, sem olhar para o filho. — Eram para tirar as medidas do vestido.

— É. Para protegê-la, como disse o mascate. Não deixar que se afogasse.

— Por que seu pai ficou contando os seixos? Por que queria saber o tamanho de Marie?

Jacob virou-se para ela de olhos arregalados.

— Não sei.

8
A FAZENDA

Fui de Toulouse para Genebra de avião; depois, de trem para Moutier. Tudo rápido e fácil: havia um vôo, havia um trem, e Jacob pareceu mais satisfeito do que surpreso por eu querer chegar tão rápido. Bem rápido: telefonei para ele ao meio-dia; às seis da tarde, o trem me deixou em Moutier.

No trem que tomei em Genebra, minha cabeça começou a funcionar outra vez. Cheguei de Toulouse meio tonta, mas o ritmo do trem, mais natural que o de um avião, me fez acordar. Comecei a olhar os passageiros em volta.

Na minha frente estava um casal de meia-idade: ele, de blazer marrom e gravata listrada, lendo um jornal cuidadosamente dobrado; ela, de vestido de lã cinza e jaqueta cinza mais escuro, brincos de ouro, sapatos italianos. O cabelo tinha acabado de ser penteado, eriçado e pintado de ruivo-acastanhado, não muito diferente do meu, só que parecia sintético. A senhora tinha no colo uma bolsa de couro macio e escrevia na pequena agenda o que parecia ser uma lista.

Já devia estar fazendo a lista de cartões de Natal que tinha de mandar, pensei, segura no meu solto e amassado vestido de linho.

O casal não trocou uma palavra durante a hora que fiquei sentada na frente deles. Quando me levantei para tomar outro trem em Neuchâtel, o homem olhou-me rapidamente e me cumprimentou. "*Bonne journée, Madame*", disse ele, numa polidez que só as pessoas de mais de cinqüenta anos conseguem ter com graça. Sorri e cumprimentei os dois. Era um tipo de lugar assim.

Os trens eram silenciosos, limpos e pontuais. Os passageiros também eram silenciosos e limpos, de roupas discretas, atentos às suas leituras, firmes nos gestos. Não havia nenhum casal se agarrando aos beijos, nenhum homem me encarando, nenhum vestido muito curto, peitos à mostra, nem bêbados ocupando dois bancos (tudo isso era muito comum no trem de Lisle a Toulouse). Não era um país abusado: os suíços jamais ocupam dois bancos, se só pagaram por um.

Talvez eu estivesse buscando essa ordem, depois do caos que havia deixado. Era característica minha traçar a personalidade do povo de um país depois de passar apenas uma hora lá, ter uma opinião que eu poderia alterar para adequar às pessoas que viesse a conhecer. Se eu quisesse, poderia ter encontrado sordidez em algum lugar daqueles trens, roupas amassadas e pessoas falando alto, pessoas lendo romances românticas, alguém dando um tiro no banheiro, um pouco de paixão, um pouco de medo. Mas olhei em torno e me apeguei à normalidade.

A nova paisagem me fascinou: as sólidas montanhas do Jura subindo, íngremes, a partir dos trilhos do trem, o rio margeado de abetos verde-escuros, a forma comprida das casas, a nítida ordem dos campos e fazendas. Estranhei que fosse tão diferente da França, embora, pela lógica, não devesse estranhar. Afinal, tratava-se de outro país, como eu havia dito a meu pai. Mas a verdadeira surpresa foi perceber que a paisagem francesa que deixara para trás (as colinas suaves, os vinhedos verde-claros, a cor de ferrugem da terra, a luz prateada) já não me era estranha.

Jacob disse ao telefone que me aguardava na estação. Eu não sabia nada a respeito dele, sequer quantos anos tinha, mas achava que devia ser mais da idade de meu pai do que da minha. Quando desci na plataforma de Moutier, vi-o na hora: lembrava meu pai, embora os cabelos fossem castanhos e não grisalhos, mesma cor que o meu havia tido um dia. Era bem alto e estava de suéter creme jogado de qualquer jeito nos ombros e caindo nas costas num arco. Seu rosto era comprido e fino, quase magro, queixo delicado e olhos castanho-claros. Tinha o jeito ativo de um homem de cinqüenta e tantos anos, ainda dedicado ao trabalho; não fazia parte do grupo que descansava na aposentadoria, mas sabia que logo se juntaria a eles e pensava como iria lidar com tanta liberdade.

Ele veio na minha direção, pegou meu rosto nas mãos grandes e me deu três beijos.

— Ella, você é bem parecida com seu pai — disse, num jeito familiar, falando um francês claro.

Sorri para ele. — Ah, então devo ser parecida com você, pois é parecido com meu pai!

Ele pegou minha bolsa de viagem, colocou o braço no meu ombro, desceu comigo as escadas e saímos na rua. Fez um gesto amplo com o braço, levando minha bolsa junto num largo semicírculo, e exclamou: — *Bienvenue à Moutier!*

Dei um passo e ia dizendo "*C'est très...*", quando caí no chão.

* * *

Acordei num quarto branco, pequeno e retangular, despojado como uma cela de monge, com uma cama, mesa-de-cabeceira, escrivaninha e cadeira. Atrás de mim, havia uma janela e, quando olhei, vi de cabeça para baixo o campanário branco de uma igreja, com seu relógio preto parcialmente escondido por uma árvore.

Jacob estava sentado na cadeira ao lado da cama, e um homem desconhecido, de rosto redondo, apareceu à porta. Fiquei olhando para eles, sem conseguir falar. Jacob disse, calmo: — *Ella, tu t'es évanouiée.* — Não conhecia aquela palavra, mas entendi o que significava, eu tinha desmaiado. Jacob fez um gesto indicando o homem na porta e disse: — Lucien passava com seu caminhão e ajudou a trazer você para cá. Ficamos preocupados porque você ficou inconsciente bastante tempo.

— Quanto tempo? — esforcei-me para me sentar e Jacob segurou meus ombros para me ajudar.

— Dez minutos. No carro e depois em casa.

Balancei a cabeça devagar. — Não me lembro de nada.

Lucien entrou com um copo d'água e me deu.

— *Merci* — murmurei. Ele sorriu, mal mexendo os lábios. Bebi, depois passei a mão no rosto; estava úmido e pegajoso. — Por que meu rosto está úmido?

Jacob e Lucien se entreolharam: — Você chorou — respondeu Jacob.

— Enquanto estava desmaiada?

Ele concordou com a cabeça e senti o nariz escorrendo e dolorido, a garganta áspera, o cansaço.

— Falei alguma coisa?

— *J'ai mis en toi mon espérance: Garde-moi, donc, Seigneur.* Foi isso? — perguntou Jacob a Lucien.

— Sim, foi isso... — respondeu Lucien.

— Você precisa dormir. Depois conversaremos — interrompeu Jacob, estendendo um lençol fino por cima de mim. Lucien levantou a mão e fez um aceno parado. Concordei com a cabeça e ele sumiu.

Fechei os olhos e abri-os quando Jacob fechava a porta.

— Jacob, essa casa tem venezianas?

Ele parou e enfiou a cabeça no quarto. — Sim, mas nunca as uso, não gosto delas. — Sorriu e fechou a porta.

Quando acordei, estava escuro, eu transpirava e me senti perdida. Lá fora havia janelas abertas a toda volta, dava a impressão de que ninguém usava as venezianas. O campanário da igreja estava iluminado por holofotes. Naquele momento, os sinos da torre começaram a tocar e automaticamente acompanhei as badaladas, contando até dez: dormi quatro horas. Pareceram dias.

Acendi a lâmpada da mesinha. A sombra do abajur era amarela e espalhava uma suave luz dourada no quarto. Nunca havia estado num quarto sem qualquer decoração, mas aquele despojamento me era estranhamente confortante. Fiquei deitada um pouco, observando como a luz se espalhava, sem ter certeza se queria me levantar. Acabei me levantando, saí do quarto e desci uma escada escura. Dava numa saleta quadrada com três portas fechadas. Escolhi uma com um fio de luz por baixo e dei numa cozinha clara, pintada de amarelo, com um lustroso piso de madeira e uma série de janelas numa das paredes. Jacob estava numa mesa redonda de madeira lendo o jornal que tinha apoiado numa tigela cheia de pêssegos. Uma jovem de cabelos pretos e ondulados estava em frente à pia da cozinha, esfregando uma panela. Quando entrei e ela virou-se, sabia que era parente de Jacob: tinha o mesmo rosto magro e queixo pontudo, suavizado por cachos na testa e longas pestanas nos mesmos olhos castanhos dele. Era mais alta do que eu e bem esguia, com mãos longas e finas, pulsos finos.

— Ah, acordou, Ella. Essa é minha filha Susanne — disse Jacob, enquanto a moça me dava três beijos no rosto.

Sorri para ela. — Desculpem, não vi que era tão tarde. Não sei o que houve comigo — falei.

— Não tem problema. Você precisava dormir. Quer comer alguma coisa? — Jacob puxou uma cadeira à mesa. Depois, ele e Susanne serviram queijo e salame, pão, azeitonas e salada. Era exatamente o que eu queria, algo simples. Não queria que se preocupassem comigo.

Enquanto comemos, quase não falamos. Susanne perguntou num francês tão claro quanto o do pai se eu queria vinho e Jacob falou em queijo. No mais, ficamos calados.

Depois que pusemos os pratos de lado e Jacob me serviu mais vinho, Susanne saiu da cozinha. — Está se sentindo melhor? — perguntou ele.

— Estou.

De outro cômodo, veio uma música delicada, como se fosse piano, porém mais aguda. Jacob ouviu um instante e concluiu, encantado: — É uma peça de Scarlatti. Susanne estuda espineta no Concertgebouw de Amsterdã.

— Você também é músico?

Ele concordou com a cabeça. — Dou aula na Escola de Música daqui, que fica logo ali na colina — disse, fazendo um gesto para trás.

— Toca o quê?

— Vários instrumentos, mas ensino principalmente piano e flauta. Todos os meninos querem tocar violão; as meninas, flauta, e meninos e meninas, violino ou flauta doce. Alguns, piano.

— São bons alunos?

Ele deu de ombros. — A maioria estuda porque os pais querem. Eles gostam de outras coisas também, como equitação, futebol ou esqui. Todo inverno, quatro ou cinco crianças quebram os braços esquiando e ficam impedidas de tocar. Tem um menino pianista que toca Bach muito bem. Talvez vá estudar em outro lugar.

— Susanne aprendeu com você?

Ele balançou a cabeça. — Com minha esposa.

Meu pai tinha dito que Jacob era viúvo, mas não consegui lembrar há quanto tempo e em que circunstâncias.

— Ela morreu de câncer, há cinco anos — disse ele, como se eu tivesse perguntado.

— Sinto muito. — Vendo que as palavras eram inadequadas, acrescentei: — Você ainda sente falta dela, imagino.

Ele esboçou um sorriso triste. — Claro. Você é casada?

— Sou — respondi, sem jeito, e mudei de assunto. — Quer ver a Bíblia agora?

— Vamos esperar de manhã, quando a luz é melhor. Você parece ter melhorado, mas ainda está pálida. Está grávida?

Pisquei, surpresa por ele me perguntar de forma tão casual. — Não, não. Não sei por que desmaiei, mas não foi por isso. Tenho dormido mal há alguns meses. A não ser na noite passada. — Parei, lembrando-me da cama de Jean-Paul, e balancei a cabeça devagar. Era impossível contar minha situação para ele.

Ficou evidente que tínhamos entrado numa área pantanosa e Jacob nos salvou mudando de assunto.

— Você trabalha em quê?

— Sou, ou melhor, *fui* parteira nos Estados Unidos.

— É mesmo? Que coisa ótima! — O rosto dele se iluminou.

Olhei para a tigela cheia de pêssegos e sorri. A reação dele foi parecida com a de Madame Sentier.

— É, era um bom trabalho — concordei.

— Então, claro que você saberia, se estivesse grávida.

Ri. — Acho que sim. — Eu costumava saber se uma mulher estava grávida, mesmo no começo. Aparecia no jeito de elas andarem, o corpo parecia carregar numa bolha alguma coisa que elas nem sabiam o que era. Eu tinha percebido isso em Susanne, por exemplo: um olhar meio distraído, como se ela estivesse ouvindo uma conversa interior numa língua estranha e não gostasse muito do que tinha ouvido, apesar de não entender a língua.

Olhei o rosto franco de Jacob. Ele ainda não sabe, pensei. Engraçado: eu era da família o bastante para ele me fazer perguntas pessoais, mas não tão próxima para ele ter medo de ouvir a resposta. Ele jamais perguntaria tão diretamente à filha se ela estava grávida.

Dormi mal à noite, minha cabeça fervia pensando em Rick e Jean-Paul, e com idéias duras sobre mim. Não levavam a nada, só me deixavam nervosa. Consegui dormir finalmente, mas acordei cedo.

Levei a Bíblia para baixo. Jacob e Susanne já estavam à mesa lendo o jornal, junto com um homem pálido, de cabelos cor-de-cenoura, e não castanhos como os meus. As sobrancelhas e pestanas também eram vermelhas, dando ao rosto um olhar vago e indefinido. Quando entrei na cozinha, ele se levantou e estendeu a mão para mim.

— Ella, este é Jan, meu namorado — Susanne apresentou. Parecia cansada: não havia tocado no café, cuja superfície começava a formar uma espuma enrugada.

Ah, esse é o futuro pai, pensei. O cumprimento dele foi indeciso. — Lastimo não estar aqui ontem para recebê-la. Fui tocar num concerto em Lausanne e voltei muito tarde — disse ele, em inglês perfeito.

— O que você toca?

— Flauta.

Sorri, em parte por causa do inglês formal dele e em parte porque seu corpo era meio parecido com uma flauta: fino, braços roliços, uma certa dureza nas pernas e no peito, como o Homem de Lata do *O mágico de Oz*.

— Você não é suíço, é?

— Não, sou holandês.

— Ah. — Não consegui pensar em mais nada para dizer, a formalidade dele me gelava. Jan continuou em pé. Virei-me, sem jeito, para Jacob: — Vou colocar a Bíblia em outra sala para você olhar depois do café, certo? — perguntei.

Jacob concordou com a cabeça. Voltei para a saleta e abri outra porta. Entrei numa sala comprida e ensolarada, pintada de creme, com arremates inacabados de madeira e lustrosos ladrilhos pretos no chão. A mobília consistia apenas num sofá e em duas poltronas gastas, e, como no quarto, não havia nada nas paredes. No fundo da sala, vi um piano preto de cauda, fechado, de frente para uma delicada espineta de pau-rosa. Coloquei a Bíblia sobre o piano e fui até a janela para dar minha primeira verdadeira olhada em Moutier.

As casas se espalhavam, desordenadas, em volta da casa e na colina atrás dela. Eram cinza ou creme, com o teto de pedra inclinado, terminando numa beirada que parecia uma saia inflada. As casas eram mais altas e mais novas que as de Lisle, com venezianas recém-pintadas de vermelho, verde e marrom discreto, embora a casa bem na frente tivesse duas de um incrível azul forte. Abri as venezianas de Jacob e olhei-as: não eram pintadas, tinham a cor caramelo da madeira natural.

Ouvi passos atrás de mim e voltei para dentro. Jacob estava com uma xícara de café em cada mão e ria para mim.

— Ah, você já está espiando nossos vizinhos! — exclamou, entregando-me uma xícara.

Ri. — Na verdade, estava olhando suas venezianas. Queria ver de que cor pintou-as.

— Gostou?

Concordei com a cabeça.

— E onde está a Bíblia? Ah, ali. Puxa, agora você pode voltar para a sua casa — brincou.

Sentei ao lado dele no sofá enquanto ele abria o livro na primeira página. Olhou os nomes por um bom tempo, com ar satisfeito. Depois, mexeu numa estante de livros às suas contas e pegou alguns papéis amarrados com uma fita. Foi abrindo e espalhando-os no chão. Os papéis estavam amarelados, e a fita, seca.

— Esta árvore genealógica foi feita pelo meu avô — explicou.

A letra era clara e a árvore muito bem desenhada. Mesmo assim, difícil de entender: havia traços tangentes, galhos saindo, linhas que não tinham sido preenchidas. Quando Jacob terminou de espalhar as folhas, elas não formaram um retângulo ou uma pirâmide clara, mas uma colcha de retalhos confusa, com folhas enfiadas aqui e ali.

Nós nos agachamos ao lado das folhas. Em toda parte, eu via os nomes Susanne, Étienne, Hannah, Jacob, Jean. O alto da árvore era mais simples, começava com Étienne e Jean Tournier.

— Onde seu avô achou tudo isso?

— Em vários lugares. Alguns, na seção da burguesia do *hôtel de ville* daqui, que tem registros que remontam ao século XVIII, acho. As informações anteriores a essa época, não sei onde ele encontrou. Passou anos examinando documentos. E agora você fez um acréscimo ao trabalho dele, deu o grande salto da família para a França! Conte como achou essa Bíblia dos Tournier.

Fiz uma versão resumida da minha pesquisa com Mathilde e Monsieur Jourdain, deixando Jean-Paul de fora da história.

— Que coincidência! Teve sorte, Ella. E veio até aqui para me mostrar isso. — Jacob passou a mão na capa de couro do livro. Havia uma pergunta por trás do que ele dissera, que ficou sem resposta. Deve ter achado um exagero o fato de eu ir lá de repente só para mostrar a Bíblia, mas não confiei nele, era muito parecido com meu pai. Não pensava em contar para meus pais o que eu tinha acabado de fazer, a cena que havia deixado para trás.

Mais tarde, Jacob e eu fomos dar uma volta a pé na cidade. No Centro ficava o *hôtel de ville*, que era um prédio astero, de janelas cinza, e uma torre de relógio. As lojas se apertavam em volta, formando o que era chamado de cidade antiga, embora parecesse bem nova em comparação com Lisle: muitos prédios eram modernos e tudo tinha sido atualizado com gesso, tinta e telhas novas, quadradas. Havia um prédio diferente, com cúpula em forma de cebola de um lado e, sob ela, um nicho com a estátua de um monge de pedra segurando uma lanterna na esquina da rua. Os outros prédios eram iguais e sem enfeites.

No século passado, a cidade crescera para oito mil habitantes e as casas se espalharam pelas colinas em volta da parte antiga para acomodar os moradores. Percebia-se uma sensação de falta de planejamento esquisita depois de morar em Lisle, com suas ruas paralelas que davam a impressão de um todo orgânico. Com algumas exceções, os prédios eram mais funcionais do que bonitos, construídos com um propósito, sem tijolos decorativos, vigas aparentes ou telhados, como eram em Lisle.

Um pouco fora do Centro, percorremos uma trilha perto do rio Birse, que era pequeno, mais um riacho do que um rio, e margeado de bétulas prateadas. Há algo animador no fato de um rio passar por uma cidade, ligando-a ao resto do mundo, lembrete de que o lugar não é tão estagnado ou isolado.

Em toda parte aonde íamos, Jacob me apresentava como uma Tournier dos Estados Unidos. Eu era cumprimentada com um olhar de reconhecimento e aceitação que não esperava. Foi bem diferente da recepção que tive em Lisle. Comentei isso com Jacob, que sorriu. — Talvez seja você que está diferente — observou.

— Talvez. — Não acrescentei que, embora a atitude das pessoas em relação a mim fosse gratificante, desconfiava um pouco daquela aceitação absoluta por causa de um nome de família. Se soubessem as coisas horríveis que eu havia feito, não achariam os Tournier tão maravilhosos, pensei, amarga.

Jacob ia para as suas aulas. A caminho da escola, acompanhou-me a uma capela no cemitério que ficava no fim da cidade e me deixou olhar o interior dela. Disse que Moutier tinha conventos do século XVII e que aquela capela de Chalières pertencia ao século X: pequena e simples, tinha as paredes do coro com afrescos de estilo bizantino e meio apagados nas cores ferrugem e creme; as outras paredes eram caiadas. Prestei bastante atenção nas figuras do afresco: Cristo de pé com os braços abertos, os apóstolos enfileirados abaixo, com pálidas auréolas sobre as cabeças; alguns rostos estavam com a pintura apagada e haviam perdido a expressão. Com exceção dos traços desbotados de uma mulher triste que estava mais ao lado, os afrescos não me comoveram.

Ao sair da capela, vi Jacob no meio da colina, na frente de uma lápide, de cabeça baixa e olhos fechados. Olhei-o um instante, envergonhada das minhas preocupações, quando ali, sim, havia algo realmente dramático, um homem no túmulo da esposa. Voltei à capela para não perturbar a intimidade dele. Uma nuvem havia passado em frente ao sol e do lado de dentro estava mais escuro; as figuras do afresco ao meu lado pareciam suspensas como fantasmas. Fiquei na frente das linhas apagadas da mulher e prestei mais atenção nela. Havia sobrado pouco do desenho: olhos de pálpebras pesadas, nariz grande, boca contrita, estava coberta com um manto e tinha uma auréola sobre a cabeça. Mesmo assim, aqueles poucos elementos captavam totalmente o desespero dela.

— Claro, essa é a Virgem — falei, baixo.

Alguma coisa na expressão dela fazia-a diferente da Virgem de Nicolas Tournier. Fechei os olhos e tentei lembrar: a dor, a resignação, a estranha paz no rosto. Abri os olhos outra vez para a figura à minha frente. Foi então que vi: a diferença estava na boca com as pequenas dobras nos cantos. Aquela Virgem estava zangada.

Ao sair da capela outra vez, o sol havia voltado e Jacob tinha ido embora. Andei na direção da cidade, passando pelas casas mais novas, que terminavam na igreja protestante, a qual avistei na primeira vez que acordei na casa de Jacob. Era uma construção grande, de calcário, rodeada de velhas árvores. De certa forma, ela me lembrava a igreja de Le Pont de Montvert: as duas ficavam no mesmo lugar em relação à cidade; não no Centro, mas, mesmo assim, se destacavam a meio caminho da subida norte de uma colina, com um alpendre gramado e um muro onde se podia sentar e olhar a cidade. Dei a volta na igreja e vi que a porta de entrada estava aberta. Dentro, podia-se ver mais decoração do que na igreja de Le Pont de Montvert — o piso era de mármore e o coro tinha alguns vitrais. Mesmo assim, dava a impressão de despojamento, austeridade e, depois de ver a capela de Chalières, grandeza e impessoalidade. Saí logo.

Sentei no muro ao sol, como fiz em Le Pont de Montvert. Estava calor e tirei a jaqueta. A psoríase tinha voltado aos meus braços. "Droga", resmunguei. Cruzei os braços sobre o peito, depois estiquei-os ao sol. O movimento fez sair sangue de uma ferida no braço.

Nesse momento, um labrador negro se aproximou, saltou na minha direção, tentou subir no muro e enfiou a cabeça do meu lado. Ri e dei umas palmadinhas nele. — Chegou na hora certa, cão, não me deixe triste — falei.

Lucien apareceu no gramado. À medida que ele se aproximava, pude dar uma olhada melhor nele, em seu rosto de bebê, cabelos pretos e encaracolados, olhos castanhos e arregalados. Devia ter uns trinta anos, mas parecia jamais ter tido uma preocupação ou passado por alguma tragédia. Um inocente suíço. Olhei para baixo, mostrando minha psoríase de propósito. Notei outra no cotovelo e xinguei-me por ter me esquecido de levar meu creme de cortisona.

— *Salut*, Ella — disse ele, de pé, sem jeito, até que o convidei para sentar-se. Estava de shorts velhos e camiseta, ambas com pingos de tinta. O labrador olhou para nós, ofegante, abanando o rabo; quando teve certeza de que não iríamos sair dali, foi cheirar as árvores próximas.

— Você é pintor? — perguntei, para quebrar o silêncio, imaginando se ele teria ouvido falar em Nicolas Tournier.

— Sou, estou trabalhando ali — respondeu, mostrando um lugar atrás na colina. — Está vendo as escadas?

— Ah, sei. — Ele era pintor de paredes. Não deveria fazer diferença, pensei. Mas minhas perguntas secaram, não sabia o que dizer.

— Também construo casas e conserto coisas — Lucien estava olhando para a cidade, mas vi que, disfarçadamente, olhava também os meus braços.

— Onde mora? — perguntei.

Ele mostrou outra casa na colina e olhou meus braços outra vez.

— É psoríase — falei, de repente.

Ele concordou com a cabeça, não era de falar muito. Reparei que o cabelo dele tinha traços de tinta branca e os braços também estavam salpicados de tinta, como quando se usa rolo para pintar. Lembrei-me das mudanças de casa que fizera com Rick: nossa primeira tarefa, quando mudávamos, era pintar tudo de branco. Rick dizia que assim ele podia ver melhor o tamanho dos cômodos; para mim, era como tirar os fantasmas. Só depois que morávamos num lugar há algum tempo, depois que aparecia a personalidade da casa e nos sentíamos bem em morar nela, é que pintávamos os cômodos de várias cores. Nossa casa em Lisle continuava sendo branca.

★ ★ ★

O telefonema foi um dia depois. Não sei por quê, ele me pegou desprevenida: sabia que minha outra vida acabaria se intrometendo, mas não tinha como me preparar.

Estávamos comendo fondue. Susanne tinha gostado de saber que, depois dos canivetes da Guarda Suíça, dos relógios e do chocolate, fondue era a quarta coisa que os norte-americanos associavam à Suíça, e insistiu em fazer uma para mim.

— Essa é uma velha receita de família, *bien sûr* — disse ela, brincando.

Jacob e Susanne convidaram algumas pessoas para jantar: Jan, claro, mais um casal teuto-suíço, que era nada mais que os vizinhos das janelas azuis, e Lucien, que sentou ao meu lado e de vez em quando me olhava de perfil enquanto comíamos. Ainda bem que meus braços estavam cobertos, senão ia olhar minha psoríase.

Eu só havia comido fondue uma vez, em pequena, preparada pela minha avó. Não lembrava muito como era. A de Susanne estava deliciosa e com bastante bebida alcoólica. E nós ainda tomamos bastante vinho e passamos a falar mais alto e a dizer mais bobagens. A uma certa altura, passei um pedaço de pão no queijo fundido e o garfo saiu vazio. Todos riram e bateram palmas.

— O que houve? — perguntei, e lembrei-me da tradição que minha avó me havia ensinado: quem perde primeiro o pão na *fondue* não vai se casar. Eu também ri. — Ora, não vou me casar! Mas espera: eu sou casada!

Riram mais. — Não, não, Ella — exclamou Susanne. — Se você é a primeira a perder o pão na panela, *vai* se casar logo!

— Na minha família dizem que *não* casa!

— Mas essa é a sua família e vale a tradição daqui: você vai casar — disse Jacob.

— Então alguém entendeu errado. Tenho certeza de que minha avó disse...

— Sim, você entendeu errado, da mesma forma que o nome da família está errado — disse Jacob. — Tuuuurrr-nuu-urrr — pronunciou devagar, escandindo cada sílaba. — Onde estão as vogais para levantar e soar bonito, como em Tour-ni-er? Mas não tem problema, *ma cousine*, você sabe como é seu verdadeiro sobrenome. Sabiam que minha prima é parteira? — perguntou aos vizinhos.

— Ah, uma boa profissão — respondeu o homem, automaticamente. Senti que Susanne me olhava e, quando a encarei, ela abaixou os olhos. A taça de vinho dela continuava cheia e tinha comido pouco.

O telefone tocou, Jan levantou-se para atender, olhou em volta da mesa e parou em mim. Segurou o fone e disse: — É para você, Ella.

— Para mim? Mas... — Eu não tinha dado o telefone de lá para ninguém. Levantei-me, com todos olhando para mim.

— Alô? — perguntei, insegura.

— Ella? Que diabo está fazendo aí?

— Rick? — Fiquei de costas para a mesa, tentando ter um pouco de privacidade.

— Parece estranhar que eu esteja ligando. — Nunca o vira tão amargo.

— Não, é que... não deixei o telefone daqui.

— Não deixou mesmo, mas foi fácil conseguir o telefone de Jacob Tournier, em Moutier. Havia dois e, quando liguei para o outro, ele disse que você estava nesse.

— Sabia que eu estava aqui? Outro Jacob Tournier? — repeti como boba, surpresa por Rick lembrar o nome do meu primo.

— Sim.

— Bom, a cidade é pequena. — Olhei em volta. Todos comiam, fazendo de conta que não ouviam a conversa, mas ouviam do mesmo jeito, menos Susanne, que se levantou de repente, foi até a pia e respirou fundo na janela ao lado, que estava aberta.

Todos sabem o que estou fazendo, pensei. Até um Tournier que mora do outro lado da cidade sabe.

— Ella, por que você foi embora? O que há?

— Rick, eu... podemos conversar em outra hora? Agora não dá.

— Achei que deixou a aliança no chão do quarto como uma espécie de declaração.

Abri a mão esquerda e olhei, pasma por não ter percebido que estava sem aliança. Deve ter caído do bolso do vestido amarelo, quando troquei de roupa.

— Está zangada comigo? Fiz alguma coisa?

— Não, você só... ah, Rick, eu... você não fez nada, eu só queria conhecer minha família aqui, só isso.

— Então por que sair correndo assim? Não deixou nem um bilhete. Você *sempre* deixa. Imagina como fiquei preocupado? E como foi humilhante saber pela secretária!

Fiquei calada.

— Quem atendeu o telefone? — ele quis saber.

— O quê? Foi o namorado de minha prima. Ele é holandês — acrescentei, prática.

— Aquele... cara está com você?

— Quem?

— Jean-Pierre.

— Não, ele não está aqui. Por que você pensou isso?

— Você dormiu com ele, não foi? Sei pela sua voz.

Essa eu não esperava dele. Respirei fundo.

— Olha, eu *realmente* não posso falar agora. Tem... pessoas na sala. Desculpe, Rick, eu... não sei o que quero mais. Mas não posso falar agora. Não mesmo.

— Ella... — Rick parecia meio sufocado.

— Me dê uns dias, sim? Eu volto e... nós conversaremos. Certo? Desculpe. — Desliguei e olhei para eles. Lucien olhava para o prato, os vizinhos conversavam, decididos, com Jan. Jacob e Susanne me olhavam firme com os olhos do mesmo tom castanho que os meus.

— Bom, o que estávamos dizendo sobre eu me casar? — perguntei, animada.

Levantei no meio da noite, desidratada por causa do vinho, a fondue parecendo chumbo no meu estômago. Desci para tomar água mineral na cozinha. Deixei as luzes desligadas e sentei à mesa com o copo d'água, mas o lugar ainda estava com cheiro de queijo e fui para a sala. Quando cheguei à porta, ouvi o leve e agudo som da espineta. Abri a porta sem fazer barulho e vi Susanne tateando no escuro, uma luz da rua ao longe mostrava seu perfil. Ela tocou alguns compassos e parou. Falei o nome dela e ela levantou os olhos, soltou os ombros. Fui até onde estava e coloquei a mão no ombro dela. Usava um macio quimono de seda escuro.

— Você devia estar dormindo, deve estar cansada. Precisa dormir bastante — falei, suave.

Susanne apertou o rosto em mim e chorou. Fiquei parada e passei a mão nos cabelos ondulados dela, depois me ajoelhei ao seu lado.

— Jan já sabe?

— Não — respondeu ela, enxugando os olhos e o rosto. — Ella, não estou preparada. Quero fazer outras coisas. Trabalhei tanto e agora que comecei a ter mais convites para fazer concertos... — Pôs a mão no teclado e tocou um acorde. — Um filho agora iria acabar com as minhas oportunidades.

— Quantos anos você tem?

— Vinte e dois.

— Quer filhos?

Ela deu de ombros. — Um dia, mas não já. Não agora.

— E Jan?

— Ah, ele adoraria. Mas, como você sabe, os homens não pensam do mesmo jeito que nós. Não faria a menor diferença para a música, a carreira dele. Quando fala em ter filhos é uma idéia tão abstrata, tenho certeza de que quem cuidaria seria eu.

Era um estribilho conhecido.

— Mais alguém sabe da gravidez?

— Não.

Fiquei indecisa, não estava acostumada a falar com mulheres sobre aborto como uma questão de escolha: na minha profissão, quando as mulheres me procuravam, era porque haviam resolvido ter o filho. Além do mais, nem sabia a palavra em francês para "aborto" e "escolha".

— O que você poderia fazer? — perguntei, por fim, sem jeito, tomando cuidado pelo menos com o tempo do verbo.

Ela olhou para o teclado. Depois, deu de ombros. — *Un avortement* (Um aborto) — disse, com voz fraca.

— O que acha do... aborto? — Devia ter-me dado um chute por fazer aquela pergunta boba. Susanne não pareceu notar.

— Eu preferia fazer, embora não goste da idéia. Não pratico nenhuma religião, não seria tão grave. Mas Jan...

Esperei.

— Bom, ele é católico. Não freqüenta a igreja e se considera liberal, mas... é diferente quando se trata de decidir mesmo. Não sei o que vai pensar. Pode ficar muito preocupado.

— Você precisa contar, ele tem o direito de saber, mas não precisa decidir com ele. A decisão é sua. Claro que seria melhor os dois estarem de acordo, mas, se não for possível, a decisão será sua porque você é que está grávida. — Tentei ser o mais firme possível.

Susanne me olhou de lado. — Você alguma vez fez um...

— Não.

— Quer ter filhos?

— Quero, mas... — Não sabia o que explicar primeiro. Sem querer, ri. Susanne me olhou, o branco dos olhos brilhando com as luzes da rua. — Desculpe, preciso me sentar, depois eu digo.

Sentei numa das poltronas, enquanto Susanne acendia uma pequena lâmpada do piano. Enroscou-se num canto do sofá, sentada sobre as pernas, o quimono de seda verde apertado nos joelhos, e me olhou, ansiosa. Acho que ficou aliviada porque a luz não estava mais sobre ela.

— Meu marido e eu falamos sobre filhos — comecei. — Achamos que agora seria uma boa hora. Quer dizer, na verdade, eu sugeri e Rick aceitou. Começamos a tentar, mas fiquei... perturbada. Por um pesadelo. E agora, agora acho que... estamos com problemas. Tem também... outra coisa. Outra pessoa. — Fiquei constrangida de colocar a situação daquele jeito, mas era também um alívio contar para alguém.

— Quem é?

— Um bibliotecário da cidade onde moro. Estamos... nos envolvendo há algum tempo. Depois nós... depois eu não estava bem e tive de sair da cidade. Por isso, vim para cá. — Mexi as mãos.

— Ele é bonito?

— Ele... ah, sim. Eu acho. Ele é meio... sério.

— E você gosta dele.

— Gosto. — Era estranho falar nele; na verdade, eu achava difícil lembrar o rosto dele. De longe, naquela sala com Susanne enroscada na minha frente, o que havia acontecido com Jean-Paul parecia distante e não tão arrasador quanto havia pensado. Era engraçado: quando a gente conta a vida para os outros, torna-se mais ficção e menos realidade. Há também um toque de representação que afasta mais do fato real.

— Há quanto tempo você e Rick estão casados?

— Dois anos.

— E como se chama o homem?

— Jean-Paul. — O nome dele tinha algo tão definido que pronunciá-lo me fez sorrir. — Ele me ajudou a pesquisar a história da minha família. Discute muito comigo, mas é porque se interessa por mim, pelo que faço... quer dizer, pelo que sou. Ele me ouve. Ele me vê, não sou uma abstração. Entende?

Susanne concordou com a cabeça.

— E consigo conversar com ele. Cheguei a falar sobre o pesadelo e ele foi muito simpático, me fez descrevê-lo. Isso ajudou.

— O pesadelo é sobre o quê?

— Ah, não sei. Não tem uma história. Só uma sensação como... como se eu não *respirasse*. — Bati no peito. Pensei em Frank Sinatra. Os velhos olhos azuis.

— E um azul, um certo tom de azul. Como nos quadros da Renascença. A cor que eles usavam para fazer o manto da Virgem. Tem um pintor... você já ouviu falar em Nicolas Tournier?

Susanne aprumou-se e segurou no braço do sofá.

— Fale mais nesse azul.

Finalmente, uma ligação com o pintor. — O pesadelo tem duas partes: um azul-claro, a camada de cima, cheia de luz e... — Fiquei buscando as palavras para usar. — A cor muda conforme a luz. Mas tem um escuro por baixo da luz, bem sombrio, as duas cores lutam entre si. Por isso a cor fica tão viva e marcante. É uma linda cor, mas é triste também, talvez seja para nos lembrar que a Virgem está sempre lamentando a morte do filho, até quando ele nasceu. Como se soubesse o que iria acontecer. Mas, quando ele morre, o azul continua lindo, ainda esperançoso. Faz pensar que nada é totalmente uma coisa nem totalmente outra, pode ser brilhante e feliz, mas tem sempre aquele escuro por baixo.

Parei. Nós duas ficamos caladas.

Ela então disse: — Também tive esse pesadelo.

— Foi só uma vez, há umas seis semanas, quando estava em Amsterdã. Acordei assustada, chorando. Pensei que estava me sufocando no azul, esse azul que você fala. Foi estranho porque me senti feliz e triste ao mesmo tempo. Jan disse que eu falei alguma coisa, como se recitasse algo da Bíblia. Depois, não consegui mais dormir. Tive de levantar e tocar a espineta, como agora.

— Você tem uísque? — perguntei.

Ela foi até a estante de livros e abriu o armário embaixo, pegou uma garrafa com bebida pela metade e dois pequenos copos. Sentou-se no canto do sofá e serviu uma dose para cada. Pensei em comentar sobre ela beber estando grávida, mas não precisei: depois de me dar um copo, ela cheirou o dela e fez uma careta; então abriu a garrafa e despejou o uísque de volta.

Tomei o meu. O uísque cortou tudo: a fondue, o vinho, meu desespero por causa de Rick e Jean-Paul. Era o que eu precisava para fazer algumas perguntas estranhas.

— Há quanto tempo está grávida?

— Não sei direito. — Ela esfregou os braços por cima do quimono.

— Há quanto tempo não fica... — Fiz um gesto para ela.

— Quatro semanas.

— Como engravidou? Não usava nenhum anticoncepcional? Desculpe, mas isso é importante.

Ela olhou para baixo. — Esqueci de tomar a pílula um dia. Costumo tomar antes de deitar, mas esqueci. Não achei que tivesse importância.

Eu ia dizer alguma coisa, mas Susanne me interrompeu.

— Não sou boba, nem irresponsável. É que... — Ela apertou a boca com a mão. — Às vezes é difícil achar que uma pequena pílula tem ligação com engravidar. É como uma mágica, duas coisas totalmente sem relação terem alguma coisa a ver. É louco. Abstratamente eu entendo, mas não de verdade.

Concordei com a cabeça. — As grávidas não costumam ligar a idéia de filho à de sexo. Nem os homens. São coisas tão diferentes. Isso funciona como mágica.

Ficamos caladas um instante.

— Quando se esqueceu de tomar a pílula? — perguntei.

— Não lembro.

Inclinei-me para a frente. — Tente. Foi na época do pesadelo?

— Acho que não. Não, espera, lembrei agora. Jan estava num concerto em Bruxelas na noite em que esqueci. Voltou no dia seguinte e à noite tive o pesadelo. Foi isso.

— Você e Jan... tiveram relações naquela noite?

— Tivemos. — Ela parecia constrangida.

Pedi desculpas. — É porque eu só tinha o pesadelo quando Rick e eu tínhamos relações sexuais — expliquei. — Como você, mas o pesadelo parou quando comecei a tomar anticoncepcional e com você parou quando engravidou.

Nós nos entreolhamos.

— Muito estranho — disse Susanne, calma.

— É, estranho.

Susanne passou a mão na barriga por cima do quimono e suspirou.

— Você precisa contar para Jan. É a primeira coisa a fazer — falei.

— É. E você precisa conversar com Rick.

— Tenho a impressão de que ele já sabe.

No dia seguinte, procurei registros na prefeitura. Apesar de o avô de Jacob ter feito uma ampla pesquisa sobre a árvore genealógica da família, eu precisava ver essa pesquisa. Tinha tomado gosto pelo tema. Passei a tarde toda numa sala de reunião, procurando com cuidado listas de nascimento, óbito e casamento dos séculos XVIII e XIX. Não tinha percebido como os Tournier haviam se estabelecido em Moutier: havia centenas deles na cidade.

Aqueles poucos registros me informaram muita coisa: o tamanho das famílias, a idade em que se casavam (em geral, aos vinte e poucos anos), a profissão dos homens (fazendeiro, professor, dono de estalagem, relojoeiro). Muitos bebês morriam. Encontrei uma Susanne Tournier que teve oito filhos entre 1751 e 1765, e cinco morreram com um mês de idade. Ela morreu ao dar à luz o último. Nunca fiz um parto em que o bebê ou a mãe morresse. Tive sorte.

Os documentos revelam mais. Muitos filhos ilegítimos e incestuosos eram registrados, sem qualquer reserva. Vá alguém entender os rígidos princípios calvinistas, pensei, mas atrás do meu cinismo fiquei chocada ao ler que, em 1796, uma mulher chamada Judith Tournier dera à luz um filho gerado pelo pai dela, registrado legalmente. Outros registros não especificavam se o filho era ilegítimo.

Era estranho ver os nomes em uso na época e saber que continuavam em uso. Muitos, os huguenotes tiraram do Antigo Testamento, como Daniel, Abraão e até um Noé, e notei que havia muitas Hannahs e Susannes e mais tarde Ruths, Annes e Judiths, mas nenhuma Isabelle nem Marie.

Pedi para ver registros anteriores a meados do século XVIII e a funcionária disse que eu tinha de olhar os arquivos paroquiais guardados em Berne e Porrentruy; recomendou que eu telefonasse antes. Anotei os nomes e telefones, agradeci e sorri para mim mesma: ela ficaria pasma com a viagem que eu tinha feito a Cévennes e do meu inesperado sucesso. Naquele país, a Suíça, a sorte não contava, os resultados dependiam de trabalho consciente e planejamento cuidadoso.

Fui a um bar próximo para pensar qual seria o passo seguinte. O garçom trouxe meu café, que veio com um pequeno guardanapo embaixo da xícara, a colher, cubos de açúcar e um chocolate quadrado sobre o açucareiro. Olhei a composição e me lembrei dos documentos que tinha acabado de ver, fatos registrados com precisão e letra clara. Embora fossem mais fáceis de entender, não tinham o charme e a confusão dos registros franceses. Eram como os próprios franceses: irritantes porque não se acostumavam com os estrangeiros, mas, por isso mesmo, mais interessantes. Era preciso se dedicar mais a eles para obter mais.

Ao voltar para casa, encontrei Jacob ao piano, tocando uma música lenta e triste. Estiquei-me no sofá e fechei os olhos. A música tinha notas nítidas e uma melodia simples, como se o som estivesse sendo escolhido à agulha. Lembrou-me de Jean-Paul.

Quando ele acabou de tocar, eu estava cochilando. Abri os olhos e vi que ele me olhava, ao piano.

— É de Schubert — disse ele.

— Linda.

— Encontrou o que queria?

— Nem tanto. Jacob, pode dar uns telefonemas para mim?

— *Bien sûr, ma cousine*. Estive pensando no que você vai querer ver. Coisas ligadas à família. Tem um lugar com um moinho que pertenceu aos Tournier. Tem um restaurante, hoje uma pizzaria de italianos, que era uma pousada de beira de estrada no século XIX, também administrada por um Tournier. E tem uma fazenda a um quilômetro de Moutier, na direção de Grand Val. Não é certo ter sido dos Tournier, mas a tradição familiar diz que sim. É um lugar interessante porque tem uma velha chaminé. Parece que foi uma das primeiras casas do vale a ter chaminé.

— Nem todas as casas têm?

— Hoje, sim, mas há muito tempo não era comum. Nenhuma fazenda por aqui tinha chaminé.

— E como faziam com a fumaça?

— Havia um teto falso e a fumaça ficava entre ele e o telhado. Os fazendeiros dependuravam as comidas lá para defumar.

Parecia incrível.

— A casa não ficava cheia de fumaça e suja?

Jacob riu. — Decerto. Há uma fazenda no Grand Val que não tem chaminé. Estive lá, e a lareira e o teto em cima dela são totalmente escuros de fumaça. Mas a fazenda dos Tournier, se for mesmo deles, não. Tem uma ótima chaminé.

— Quando foi construída?

— Acho que no século XVII, talvez final do XVI. O resto da casa foi reconstruído várias vezes, mas a chaminé ficou. Aliás, a Sociedade Histórica local comprou a fazenda há alguns anos.

— Quer dizer que ninguém mora lá? Podemos visitar?

— Claro. Vamos amanhã, se o dia estiver bonito. Só tenho aulas no final da tarde. Onde estão os telefones para os quais você quer ligar?

Expliquei a ele o que queria saber naqueles telefones e fui andar. Não havia muito o que ver na cidade que Jacob já não tivesse me mostrado, mas foi ótimo poder andar sem ser olhada atentamente. Após três dias ali, as pessoas até me cumprimentavam primeiro, coisa que ninguém fez mesmo depois de três meses em Lisle-sur-Tarn. Pareciam mais educados e menos desconfiados do que os franceses.

Achei uma coisa, enquanto ziguezagueava pelas ruas: uma placa informando que, numa noite de outubro de 1779, Goethe havia dormido na hospedaria Cheval-Blanc, que ficava ali. Ele cita Moutier numa carta, descreve as formações rochosas em volta, principalmente um grande desfiladeiro a leste da cidade. Era um exagero colocar uma placa para comemorar o fato de Goethe ter passado uma noite lá, o que mostrava quão pouca coisa havia acontecido em Moutier.

Quando me virei, vi Lucien vindo na minha direção com duas latas de tinta. Tive a impressão de que ele estava me olhando e só então pegou as latas e se mexeu.

— *Bonjour* — cumprimentei. Ele parou e colocou as latas no chão.

— *Bonjour.*

— *Ça va?*

— *Oui, ça va.*

Ficamos parados, esquisitos. Tive dificuldade de olhar bem para ele, pois me olhava tanto, como se quisesse me dizer algo. A última coisa que eu precisava naquela hora era da atenção dele. Devia ser por isso que ele sentia atração por mim. Devia estar fascinado pela minha psoríase. Mesmo naquele momento, ficou olhando para ela.

— Lucien, isso é psoríase — falei, ríspida, no fundo satisfeita por conseguir constrangê-lo. — Eu disse a você, naquele dia. Por que fica olhando?

— Desculpe, é que... às vezes eu tenho isso. No mesmo lugar; achava que era alergia à tinta — disse ele, desviando os olhos.

— Ah, desculpe. — Senti-me culpada, mas continuei irritada com ele, o que me deixou mais culpada ainda. Um círculo vicioso.

— Por que não foi ao médico? — perguntei, mais delicadamente. — Ele diria o que é e receitaria um remédio. Existe um creme... deixei em casa, senão estaria usando.

— Não gosto de médicos. Eles me fazem sentir... desajustado — justificou.

Achei graça. — Sei como é. E aqui... quer dizer, na França, eles receitam muitos remédios. Remédios demais.

— Por que você tem psoríase?

— Dizem os médicos que é estresse. Mas o creme é bom. Você podia pedir ao médico para...

— Ella, aceita tomar um drinque comigo uma noite dessas?

Parei. Eu devia arrancar o mal pela raiz: não estava interessada e nem convinha, principalmente naquele momento. Mas não gostava de recusar um convite. Não agüentaria a cara que ele faria.

— Ah, daqui a alguns dias, pode ser? Mas Lucien...

Ele ficou tão contente que não consegui continuar.

— Está certo. Uma noite nesta semana, então.

Quando voltei para casa, Jacob estava ao piano outra vez. Parou de tocar e pegou um pedaço de papel: — As notícias não são muito boas — avisou ele. — Os registros em Berne vão só até 1750. Em Porrentruy o bibliotecário disse que os registros paroquiais do século XVI e início do XVII foram perdidos num incêndio. Mas há algumas listas de alistamento militar que você poderia olhar. Acho que foi nelas que meu avô se informou.

— Seu avô deve ter achado tudo que existe. Mas obrigada por fazer as ligações para mim. — Alistamentos militares não serviam... eu estava interessada nas mulheres. Mas não falei isso para Jacob.

— Você ouviu falar num pintor chamado Nicolas Tournier? — perguntei.

Ele balançou a cabeça. Fui ao meu quarto e peguei o postal que trouxera.

— Veja, ele nasceu em Montbéliard — expliquei, entregando o cartão. — Achei que ele podia ser um antepassado. Uma parte da família que se mudou para Montbéliard, talvez.

Jacob olhou o quadro e balançou a cabeça. — Nunca soube que a família tinha um pintor. Os Tournier costumavam ter profissões práticas. Exceto eu! — Ele riu, depois ficou sério. — Ah, Ella, Rick ligou.

— Ah.

Ele ficou constrangido. — Pediu para dizer que gosta muito de você.

— Ah, obrigada. — Olhei para baixo.

— Você sabe que pode ficar conosco o quanto quiser. O quanto precisar.

— Sim, obrigada. Rick e eu... estamos com alguns problemas.

Ele não disse nada, só olhou para mim e, por um instante, lembrei-me do casal que estava no trem. Afinal, Jacob era suíço.

— Tenho certeza de que logo estará tudo bem.

Ele concordou com a cabeça. — Enquanto isso, fique aqui com a sua família.

— Sim.

Depois que contei a Jacob da situação entre mim e Rick, achei que não tinha mais de explicar por que estava lá. No dia seguinte, choveu, então adiamos a viagem à fazenda e gostei de passar o dia todo lendo e ouvindo Susanne e Jacob tocarem. À noite, jantamos numa pizzaria que um dia havia sido uma hospedaria dos Tournier, mas agora era bem italiana.

Na manhã seguinte, fomos todos à fazenda. Susanne não a conhecia, embora tivesse morado em Moutier quase a vida inteira. Seguimos por um caminho a leste da cidade, bem marcado por uma placa amarela avisando que se tratava de *Pédestre tourisme* (turismo a pé), e que o Grand Val ficava a

45 minutos de caminhada. Só na Suíça informam quanto tempo se leva para chegar a pé a algum lugar, e não a quantos quilômetros fica. À nossa esquerda, começava o desfiladeiro de calcário citado por Goethe: uma impressionante parede de rocha amarelo-acinzentado formando montanhas dos dois lados e com um espaço no meio para o rio Birse passar. Era emocionante, com o sol batendo sobre o desfiladeiro; lembrou-me uma catedral.

O vale por onde passamos era mais suave, com um riacho sem nome e uma estrada de ferro ao fundo, campos nas encostas mais baixas, depois pinheiros e rochas que subiam de repente bem acima de nós. Cavalos e vacas pastavam nos campos, e as fazendas apareciam a intervalos regulares. Era tudo limpo, definido e sob uma luz forte.

Os homens seguiam animados à frente, enquanto Susanne e eu íamos atrás. Ela estava de túnica azul-esverdeado sem mangas e calças brancas largas, ajustadas nas pernas esguias. Parecia pálida e cansada; a disposição tinha sumido. Pela distância que mantinha de Jan e pelo jeito culpado de me olhar, eu sabia que ainda não havia contado para ele.

Fomos ficando para trás, como se tivéssemos algo pessoal para dizer. Senti um calafrio e, embora o dia fosse quente e ensolarado, me enrolei na camisa azul de Jean-Paul. Tinha cheiro de cigarro e da pele dele.

Jacob e Jan pararam num ponto em que o caminho bifurcava e, quando nos aproximamos, Jacob mostrou uma casa um pouco acima de nós, onde o campo terminava e as árvores começavam a subir as montanhas.

— Essa é a fazenda — disse ele.

Não quero ir lá, pensei. Por que será? Olhei para Susanne. Ela estava me olhando e eu sabia que pensava a mesma coisa.

Os homens começaram a subir a colina, enquanto nós duas olhávamos.

— Vamos. — Fiz um gesto para Susanne e virei-me para segui-los. Ela veio devagar atrás de mim.

A fazenda era uma construção baixa e comprida, o lado esquerdo era de pedra; o direito, um celeiro de madeira. As duas partes eram unidas por um telhado comprido e baixo com a mesma entrada ampla que dava numa espécie de alpendre escuro, o qual Jacob disse chamar-se *devant-huis*. Essa espécie de alpendre estava cheia de palha, pedaços de madeira e velhos baldes. Achei que a Sociedade Histórica devia fazer alguma coisa para preservar o lugar, que lentamente estava caindo aos pedaços: as venezianas tinham ficado tortas; as janelas, quebradas, e o telhado apresentava limo.

Jacob e Jan ficaram admirando a fazenda enquanto Susanne e eu olhávamos para baixo. — Está vendo a chaminé? — perguntou Jacob, mostrando uma estranha forma arredondada que saía do telhado, e não a linha reta de pedra saindo de uma parede, como eu esperava. — É de calcário, está vendo? — explicou Jacob. — Trata-se de uma pedra macia, por isso eles usavam uma espécie de cimento para dar forma e endurecê-la. A chaminé fica quase toda dentro da casa, e não na parede de fora. Vamos lá para você ver o resto.

— A casa está aberta? — perguntei, relutante, querendo que tivesse uma tranca na porta e uma placa informando *Proprieté privée*. (Propriedade particular.)

— Ah, sim, já entrei lá. Sei onde a chave fica escondida.

Droga, pensei. Eu não sabia explicar por que não queria entrar na fazenda. Afinal, tínhamos ido lá por minha causa. Eu sentia que Susanne me olhava sem jeito, como se só eu pudesse impedir aquilo. Era como se estivéssemos sendo puxadas para dentro por uma fria lógica masculina contra a qual não podíamos lutar. Estendi a mão para ela.

— Venha — convidei. Ela estendeu a mão, que estava gelada.

— Que mão fria — falei.

— A sua também. — Sorrimos, sem graça. Achei que parecíamos duas meninas num conto de fadas, quando entramos juntas na casa.

Dentro era escuro, só havia a luz que vinha da porta e de duas janelas estreitas. Meus olhos se acostumaram com a escuridão e vi mais madeira e algumas cadeiras quebradas no chão de terra batida. Ao lado da porta, havia uma lareira escura que invadia a sala, em vez de ficar na parede oposta à entrada. Os quatro suportes da lareira se apoiavam em colunas de pedra quadradas de uns dois metros de altura que sustentavam arcos também de pedra. Dos arcos, saía a mesma construção arredondada que havia do lado de fora da casa, uma pirâmide feia, mas prática, que levava a fumaça para fora.

Soltei a mão de Susanne e entrei na lareira para olhar a chaminé. Vi que era escura, e até quando fiquei na ponta dos pés, apoiando-me numa coluna e esticando o pescoço, não consegui ver uma abertura no alto. — A saída da chaminé deve ter se fechado — murmurei. De repente, senti uma tontura, perdi o equilíbrio e caí no chão de terra batida.

Jacob apareceu num segundo, estendeu a mão para me levantar e bateu a poeira da minha roupa. — Você está bem? — perguntou, preocupado.

— Estou, eu... acho que perdi o equilíbrio. Talvez a pedra esteja desnivelada — falei, atordoada.

Olhei em volta procurando Susanne, que tinha sumido. — Onde está... — comecei a dizer, quando senti uma dor aguda na barriga que me fez passar por Jacob e sair da casa.

Susanne estava no quintal, com o corpo dobrado ao meio, as mãos sobre a barriga. Jan estava ao seu lado, mudo, olhando. Coloquei a mão no ombro dela, e Susanne soltou um gemido ao aparecer uma mancha vermelha na parte interna da calça e se espalhar rapidamente pela perna.

Por um segundo, fiquei apavorada. Pensei: Nossa Senhora, o que faço? Depois, aconteceu algo que não acontecia há meses: meu cérebro passou a funcionar no automático, sistema em que eu sabia exatamente quem era e o que devia fazer.

Coloquei os dois braços em volta dela e falei, baixo:

— Susanne, você precisa se deitar. — Ela concordou com a cabeça, ajoelhou e se apoiou nos meus braços. Com cuidado, deitei-a de lado e olhei para Jan, que continuava paralisado no mesmo lugar. — Jan, me dê a sua jaqueta — pedi. Ele me olhou até que repeti mais alto. Entregou a jaqueta de algodão marrom, do tipo que eu associava com os velhos que costumam ficar jogando discos de madeira no convés de navios. Coloquei a jaqueta embaixo da cabeça de Susanne, depois tirei da bolsa a camisa azul de Jean-Paul e cobri Susanne com ela, como se fosse um lençol, inclusive sobre a parte ensangüentada. Uma mancha vermelha começou a aparecer nas costas da camisa. Por um instante, fiquei hipnotizada pelas duas cores, azul e vermelho, mais bonitas ainda pelo contraste.

Balancei a cabeça, apertei a mão de Susanne e me inclinei sobre ela. — Não se preocupe, você está bem. Vai dar tudo certo.

— Ella, o que está acontecendo? — Jacob olhava para nós duas, seu rosto comprido estava crispado de preocupação. Olhei para Jan, que continuava paralisado, e decidi dizer logo: — Susanne teve um...

Que hora errada para o meu francês falhar; Madame Sentier não havia me preparado para usar palavras como aborto.

— Susanne, diga para eles o que foi, não sei a palavra em francês. Você pode falar?

Ela olhou para mim, os olhos cheios de lágrimas. — Você só precisa dizer a palavra, eu falo o resto — insisti.

— *Une fausse couche* (um aborto) — ela murmurou. Os dois homens olharam fixamente para ela, preocupados.

— Bom, Jan, está vendo aquela casa lá embaixo? — perguntei, apontando para a fazenda mais próxima, a uns 400 metros da colina. Jan só respondeu quando repeti o nome dele, ríspida dessa vez. Ele então concordou com a cabeça.

— Bom, corra até lá e ligue para um hospital, certo?

Finalmente, ele entendeu. — Sim, Ella, vou lá correndo ligar para o hospital.

— Bom. E pergunte às pessoas da fazenda se podem nos arrumar um carro, caso a ambulância não possa vir. Corra! — A última palavra foi como um chicote batendo. Jan se abaixou, tocou o chão com a mão e saiu como se estivesse participando de uma corrida olímpica. Fiz uma careta e pensei: Susanne tem de se livrar desse cara.

Jacob estava ajoelhado ao lado da filha, com a mão na cabeça dela. — Ela vai melhorar? — perguntou, tentando disfarçar o desespero.

Respondi para Susanne: — Claro que você vai ficar boa. Deve estar sentindo um pouco de dor, não?

Susanne concordou com a cabeça.

— Daqui a pouco passa. Jan foi chamar uma ambulância para levar você.

— Ella, foi culpa minha — ela sussurrou.

— Não. Claro que não é culpa sua.

— Mas eu não queria, talvez se quisesse isso não teria acontecido.

— Susanne, não é culpa sua. As mulheres têm abortos. Você não fez nada errado. Não tinha controle sobre isso.

Ela não pareceu acreditar no que eu havia dito. Jacob ficou olhando para nós duas como se estivéssemos falando suaíle.

— Garanto a você: não foi culpa sua. Pode acreditar no que estou dizendo. Certo?

Finalmente, ela concordou com a cabeça.

— Preciso examinar você. Posso?

Susanne segurou minha mão com mais força e as lágrimas escorreram pelo lado do rosto dela. — É, sei que está doendo, você não quer, mas tenho de olhar para ter certeza de que você está bem. Não vou machucá-la. Você sabe disso.

Ela olhou rápido para Jacob e depois para mim de novo. Entendi. — Jacob, segure a mão dela — mandei, passando a delicada mão da filha para a dele. — Ajude-a a se esticar e fique sentado ao lado. — Coloquei-o de frente para ela, assim não podia ver o que eu ia fazer.

— Converse com ela. — Jacob me olhou, desamparado. Pensei um instante. — Lembra que me contou que tem um bom aluno de piano que toca Bach? O que ele vai tocar no próximo concerto? E por quê? Conte para ela.

Por um segundo, Jacob pareceu perdido, depois o rosto dele se descontraiu. Olhou para Susanne e falou. Dali a pouco, ela também se descontraiu. Tentei mexer o menos possível no corpo dela e consegui abaixar um pouco a calça e a calcinha dela para olhar, removendo o sangue com a camisa de Jean-Paul. Depois, levantei a roupa outra vez, sem fechar o zíper da calça. Jacob parou de falar. Os dois olharam para mim.

— Você perdeu um pouco de sangue, mas a hemorragia já estancou. Você vai melhorar.

— Estou com sede — disse Susanne, baixo.

— Vou buscar água. — Levantei-me, satisfeita porque os dois estavam calmos. Dei a volta na casa da fazenda, procurando uma torneira do lado de fora. Não havia, eu teria de entrar na casa outra vez.

Entrei no *devant-huis* e fiquei na porta da casa. A luz do sol caía num raio fino sobre a pedra da lareira. No feixe de luz, vi a poeira espessa que nossa visita havia levantado. Procurei um lugar onde tivesse água. Estava tudo muito quieto, eu não ouvia nada, nenhum som reconfortante como a voz de Jacob, o vento nos pinheiros, o sinete no pescoço de vacas ou um trem passando ao longe. Só silêncio e a fímbria de luz na pedra à minha frente. Era uma pedra enorme, devem ter sido necessários vários homens para colocá-la. Olhei-a com mais atenção. Apesar de descolorida pela fuligem, era evidente que a pedra não era daquela região. Parecia de outro lugar.

Num canto em frente à porta, havia uma velha pia com uma torneira. Não acreditei que funcionasse, mas, por causa de Susanne, eu tinha de experimentar. Dei a volta na lareira com o coração aos pulos, as mãos frias e úmidas. Segurei na torneira e fiquei um instante assim, até abri-la. Por um instante, nada aconteceu até a torneira gorgolejar e começar a mexer com força. Dei um passo atrás. De repente, um forte jato de água escura esguichou na pia e pulei, batendo com a cabeça na beira de uma das colunas da chaminé. Gritei e rodei, vendo estrelas. Caí de joelhos ao lado da lareira e abaixei a cabeça. O lugar da batida estava úmido e pegajoso. Respirei fundo várias vezes. Quando parei de ver estrelas, levantei a cabeça e abaixei os braços. Gotas de sangue saíam da psoríase nos meus cotovelos, escorriam pelos braços e juntavam-se com o sangue nas minhas mãos.

Olhei bem os fios de sangue. — O lugar é esse, não? — perguntei, alto. — *Je suis arrivée chez moi, n'est-ce pas?* (Cheguei à minha casa, não?)

Atrás de mim, a água parou de sair da torneira.

9
A CHAMINÉ

Isabelle ficou em silêncio no *devant-huis*. Ouviu o cavalo se mexer no celeiro e os homens cavarem dentro da casa.

— Marie? — chamou, num sussurro, sem saber se devia pronunciar o nome dela alto; alguém poderia escutar. O cavalo relinchou ao ouvir a voz dela e parou de se mexer. Os homens continuaram cavando. Isabelle ficou sem saber o que fazer, depois abriu a porta.

Étienne abria um grande buraco perto da placa de granito, da pedra até a sala. Não cavava na parede mais distante, onde tinha resolvido colocar a lareira antes, mas perto da porta. O chão era duro e ele tinha de fazer muita força com a pá para soltar a terra.

Quando a luz que vinha da porta bateu nele, Étienne olhou e disse: — Será que ela... — E parou ao ver que era Isabelle. Empertigou-se.

— O que faz aqui?

— Onde está Marie?

— Você devia ter vergonha, *La Rousse*, devia estar ajoelhada pedindo misericórdia a Deus.

— Por que você está cavando num dia santo?

Ele fez que não ouviu.

— Sua filha fugiu — disse ele, alto. — Petit Jean foi procurá-la no bosque, achei que era ele chegando para dizer que ela está salva. Não está preocupada com a sua filha desgraçada, *La Rousse*? Devia ir procurá-la também.

— Marie é *tudo* o que me interessa. Aonde ela foi?

— Foi atrás da casa, no alto da montanha. — Étienne virou-se para o buraco e voltou a cavar. Isabelle ficou olhando.

— Por que cava nesse lugar e não na parede mais longe, onde disse que ficaria a lareira?

Ele se endireitou outra vez e levantou a pá acima da cabeça. Isabelle deu um pulo para trás, Étienne riu.

— Não faça perguntas idiotas. Vá procurar sua filha.

Isabelle saiu da sala e fechou a porta. Ficou no *devant-huis* um instante. Étienne tinha parado de cavar e tudo ficara silencioso, um silêncio cheio de segredos.

Não estou sozinha com Étienne, ela pensou. Marie está aqui perto, em algum lugar.

— Marie! — ela começou a chamar. — Marie, Marie! — Foi para o quintal, ainda chamando. Marie não apareceu, só Hannah, subindo a trilha com esforço. Isabelle não esperou pela sogra do lado de fora da igreja de Chalières, deixou-a com Jacob e correu para a fazenda até ter certeza de que ela não a alcançaria. Ao ver Isabelle, a velha parou, ofegante, apoiada na bengala. Depois, abaixou a cabeça e passou pela nora a caminho da casa, entrou e bateu a porta.

Não foi fácil fazer Lucien ficar bêbado. Ele me olhava do outro lado da mesa e tomava a cerveja tão devagar que tive de deixar minha bebida escorrer de volta no copo para esperar. Éramos os únicos fregueses num bar no Centro da cidade.

Tocava uma música *country* norte-americana e a garçonete lia um jornal atrás do balcão. Moutier numa chuvosa quinta-feira de início de julho era morta como uma placa de Pare.

Eu tinha uma lanterna na bolsa, mas achava que Lucien possuía ferramentas, caso precisássemos. Mas como ele ainda não sabia o que eu planejava, ficou desenhando nas marcas que o fundo molhado do copo deixara na mesa. Parecia desajeitado. Eu tinha muito o que fazer até conseguir o que queria. Precisei recorrer a medidas desesperadas.

Chamei a garçonete com o olhar. Ela veio, pedi dois uísques. Lucien me olhou surpreso com seus grandes olhos castanhos. Dei de ombros. — Nos Estados Unidos, sempre tomamos uísque com cerveja — menti, distraída. Ele concordou com a cabeça e pensei em Jean-Paul, que jamais me deixaria afirmar algo tão ridículo. Sentia falta do jeito sarcástico e irritadiço dele, que era como uma faca cortando a névoa da incerteza, dizendo o que deveria ser dito.

A garçonete trouxe duas doses, insisti para Lucien beber a dele num gole, em vez de ficar bebericando delicadamente. Ele bebeu, pedi mais duas doses. Ficou indeciso, mas, após a segunda dose, relaxou a olhos vistos e começou a contar de uma casa que havia construído fazia pouco tempo. Deixei-o falar, embora usasse um bocado de palavras técnicas que eu não entendia. — Fica no meio da subida da montanha, numa encosta... onde é mais difícil construir — explicou. — E houve problemas com o concreto para *l'abri nucléaire*. Tivemos de misturá-lo duas vezes.

— *L' abri nucléaire?* — repeti, sem muita certeza.

— *Oui*. — Ele esperou que eu olhasse no dicionário da minha bolsa.

— Um abrigo nuclear? Você construiu um abrigo nuclear numa casa?

— Claro, é exigência da lei suíça. Toda casa nova tem um abrigo.

Balancei a cabeça como se quisesse clarear as idéias. Lucien não entendeu por que eu tinha feito aquilo.

— É verdade, toda casa nova tem um abrigo nuclear — repetiu com mais ênfase. — E todo homem faz serviço militar, sabia? Aos 18 anos, todo rapaz serve o Exército durante 17 semanas. Depois, passa três semanas por ano na reserva.

— Por que a Suíça é tão militarizada, se o país é neutro, como foi durante a Segunda Guerra?

Ele sorriu, irônico. — Para podermos continuar neutros. Um país só pode ser neutro se tiver um exército forte.

Eu vinha de um país com um enorme orçamento militar e nenhuma idéia de neutralidade; achava que as duas coisas não tinham nada a ver. Mas não estava lá para discutir política, e estávamos nos distanciando cada vez mais do assunto que me interessava. Precisava achar um jeito de entrar no tema chaminés.

— Esse abrigo nuclear é feito com quê? — perguntei, estranha.

— Concreto e madeira. As paredes têm um metro de espessura.

— É mesmo?

Lucien explicou em detalhes como se construía um abrigo. Fechei os olhos e pensei em como ele era um sujeito aborrecido. Como vou conseguir que me ajude?

Não havia outra pessoa. Jacob estava muito abalado pelo aborto espontâneo de Susanne no dia anterior para voltar à fazenda e Jan não seria capaz de desobedecer a uma lei. Outro certinho, pensei, aborrecida. O que há com esses homens? Mais uma vez, tive vontade de que Jean-Paul estivesse lá:

discutiria comigo sobre a utilidade do que eu queria fazer, duvidaria da minha sanidade mental, mas me apoiaria, se visse que era importante para mim. Pensei como ele estaria naquele momento. Aquela noite parecia tão distante. Uma semana.

Jean-Paul não estava lá e eu tinha de confiar no homem que havia por perto. Abri os olhos e interrompi o monólogo de Lucien.

— *Écoute*, preciso da sua ajuda — falei, firme, passando de propósito a tratá-lo usando uma forma mais coloquial em francês. Até aquele momento, eu tinha feito questão de manter um tratamento formal.

Lucien parou de falar, pareceu surpreso e desconfiado.

— Conhece a fazenda perto do Grand Val, com a velha chaminé?

Ele concordou com a cabeça.

— Fomos lá ontem. Pertenceu aos meus antepassados.

— É mesmo?

— É. Preciso pegar uma coisa lá.

— O quê?

— Não sei direito, mas sei onde está — respondi.

— Como vai saber onde está, se não sabe o que é?

— Não sei.

Lucien parou, olhando o copo vazio. — O que quer que eu faça? — perguntou logo após.

— Vá comigo dar uma olhada na fazenda. Tem ferramentas?

Ele concordou com a cabeça. — No caminhão.

— Ótimo. Talvez precisemos delas. — Ele pareceu assustado e acrescentei: — Não se preocupe, não teremos de arrombar nada; você tem uma chave que abre a porta. Quero só dar uma olhada. Você me ajuda?

— Você quer ir agora? Já?

— É. Não quero que ninguém saiba que estou indo lá, então tem de ser à noite.

— Por que não quer que ninguém saiba?

Dei de ombros. — Não quero que perguntem. Que comentem.

Fez-se um longo silêncio. Recomendei para ele não contar a ninguém.

— Está bem.

Sorri, e Lucien disse, inseguro: — Sabe, Ella, é a primeira vez na noite que você sorri.

Estava começando a chover quando Isabelle entrou no bosque. As primeiras gotas caíram nas folhas novas das faias, balançando-as suavemente e enchendo o ar de um som macio e farfalhante. Um cheiro almiscarado subiu da mistura úmida de folhas mortas e agulhas de pinheiros.

Ela foi subindo a encosta atrás da casa, chamando por Marie de vez em quando, mas parando e ouvindo os sons por trás da chuva: vacas mugindo, o vento batendo nos pinheiros mais acima na montanha, patas de cavalo no caminho para Moutier. Não achava que Marie fosse longe, pois não gostava de ficar sozinha ou longe de casa. Mas nunca alguém a havia feito passar tanta vergonha na frente de muitas pessoas.

É por causa dos seus cabelos novos e por ser minha filha, pensou Isabelle, como se conversasse com ela. Até aqui neste lugar. Mas não tenho nenhuma magia para proteger você, nada para protegê-la do frio e do escuro.

Ela subiu mais, chegou ao cume de uma rocha a meio caminho da montanha e virou para oeste. Sabia que estava sendo levada para um determinado lugar. Entrou na pequena clareira onde ela e Jacob haviam cuidado da cabra durante todo o verão. Não voltara lá desde que Jacob havia trocado a cabra pelo pano azul. Viam-se ainda sinais de que um animal tinha vivido ali: restos de um abrigo feito com galhos; um lugar onde palha e agulhas de pinheiro tinham ficado amassadas pelo peso de alguma coisa; excrementos secos e duros.

Pensei que eu fosse muito esperta com os meus segredos, considerou Isabelle, sombria, olhando o lugar onde a cabra costumava se deitar. Pensei que ninguém jamais saberia. Para ela, um inverno de distância parecia um longo tempo.

Depois de visitar um lugar secreto, ela sabia que iria ao outro. Não tentou conter o impulso, mesmo sabendo que seria pouco provável Marie estar lá. Quando o cume começou a descer para o desfiladeiro, ela abriu caminho entre as pedras até o lugar onde Pascale havia ajoelhado e rezado. Não havia sinal do segredo: o sangue tinha sido absorvido pela terra fazia tempo.

— Onde você está, *chérie*? — perguntou, baixinho.

O lobo saiu de trás da pedra e Isabelle pulou, soltando um grito, mas não correu. Os dois se olharam, as chamas nos olhos do lobo eram alertas e penetrantes. Deu um passo na direção de Isabelle e parou. Isabelle recuou. O lobo deu mais outro passo e Isabelle foi andando de costas em meio às pedras. Com medo de cair, virou-se, mas continuou olhando por cima dos ombros para ter certeza de que ele não havia se aproximado mais. Estava à mesma distância, indo mais devagar ou parando quando ela parava, e apressando-se quando ela se apressava.

Está me dirigindo como se eu fosse uma ovelha, pensou ela, obrigando-me a ir para onde ele quer. Testou, indo para um lado. O lobo pulou e ficou perto dela até ela andar outra vez.

Eles saíram das pedras para a trilha margeada de árvores que ia de Moutier ao Grand Val, de volta para a fazenda. Na frente dela, trotava o cavalo dos Tournier, vindo de Moutier, levando Petit Jean e Gaspard. Era o cavalo que ela ouvira mexer-se no celeiro, e entendeu então, ele estava galopando pelo caminho.

Isabelle virou-se para olhar o lobo. Tinha ido embora.

Lucien tinha um velho caminhão Citroën cheio de ferramentas, exatamente como eu esperava. O motor espoucou e tossiu pela rua principal, fazendo tanto barulho que tive certeza de que a cidade inteira tinha vindo às janelas assistir à nossa partida. Bem discreta.

Começara uma névoa fina que fazia as ruas ficarem escorregadias e precisei vestir a jaqueta. Lucien ligou limpadores de pára-brisa que arranhavam o vidro, deixando meus nervos à flor da pele. Dirigiu com cuidado pela cidade, embora não fosse preciso: às nove e meia da noite, não havia uma alma nas ruas. Na estação ferroviária, o único lugar que mostrava sinais de vida, ele virou para a estrada rumo ao Grand Val.

Não dissemos nada durante o trajeto. Fiquei contente por ele não fazer uma série de perguntas que, fosse eu, teria feito, pois não tinha respostas a dar.

Viramos numa estradinha que passava por baixo da estrada de ferro e subimos uma colina. Num conjunto de casas, Lucien virou numa estrada suja que reconheci ser a mesma da nossa caminhada naquela manhã. Ele dirigiu uns 300 metros, parou e desligou o motor. Os limpadores de pára-brisa, felizmente, desligaram também, o caminhão tossiu várias vezes e, após um longo chiado, silenciou.

— O lugar é lá — disse Lucien, apontando para a nossa esquerda. Logo consegui ver o perfil da fazenda a uns 50 metros. Estremeci: seria difícil sair do caminhão e andar até lá.

— Ella, posso perguntar uma coisa?

— Sim — respondi, relutante. Não queria contar tudo para ele, mas não podia esperar que fosse me ajudar às cegas.

Ele me surpreendeu: — Você é casada. — Era mais uma afirmação do que uma pergunta, mas confirmei com a cabeça.

— Foi seu marido que ligou outro dia, durante o jantar com fondue.

— Sim.

— Eu também fui casado — disse ele.

— *Vraiment?* (É mesmo?) — Minha pergunta demonstrou mais surpresa do que eu esperava. Foi como quando ele me contou que tinha psoríase: senti-me culpada por concluir que ele não teria o tipo de vida que eu tinha, de agitação e romance.

— Tem filhos? — perguntei, tentando animá-lo.

— Uma filha que se chama Christine. Mora com a mãe em Basle.

— Perto daqui.

— É. Vejo-a todo fim de semana. E você, tem filhos?

— Não. — Meus cotovelos e tornozelos coçaram, a psoríase queria atenção.

— Ainda não.

— Não, ainda não.

— No dia em que soube que minha mulher estava grávida — contou Lucien, devagar —, eu estava pensando em dizer a ela que devíamos nos separar. Estávamos casados há dois anos e eu sabia que as coisas não iam bem. Para mim, pelo menos. Sentamos para contar nossas grandes novidades, nossas idéias. Ela falou primeiro. Depois que contou da gravidez, eu não podia dizer o que vinha pensando.

— Então, ficaram juntos.

— Até Christine fazer um ano. Mas foi um inferno.

Não sabia há quanto tempo estava sentindo aquilo, mas de repente percebi que estava com enjôo, meu estômago parecia nadar em concreto. Engoli em seco e respirei fundo.

— Quando vi você falar ao telefone com seu marido, lembrei as conversas ao telefone que costumava ter com minha mulher.

— Mas quase não falei nada com ele!

— Era o tom da sua voz.

— Ah. — Olhei para o escuro, constrangida.

— Não sei se meu marido é o homem certo para alguém ter filhos. Nunca soube — falei. Dizer alto, justo para Lucien, foi como quebrar uma vidraça. O próprio som das palavras me assustou.

— É melhor você saber disso agora para não trazer uma criança sem amor para o mundo — disse Lucien.

Engoli em seco outra vez e concordei com a cabeça. Ficamos ouvindo a chuva cair e me concentrei em acalmar meu estômago.

— Você quer roubar alguma coisa lá? — perguntou ele, de repente, fazendo sinal para a fazenda.

Pensei. — Não, só quero achar uma coisa. Uma coisa que é minha.

— O quê? Deixou alguma coisa lá ontem? É isso?

— É. A história da minha família. Você me ajuda a encontrar? — perguntei, de repente, aprumando-me no assento.

— Claro. Falei que ajudaria, então vou ajudar. — Lucien me olhou firme.

Ele não é tão mau, pensei.

Parecia que Petit Jean não ia parar. Isabelle ficou no meio do caminho forçando-o a deter o cavalo. Ela pegou as rédeas. O cavalo apertou o focinho no ombro dela e relinchou.

Petit Jean e Gaspard não a encararam, embora Gaspard tirasse o chapéu preto e a cumprimentasse com a cabeça. Petit Jean estava tenso, os olhos fixos à frente, esperando impaciente ser dispensado.

— Aonde vai? — ela perguntou.

— Voltar para a fazenda. — Petit Jean engoliu em seco.

— Por quê? Encontraram Marie? Ela está bem?

Ele não respondeu. Gaspard pigarreou e continuou olhando para ela com o olho cego.

— Desculpe, Isabelle — ele resmungou. — Você sabe que só estou nisso por causa de Pascale. Se ela não tivesse feito o vestido, eu não me sentiria na obrigação de ajudar agora. Mas... sinto muito. — Ele deu de ombros e pôs o chapéu na cabeça outra vez.

Petit Jean deu um assobio entre dentes e puxou as rédeas de um jeito irritado. Isabelle perdeu o controle das rédeas.

— Ajudar no quê? Ajudar no quê? — ela gritou, enquanto Petit Jean mexia as pernas com força e o cavalo partia num salto.

Ele e Gaspard seguiram a galope, o chapéu de Gaspard caiu e rolou numa poça de lama. Isabelle viu-os sumir no caminho, pegou o chapéu, bateu a lama e a água. Segurou-o na ponta dos dedos enquanto seguia para casa.

* * *

Chovia mais forte. Entramos no *devant-huis* e minha lanterna iluminou o cadeado na porta. Lucien deu um pequeno safanão nele. — Instalaram isso para não deixar *les drogués* entrarem — informou.

— Tem drogados em Moutier?

— Claro. Na Suíça inteira. Você não conhece bem o país, não é?

— Com certeza — resmunguei, em inglês. — Nossa, esforçam-se tanto para manter as aparências.

— Como vocês entraram na casa ontem?

— Jacob sabia onde a chave fica escondida. — Olhei em volta. — Não reparei onde era. Não deve ser difícil descobrir.

Usamos a lanterna para olhar em todos os lugares óbvios do *devant-huis*.

— Vai ver que, sem querer, Jacob levou a chave — sugeri. — Ontem, estávamos todos nervosos, não seria difícil isso acontecer. — Mas me senti vagamente aliviada por não ter de enfrentar a falta da chave.

Lucien olhou as pequenas janelas dos dois lados da porta. Suas vidraças quebradas podiam ser facilmente derrubadas, mas nenhum de nós conseguiria passar por aquelas aberturas. As janelas da frente também eram estreitas e altas. Ele pegou a lanterna da minha mão.

— Vou procurar uma janela maior nos fundos. Pode esperar aqui sozinha? — perguntou ele.

Eu me obriguei a responder que sim. Ele saiu do *devant-huis* e sumiu em volta da casa. Encostei no batente da porta, coloquei os braços em torno de mim para não sentir calafrios e escutei. Primeiro, só a chuva, mas depois outros sons foram surgindo (o trânsito na grande estrada, que ficava mais abaixo, o apito de um trem) e me senti um pouco melhor porque o mundo normal estava bem perto.

Ouvi o que parecia um guincho dentro da casa e dei um pulo. É só o Lucien, pensei, mas saí no quintal, mesmo com chuva. Quando a luz da lanterna iluminou a janela ao lado da porta e o rosto dele apareceu, soltei um grito.

Lucien fez sinal para eu me aproximar da janela e me entregou a lanterna pela vidraça quebrada. — Encontro você na janela dos fundos. — Sumiu antes que eu pudesse perguntar se ele estava bem.

Rodeei a casa como ele havia feito pouco antes. Foi difícil virar: o lado e os fundos da casa eram propriedade particular, a parte que ficava escondida da visão do público. Ao dar a volta na casa, entrei num mundo desconhecido.

Havia um lamaçal nos fundos, precisei desviar de poças para pisar em um lugar mais seco e mais firme. Quando vi a janela aberta e o perfil de Lucien do lado de dentro, andei depressa demais, escorreguei e caí de joelhos.

Ele se debruçou na janela: — Você está bem? — perguntou.

Levantei-me e a luz da lanterna ficou balançando para todos os lados. Minhas calças tinham duas rodas de lama nos joelhos. — Estou — resmunguei, batendo nas pernas para tirar a lama. Entreguei a lanterna para ele, que iluminou a janela enquanto eu me levantava com dificuldade.

Lá dentro estava frio, parecia mais frio do que do lado de fora. Tirei os cabelos molhados que caíram nos olhos e examinei em volta. Estávamos numa sala pequena nos fundos da casa, devia ser um quarto ou um cômodo de guardados onde só havia uma pilha de madeira e duas cadeiras quebradas. Tinha cheiro de mofo e umidade, e, quando Lucien iluminou os cantos do teto, vimos pedaços de teias de aranha flutuando ao vento que entrava pela janela aberta. Ele fechou a janela e a moldura guinchou, o mesmo som que tinha ouvido pouco antes. Quase pedi para ele abrir outra vez e deixar uma saída livre, mas contive-me. Não há do que fugir, considerei com firmeza, com o estômago aos pulos.

Ele se dirigiu para a sala principal, parou ao lado da lareira e iluminou a chaminé. Ficamos olhando para ela um bom tempo, em silêncio.

— Incrível, não? — falei.

— É. Morei a vida toda em Moutier, sempre ouvi falar nessa chaminé, mas nunca a tinha visto.

— Ontem, quando a vi, fiquei surpresa por ser tão feia.

— É. Como aquelas *ruches* da América do Sul que vi na televisão.

— *Ruches?* O que é uma *ruche*?

— Colmeia, a casa onde as abelhas fazem o mel.

— Ah, sim. Já sei. Em algum lugar, provavelmente numa revista *National Geographic*, eu tinha visto as altas e arredondadas colmeias a que ele estava se referindo, feitas de um material cinza em forma de cone como um casulo antes de abrir, sem graça, mas funcionais. Passou pela minha cabeça a imagem de uma das fazendas arruinadas no Cévennes: o granito muito bem encaixado, o traço elegante da chaminé. Não, aquela chaminé ali não tinha nada a ver, fora feita por pessoas desesperadas por uma chaminé, e qualquer uma servia.

— É estranha a localização dela em relação à sala — disse ele, olhando para a lareira e a chaminé. — Não está onde se esperaria que uma lareira estivesse. Não serve à sala como deveria. Faz ficar... esquisito. Desconfortável.

Ele tinha razão. — Fica muito perto da porta — observei.

— Perto demais. Você quase entra nela quando chega. Com isso, ela não cumpre sua função, escapa muito calor toda vez que se abre a porta. E o vento que entra pela porta faz o fogo queimar rápido, ficando difícil controlá-lo. Até perigoso. Essa chaminé devia estar na parede oposta à porta, lá adiante. — Ele apontou. — É estranho que pessoas tenham morado aqui todos esses séculos e agüentado isso.

Rick, pensei de repente. Rick seria capaz de explicar aquilo. É o território dele, os espaços internos.

— O que quer fazer agora? — Lucien parecia impressionado. O que na minha imaginação parecia simples era muito mais absurdo na realidade, no escuro e na umidade.

Peguei a lanterna com ele e olhei a chaminé em detalhes, as quatro colunas quadradas nos cantos da lareira, os quatro arcos entre as colunas que sustentavam a chaminé.

Lucien tentou de novo: — O que você quer achar?

Dei de ombros. — Uma coisa... antiga — respondi, de dentro da lareira, olhando para cima naquele túnel cônico. Vi restos de ninhos de passarinhos na junção de duas pedras. — Talvez alguma coisa... azul.

— Azul?

— Sim — respondi, saindo da lareira. — Lucien, você é construtor de casas: se fosse esconder algo dentro de uma chaminé, onde colocaria?

— Uma coisa azul?

Não respondi, apenas olhei para ele, que examinou a chaminé e, após um instante, disse: — Bom, quase toda chaminé esquenta muito e queima qualquer coisa. Talvez eu guardasse mais em cima, ou... — Ele se ajoelhou, passou a mão na pedra e concordou com a cabeça: — Isto é granito. Não sei onde arrumaram essa pedra, não é daqui.

— Granito, como na região de Cévennes.

— Onde?

— No sul da França. Mas por que granito?

— Bom, é mais dura do que calcário. Espalha o calor de forma mais homogênea. Mas essa pedra é bem grossa, portanto a parte inferior não esquentaria. Acho que seria possível esconder alguma coisa embaixo.

— É — falei, passando a mão no calombo da minha testa. O que ele disse fazia sentido. — Vamos levantar o granito.

— É muito pesado. Seriam necessários quatro homens para levantá-lo!

— Quatro homens — repeti. Rick, Jean-Paul, Jacob e Lucien. E uma mulher. Olhei em volta. — Você tem uma, uma... em inglês se chama *talha*. — Ele pareceu não entender, então peguei papel e caneta na bolsa e desenhei um aparelho de roldana simples.

— Ah, *un palan*! — exclamou ele. — Tenho lá no caminhão. Mesmo assim, precisaríamos de mais homens para puxar a pedra.

Pensei um instante. — E o seu caminhão? — perguntei. — Podemos colocar *le palan* aqui, prender no caminhão e usar a força dele para levantar a pedra.

Ele pareceu surpreso, como se nunca tivesse pensado no caminhão para funções mais nobres do que transportar. Ficou quieto por um bom tempo, olhando a localização de cada coisa, medindo com os olhos. Ouvi a chuva caindo lá fora.

— Sim, acho que podemos fazer isso — disse ele, finalmente.

— Nós *vamos* fazer.

Ao chegar à fazenda, Isabelle tentou abrir a porta da casa sem fazer barulho. Estava trancada por dentro. Ouviu Étienne e Gaspard resmungando e fazendo força, depois parando e discutindo. Não os chamou. Foi até o celeiro, onde Petit Jean estava escovando o cavalo. O menino mal conseguia alcançar os quartos dianteiros do animal, mas agia com segurança. Olhou para Isabelle e continuou esfregando. Ela percebeu que o filho engolira em seco outra vez.

Como aquele homem na estrada, quando estávamos saindo de Cévennes, pensou ela, lembrando o homem com o grande pomo-de-adão, as tochas, as palavras corajosas de Marie.

— *Papa* mandou ficarmos aqui para não atrapalharmos — informou Petit Jean.

— Nós quem? Marie está aqui?

O filho dela mostrou com a cabeça um monte de palha no canto mais escuro do celeiro e Isabelle correu para lá.

— Marie — disse ela baixo, ajoelhando-se junto ao monte de palha.

Era Jacob, enroscado como uma bola e enfiado no canto. Estava de olhos arregalados, mas não parecia enxergá-la.

— Jacob! O que foi? Encontrou Marie?

Dobrado sobre os joelhos dele, estava o vestido preto que Marie tinha usado mais cedo, por cima do azul. Isabelle se abaixou e arrancou dele o vestido. Estava encharcado, pesado de água.

— De onde veio isso? — perguntou, olhando o vestido. Estava rasgado na gola. E os bolsos, repletos de seixos do Birse.

— Onde você o encontrou?

Ele olhou devagar as pedras e não disse nada. Ela o agarrou pelos ombros, sacudiu-o.

— Onde você o achou? Onde? — gritou.

— Ele encontrou aqui. — Ouviu alguém dizer atrás. Ela olhou para Petit Jean.

— Aqui? — ela repetiu. — Onde?

Petit Jean fez um gesto para indicar um lugar à volta.

— No celeiro. Ela deve ter tirado o vestido antes de correr para o bosque. Queria mostrar o vestido novo para o demônio do bosque, não é, Jacob?

Jacob se esquivou das mãos de Isabelle.

Lucien deu marcha a ré no caminhão até chegar o mais perto possível da casa. Prendeu a corda numa pequena alça de ferro sob o pára-choque traseiro, passou-a pelo *devant-huis*, pela pequena janela ao lado da porta (tirou todo o vidro quebrado para que não cortasse a corda) e por dentro da casa. Amarrou o bloco de pedra numa viga da sala e passou a corda pela pequena janela, levantando-a até a polia do bloco e por baixo até a lareira, amarrando a ponta num lado de um triângulo de metal. Prendeu grampos nos outros dois lados.

Depois, cavamos a pedra até chegarmos à base dela. Levou um bom tempo, pois o chão estava bem compacto. Cavei com uma pá, parando de vez em quando para tirar o suor em volta dos olhos.

Lucien colocou o triângulo de metal numa ponta da pedra e prendeu os grampos, forçando a garra sob o granito. Por fim, cavamos com a pá e um pé-de-cabra em volta da pedra toda, tirando a terra.

Quando estava tudo pronto, combinamos quem ficaria dentro da casa e colocaria o bloco de granito e o grampo no lugar, e quem dirigiria o caminhão.

— Olha, isso não ficou direito — disse ele, olhando nervoso para a corda. — O ângulo não está certo. A corda vai roçar na janela e no arco da chaminé. — Iluminou com a lanterna os dois pontos de atrito. — A corda pode se romper. E o peso não está igual nos dois grampos porque não dependuramos o bloco diretamente na pedra, mas do lado, na viga. Tentei compensar, mas o peso de cada lado ainda está desigual e os grampos podem se soltar facilmente. E a viga pode não agüentar o peso da pedra. É melhor eu cuidar disso.

— Não.

— Ella...

— Eu fico aqui. Cuido da corda, da madeira e do *palan*.

O tom da minha voz fez com que ele concordasse. Foi até a janelinha e olhou para fora. — Certo — disse ele, baixo. — Você fica aqui com a lanterna. Se a corda começar a arrebentar, ou os grampos saírem do lugar, ou se houver algum motivo para eu parar o caminhão, ponha a luz da lanterna naquele espelho lá. — Ele focou no espelho lateral esquerdo do caminhão. O facho de luz voltou para nós. — Quando a pedra estiver bem levantada, ilumine o espelho e eu frearei o caminhão — disse.

Concordei com a cabeça, peguei a lanterna com ele, iluminei o caminho até a janela dos fundos e me abracei para agüentar o rangido da janela quando Lucien forçou-a para cima. Olhou para mim antes de sumir. Dei um sorriso fraco, que ele não retribuiu. Parecia preocupado.

Tomei posição ao lado da janelinha, sentindo os nervos tensos. Pelo menos, tanta atividade tinha feito o meu enjôo sumir e, por mais absurda que fosse a situação, vi que me encontrava no lugar certo. Estava contente de estar lá com Lucien, não o conhecia bem para ter de explicar meus motivos, como teria de fazer se estivesse com Rick ou Jean-Paul. Além do mais, Lucien estava tão interessado na logística da tarefa que não iria perguntar muito *por que* estávamos fazendo aquilo.

A chuva tinha parado, embora ainda se ouvissem pingos em toda parte. O caminhão espocou e ficou sacudindo enquanto Lucien acendia os faróis e acelerava o motor. Enfiou a cabeça pela janela e acenei para ele. Devagar, o caminhão começou a andar. A corda mexeu, o cabo esticou e mexeu também. A madeira dependurada na viga veio com força na minha direção. Ouvi um estalido quando o caminhão deu um puxão na madeira. Pulei para trás, com medo de que a casa desmoronasse à minha volta.

A madeira agüentou o puxão. Percorri com a lanterna toda a extensão da corda, para cima e para baixo, depois a pedra até os ganchos, e então outra vez pela corda até a janela e o caminhão do lado de fora. Havia muita coisa para eu prestar atenção. Concentrei-me, com o corpo tenso como uma mola.

Deixei o facho de luz parado vários segundos num grampo quando ele começou a escorregar da pedra. Rápido, iluminei o espelho do caminhão pela janela. Lucien freou o caminhão exatamente quando o grampo se soltou da pedra e a armação de metal foi jogada na direção do bloco de madeira, bateu na chaminé e na viga com força. Gritei e encostei bem na porta. A armação bateu no chão com estrépito. Esfreguei o rosto com as mãos e Lucien enfiou a cabeça na janelinha.

— Você está bem? — perguntou.

— Estou. Foi um gancho que soltou da pedra. Vou colocar de volta.

— Tem certeza de que foi isso?

— Claro — respondi. Respirei fundo e fui até a moldura.

— Deixe-me ver — disse Lucien. Mostrei para ele. Felizmente, o metal não estragou. Ele olhou pela janela enquanto eu colocava o metal em volta da pedra e apertava os ganchos como o vira fazer antes. Terminei, iluminei com a lanterna e Lucien aprovou.

— Ótimo. Olha, acho que *podemos* fazer. — Voltou para o caminhão e eu para a janela, como estávamos antes.

Isabelle se abaixou sobre a palha e olhou para fora do *devant-huis*. Chovia forte e o céu estava escuro. Dali a pouco, anoiteceria. Observou os filhos. Petit Jean continuava a escovar o cavalo, olhando em volta, nervoso. Jacob prestava atenção nos seixos que estavam no vestido de Marie. Lambeu-os e olhou para a mãe.

— Eles escolheram os seixos mais feios, os cinzentos, sem cor. Por que fizeram isso? — perguntou, baixo.

— Fica quieto, Jacob! — recomendou Petit Jean, entre dentes.

— O que vocês dois estão querendo dizer? O que estão escondendo de mim? — gritou Isabelle.

— Nada, *Maman* — respondeu Petit Jean. — Marie fugiu, sabe? Disse que iria voltar para encontrar o demônio no rio Tarn.

— Não, não acredito no que você diz, não acredito. — Isabelle levantou-se.

Os grampos escorregaram mais duas vezes, mas na terceira continuaram segurando a pedra. Lucien dirigiu o caminhão devagar e com segurança, fazendo um barulhão, mas mantendo sempre a mesma velocidade. No momento em que iluminei o bloco de pedra, ouvi um som de sucção como um pé saindo da lama. Mexi a luz e vi a lareira se separando, devagar, da terra, subindo um centímetro, dois centímetros, três, firme. Olhei, gelada. A viga começou a gemer. Saí da janela, me abaixei ao lado da pedra e iluminei a abertura. Houve um estrondo terrível, a viga e o bloco de madeira gemeram, o caminhão lá fora puxava com força e meu coração batia pesado. Olhei o lugar escuro sob a lareira.

Eles ouviram o som da pedra caindo no chão e ficaram gelados. Até o cavalo parou.

Isabelle e Petit Jean foram para a porta, Jacob se desenroscou e seguiu atrás deles. Isabelle tentou abrir a porta, mas, no mesmo instante, o ferrolho foi destrancado e Étienne a abriu, com o rosto vermelho e suado. Sorriu para ela.

— Entre, Isabelle.

Ela se assustou ao ouvir seu nome e entrou finalmente na sala. Hannah estava ajoelhada ao lado da lareira recém-instalada, de olhos fechados, com velas sobre a pedra. Gaspard recuou, de cabeça baixa. Não olhou quando Isabelle e os meninos entraram. Já vi Hannah fazendo isso antes, pensou Isabelle. Rezando na lareira.

Vi alguma coisa azul, um pedacinho de azul naquele buraco escuro. A pedra subiu dez centímetros e olhei bem sem entender, depois a pedra levantou 15 centímetros, vi os dentes no chão e entendi. Entendi e comecei a gritar e, ao mesmo tempo, estendi a mão na sepultura e toquei num pequeno osso. — O braço de uma criança! É... — gritei. Enfiei mais a mão, peguei o tecido azul e tirei um longo fio amarrado numa mecha de cabelo. Era o azul da Virgem, os cabelos eram ruivos como os meus e comecei a chorar.

Ela olhou bem para a lareira, instalada num lugar tão estranho na sala.

Ele não conseguiu esperar, pensou Isabelle. Não conseguiu esperar os outros ajudarem e deixar a pedra ficar onde deveria.

Era uma enorme pedra, que havia sido colocada perto demais da entrada. Estavam todos (Isabelle, Étienne, Petit Jean e Jacob) apertados entre a lareira e a porta de entrada. Ela se afastou e ficou andando em volta da lareira.

Então, viu algo azul no chão. Caiu de joelhos, pegou. Era um pedaço de tecido azul e saía de baixo da pedra. Puxou até que rasgou. Segurou o tecido à luz da vela para que eles vissem.

Ouvi a corda estalar e chiar. Depois, com um estrondo, a pedra caiu de novo no lugar, os ganchos batendo na viga. Eu sabia que já tinha ouvido aquele estrondo antes.

— Não! — gritou Isabelle e se jogou contra a lareira, soluçando e batendo a cabeça na pedra. Apertou a testa no granito frio. Encostou o pedaço de tecido no rosto e rezou: — *J'ai mis en toi mon espérance: Garde-moi donc, Seigneur, D'éternel déshonneur: Octroye-moi ma délivrance, Par ta grande bonté haute, Qui jamais ne fit faute.*

Depois, não viu mais o azul; tudo ficou vermelho e negro.

— Não! — gritei e me joguei contra a lareira, soluçando e batendo a cabeça na pedra. Apertei a testa no granito frio. Encostei o pedaço de tecido no rosto e rezei: — *J'ai mis en toi mon espérance: Garde-moi, donc, Seigneur, D'éternel déshonneur: Octroye-moi ma délivrance, Par ta grande bonté haute, Qui jamais ne fit faute.*

Depois, não vi mais o azul; tudo ficou vermelho e negro.

10
A VOLTA

Fiquei na entrada da casa um bom tempo até conseguir tocar a campainha. Coloquei minha sacola de viagem no chão, ao lado da sacola de ginástica, e olhei a porta. Era curiosa, de compensado barato e com um olho mágico. Olhei em volta: era um conjunto de casas pequenas e novas, com gramados, mas sem árvores, exceto alguns evônimos querendo crescer. Não era muito diferente dos novos subúrbios norte-americanos.

Ensaiei outra vez o que iria dizer e toquei a campainha. Esperei, com o estômago agitado e as mãos transpirando. Engoli em seco e passei as mãos na calça. Ouvi passos dentro da casa, a porta se abriu e apareceu uma menina lourinha. Um gato preto e branco passou pelas pernas dela e dirigiu-se para a escada, onde parou antes de fugir, colocando seu focinho na sacola de ginástica. Cheirou bastante até eu o afastar com a ponta do pé.

A menina estava de shorts amarelo-claros e camiseta com pingos de suco. Ela se dependurou na maçaneta da porta, balançou num pé só e ficou me olhando.

— *Bonjour*, Sylvie. Lembra-se de mim? — perguntei.

Ela continuou me olhando. — Por que sua cabeça está vermelha?

Pus a mão na testa. — Por que dei uma batida na cabeça.

— Precisa fazer um curativo.

— Você faz para mim?

Ela concordou com a cabeça. Lá de dentro, alguém perguntou:

— Sylvie, quem é?

— É a moça da Bíblia. Ela machucou a cabeça.

— Diga que não quero comprar Bíblia!

— Não, não, é a *outra* moça da Bíblia — ela corrigiu.

Ouvi um clique-clique-clique de passos no corredor e Mathilde apareceu atrás de Sylvie, de shorts cor-de-rosa e top branco de ginástica, segurando uma grapefruit descascada pela metade.

— *Mon Dieu! Ella, quelle surprise!* (Meu Deus! *Ella*, que surpresa!) — gritou. Entregou a grapefruit para Sylvie, abraçou-me e deu dois beijos. — Devia ter avisado que vinha! Entre, entre.

Não me mexi. Meus ombros tremiam, abaixei a cabeça e chorei.

Sem uma palavra, Mathilde pôs o braço nos meus ombros e pegou a sacola de viagem. Assim que a tirou de minhas mãos eu quase gritei para que não a tocasse, mas deixei-a carregar, além de segurar minha mão. As duas me levaram para dentro da casa.

Eu não agüentava a idéia de entrar num avião. Não queria ficar num lugar fechado e, mais que isso, não queria voltar para casa logo. Precisava de mais tempo do que um avião me daria para fazer a transição de um lugar para outro.

Jacob foi comigo de trem até Genebra, onde me deixou no ônibus para o aeroporto, mas, depois de percorrer três quarteirões, eu me levantei e avisei o motorista que ia saltar. Fui a um bar e fiquei meia hora tomando café até ter certeza de que Jacob já estaria num trem de volta para Moutier. Então, retornei à estação ferroviária e comprei uma passagem para Toulouse.

Foi difícil deixar Jacob: não que eu quisesse ficar mais tempo na casa dele, mas porque ele notou que eu queria ir logo embora.

— Desculpe, Ella, por sua visita a Moutier ter sido tão traumática — disse ele, quando nos despedimos. — Era para ajudar, mas, em vez disso, você se feriu — disse ele, olhando minha testa machucada e a sacola de ginástica. Não queria que eu levasse a sacola, mas insisti, embora tivesse pensado vagamente em problemas no aeroporto com algum cão farejador, o que foi um motivo a mais para eu resolver viajar de trem.

Lucien tinha trazido a sacola na manhã anterior, quando finalmente os remédios indicados pelo médico fizeram com que eu acordasse. Lucien apareceu nos pés da minha cama, com a barba por fazer, sujo e cansado, e colocou a sacola ao lado da parede.

— Para você, Ella. Não olhe agora. Você sabe o que é.

Olhei desanimada a sacola. — Você não levantou a pedra sozinho, não?

— Um amigo fez esse favor para mim. Não se preocupe, ele não vai contar para ninguém. Sabe guardar segredo. — Lucien fez uma pausa. — Usamos uma corda mais forte. Mas a viga quase caiu. A casa toda quase caiu.

— Gostaria que tivesse caído.

Ele foi saindo do meu quarto e pigarreei. — Lucien, obrigada pela ajuda. Obrigada por tudo.

Ele concordou com a cabeça. — Seja feliz, Ella.

— Vou tentar.

Elas deixaram minhas sacolas no corredor e me levaram para os fundos da casa, que tinha um gramado separado dos vizinhos por cercas, com brinquedos espalhados e uma piscina de plástico. Fizeram-me deitar numa espreguiçadeira e, enquanto Mathilde foi buscar algo para eu beber, Sylvie ficou ao meu lado, olhando-me firme. Pôs a mão de leve na minha testa. Fechei os olhos. O toque de sua mão e o sol batendo em meu rosto me fizeram bem.

— O que é isso? — perguntou Sylvie. Abri os olhos. Ela mostrava a psoríase no meu braço, que estava vermelha e inchada.

— Tenho um problema de pele que se chama psoríase.

— Ssso-ríií-ase — ela repetiu, fazendo com que parecesse o nome de um dinossauro. — Precisa de um curativo aí também, *n'est-ce pas*?

Sorri.

— Pois então... — começou Mathilde, ao me entregar um copo de suco de laranja, sentar no gramado ao meu lado e mandar Sylvie vestir uma roupa de banho. — Onde você arrumou esses machucados na testa?

Soltei um suspiro. Era horrível pensar que teria de explicar tudo. — Estive na Suíça, visitando parentes. Fui mostrar a Bíblia para eles — comecei.

Mathilde franziu o rosto. — Argh, os suíços — disse.

— Eu estava procurando uma coisa e... — continuei.

Ouvimos um grito na casa. Mathilde levantou-se num salto. — Ah, devem ser os ossos — falei.

* * *

O mais difícil foi deixar Susanne. Ela foi ao meu quarto pouco depois de Lucien entregar a sacola de ginástica. Sentou-se na beira da cama e fez sinal com a cabeça para a sacola, sem olhar.

— Lucien contou e me mostrou — ela disse.

— Lucien é uma boa pessoa.

— É. Por que você acha que isso estava lá? — perguntou.

Balancei a cabeça. — Não sei. Talvez... — Parei; pensar naquilo me fazia tremer e estava me esforçando para eles acharem que eu me encontrava em condições de viajar no dia seguinte.

Susanne colocou a mão no meu braço. — Eu não devia ter falado nisso.

— Não tem problema. — Mudei de assunto: — Posso ser franca com você? — Na fraqueza que eu estava, eu me sentia sincera.

— Claro.

— Acho que você deve se livrar de Jan.

O rosto dela mostrou um grande susto, mais por concordar comigo do que por se surpreender. Riu e também ri.

Mathilde voltou segurando a mão de Sylvie, que chorava copiosamente.

— Peça desculpas por mexer nas coisas de Ella — mandou Mathilde.

Sylvie me olhou desconfiada em meio às lágrimas.

— Desculpe. Mamãe, por favor, me deixa brincar na piscina — resmungou.

— Está bem.

Sylvie correu para a piscina, como se estivesse louca para ficar longe de mim.

— Desculpe por ela ter feito isso, é muito curiosinha — disse Mathilde.

— Não tem problema, pena que ela se assustou.

— Quer dizer que... aqueles... foi o que você encontrou lá? O que estava procurando?

— Acho que ela se chamava Marie Tournier.

— *Mon Dieu.* Ela era... da família?

— Era. — Comecei a explicar sobre a fazenda, a velha chaminé, a lareira e os nomes Marie e Isabelle. Sobre a cor azul, o pesadelo e o som da pedra caindo no lugar. E a cor dos meus cabelos.

Mathilde ouviu sem interromper. Examinava as unhas pintadas de rosa-claro, tirando as cutículas.

— Mas que história! Você devia escrever isso — disse ela, quando terminei. Fez uma pausa, ia dizer mais alguma coisa e parou.

— O que foi? — perguntei.

— Por que você veio para cá? *Écoute*, gostei de você vir aqui, mas por que não foi para a sua casa? Não gostaria de ir para casa quando está nervosa, encontrar seu marido?

Suspirei. Tinha de contar tudo aquilo também, íamos levar horas. A pergunta me fez lembrar de uma coisa. Olhei em volta. — Você tem um... onde está o pai de Sylvie? — perguntei, sem jeito.

Mathilde riu e fez um movimento vago com a mão.

— Quem vai saber? Não o vejo há dois anos. Ele nunca quis ter filhos. Não queria que eu tivesse Sylvie, então... — Ela deu de ombros. — *Tant pis.* (Pior para ele.) Mas você não respondeu à minha pergunta.

Contei tudo para ela sobre Rick e Jean-Paul. Embora não tivesse excluído nada, levou menos tempo do que eu imaginava.

— Então Rick não sabe onde você está?

— Não. Meu primo queria avisar que eu estava voltando para casa, mas não deixei. Falei que ligaria para Rick do aeroporto. Acho que eu sabia que não ia voltar.

Na verdade, eu havia sentado no trem de Genebra num estupor, sem pensar para onde estava indo. Tivera de trocar de trem em Montpellier e, enquanto esperava, ouvira o alto-falante anunciar a chegada de um trem que faria uma parada em Mende. Esperei o trem chegar, os passageiros embarcarem e desembarcarem. E o trem ficou lá, e quanto mais tempo ficava, mais assustada me deixava, até que peguei minha bagagem e entrei nele.

— Ella, você precisa falar com Rick, *n'est-ce pas*? Sobre tudo isso — disse Mathilde. Olhei para ela, eu estava observando Sylvie brincar na piscina.

— Eu sei, mas não tenho coragem de telefonar para ele.

— Deixe comigo! — Ela se levantou e estalou os dedos. — Me dê o número do telefone. — Dei, sem muita vontade. — Muito bem. Agora, cuide de Sylvie. E não entre na casa!

Recostei-me na espreguiçadeira. Foi um alívio deixar tudo por conta dela.

Por sorte, as crianças esquecem rápido. No final do dia, Sylvie e eu estávamos brincando na piscina. Quando entramos na casa, Mathilde havia escondido a sacola de ginástica num armário. Sylvie não tocou mais no assunto, mostrou-me todos os seus brinquedos e deixou que eu fizesse tranças no cabelo dela.

Mathilde não comentou muito sobre o telefonema. — Amanhã, às oito da noite — disse ela, enigmática, entregando-me um endereço em Mende, do mesmo jeito que Jean-Paul tinha feito sobre La Taverne.

Jantamos cedo por causa da hora de Sylvie dormir. Sorri quando olhei meu prato: tinha tudo que eu costumava comer quando jovem, alimentos naturais, sem serem da moda. Não havia nenhuma massa com molhos, azeites ou ervas especiais, nenhum pão especial, nenhuma mistura de sabores e texturas. O prato tinha uma costeleta de porco, vagens, creme de milho e uma fatia de pão; era reconfortante.

Eu estava morrendo de fome, mas, quando dei uma mordida na costeleta, quase cuspi: tinha gosto de metal. Tentei o milho e a vagem, estavam com o mesmo gosto. Embora estivesse com fome, quando punha a comida na boca, não conseguia agüentar o sabor e a textura de nada.

Foi impossível esconder meu mal-estar, principalmente quando Sylvie resolveu conectar os movimentos dela aos meus. Toda vez que eu dava uma mordida na minha costeleta, ela dava uma na dela. Quando eu bebia, ela bebia. Mathilde comia com gosto sem perceber a nossa história, depois se zangou com Sylvie por demorar a comer.

— Mas Ella está comendo bem devagar! — reclamou Sylvie.

Mathilde olhou o meu prato.

— Desculpe, estou meio esquisita. Estou achando tudo com gosto de metal.

— Ah, eu tive isso quando estava grávida de Sylvie! Foi horrível. Mas dura poucas semanas. Depois, você come de tudo. — Ela parou: — Ah, mas você...

— Acho que foi o remédio que o médico mandou tomar — interrompi. — Às vezes, ficam restos dele na corrente sangüínea. Desculpe, não consigo comer.

Mathilde concordou com a cabeça. Depois, percebi que me deu uma longa olhada avaliadora.

Eu me encaixei na vida delas com incrível facilidade. Falei para Mathilde que ia embora no dia seguinte, embora não soubesse para onde. Ela não aceitou. — Você fica conosco. Gosto de você aqui. Costuma ser só Sylvie e eu, é bom ter companhia. Desde que você não se incomode de dormir no sofá!

Sylvie me fez ler um livro atrás do outro na hora de ela dormir e, animada com a novidade da minha presença, corrigia meu sotaque e explicava o sentido de algumas frases. De manhã, pediu à mãe para não ir ao acampamento de verão. — Quero brincar com Ella. Por favor, mamãe, por favor! — gritou.

Mathilde olhou para mim e fez um gesto concordando.

— Tem de perguntar a Ella. Como sabe se ela quer brincar com você o dia inteiro?

Assim que Mathilde saiu para o trabalho, berrando recomendações por cima do ombro, a casa ficou subitamente quieta. Olhei para Sylvie e ela para mim. Sabia que estávamos pensando na sacola de ossos escondida na casa.

— Vamos caminhar um pouco — sugeri, animada. — Tem algum parque aqui perto?

— Tem — respondeu ela, e foi enfiar tudo que ia precisar numa mochila em forma de urso.

A caminho do parque, passamos por várias lojas e, ao passarmos por uma farmácia, parei. — Vamos entrar, Sylvie, preciso comprar uma coisa. — Obediente, ela entrou comigo. Deixei-a numa gôndola de sabonetes. — Escolha um para eu dar de presente para você. — Ela se distraiu abrindo as caixas e cheirando os sabonetes, e consegui falar com o farmacêutico em voz baixa.

Sylvie escolheu um sabonete de lavanda e foi cheirando-o pelo caminho até que a convenci de guardá-lo na mochila de urso, pois era mais seguro. No parque, ela correu para os amigos. Sentei no banco com as mães, que me olharam desconfiadas. Não tentei conversar com elas: eu precisava pensar.

À tarde, ficamos em casa. Enquanto Sylvie enchia sua piscina, fui ao banheiro levando a minha compra. Quando desci, ela pulou dentro d'água e chapinhou enquanto eu deitava na grama e olhava para o céu.

Dali a pouco, ela veio se sentar ao meu lado. Brincava com uma velha boneca Barbie cujos cabelos tinham sido picotados, falava com a boneca e fazia-a dançar.

— Ella. — Ouvi meu nome e sabia qual seria a pergunta a seguir. — Onde está aquela sacola de ossos?

— Não sei, sua mãe guardou.

— Então, continua na casa?

— Talvez.

— Em que outro lugar poderia estar?

— Talvez sua mãe tenha levado para o trabalho, ou entregue para um vizinho.

Sylvie olhou em volta. — Nossos vizinhos? Por que eles iriam querer?

Má idéia. Mudei de tática. — Por que você está perguntando?

Sylvie olhou para a boneca, puxou os cabelos dela, deu de ombros. — Não sei — resmungou.

Esperei um instante. — Você quer ver os ossos outra vez? — perguntei.

— Quero.

— Tem certeza?

— Tenho.

— Não vai gritar nem ficar nervosa?

— Não, se você ficar junto.

Peguei a sacola no armário e trouxe para o jardim. Sylvie me esperava sentada com as pernas dobradas e o queixo apoiado nos joelhos, ansiosa. Coloquei a sacola no chão.

— Você quer que eu... tire os ossos para você ver, enquanto espera lá dentro e depois chame você quando estiver tudo pronto?

Ela concordou com a cabeça e pulou.

— Quero um refrigerante. Posso tomar?

— Pode.

Correu para dentro de casa.

Respirei fundo e abri o zíper da sacola. Não tinha olhado ainda.

Quando estava tudo pronto, fui chamar Sylvie, que se encontrava na frente da tevê na sala.

— Venha — chamei, estendendo a mão para ela. Fomos as duas para a porta dos fundos. De lá, ela viu algo na grama e se encostou em mim.

— Você não precisa olhar. Mas o que está não vai fazer nada a você. Não está vivo.

— O que é aquilo?

— Uma menina.

— Uma menina como eu?

— É. São os cabelos e os ossos dela. E um pedacinho do vestido.

Fomos até lá. Para a minha surpresa, Sylvie largou minha mão e se agachou ao lado dos ossos. Ficou olhando um bom tempo.

— É um azul bonito. O que aconteceu com o resto do vestido dela? — perguntou, por fim.

— Ele... — "desmanchou": era mais uma palavra que eu não sabia falar em francês. — Ficou velho e se acabou — expliquei, desajeitada.

— O cabelo dela é da mesma cor do seu.

— É.

— Ela é de onde?

— Da Suíça. Foi enterrada embaixo da chaminé de uma lareira.

— Por quê?

— Por que ela morreu?

— Não, por que foi enterrada embaixo da lareira? Foi para ficar aquecida?

— Talvez.

— Como ela se chamava?

— Marie.

— Devia ser enterrada de novo.

— Por quê? — Eu estava curiosa com o que ela diria.

— Porque precisa de uma casa. Não pode ficar aqui para sempre.

— É verdade.

Sylvie sentou-se na grama, depois se esticou ao lado dos ossos. — Vou dormir — avisou.

Pensei em impedi-la, dizendo que não convinha, que poderia ter pesadelos, que Mathilde iria nos encontrar e achar que eu seria uma mãe horrível por deixar a filha dela dormir ao lado de um esqueleto. Mas não falei nada disso. Deitei do outro lado dos ossos.

— Conte uma história — pediu Sylvie.

— Não sou muito boa em contar histórias.

Sylvie se apoiou nos cotovelos. — Toda gente grande sabe contar! Conte uma.

— Está bem. Era uma vez uma menina de cabelos louros e vestido azul.

— Como eu? Era parecida comigo?

— Era.

Sylvie deitou-se novamente com um sorriso satisfeito e fechou os olhos.

— Era uma menina corajosa. Tinha dois irmãos mais velhos, os pais e uma avó.

— Eles gostavam dela?

— Gostavam, só a avó é que não.

— Por quê?

— Não sei. — Parei. Sylvie abriu os olhos. — Era uma velha feia. — Continuei, depressa. — A avó era pequena e só andava de roupas pretas. E era muda.

— Como a menina sabia que a avó não gostava dela, se nunca falou com ela?

— Ela... tinha olhos penetrantes e olhava a menina de um jeito como não olhava para ninguém. Então, a menina sabia que a avó não gostava dela. Principalmente quando ela usava o vestido azul de que mais gostava.

— A avó queria o vestido para ela!

— Queria, pois o pano era muito bonito, mas só dava para fazer um vestido de menina. Quando ela o vestia, parecia-se com o céu.

— Era um vestido mágico?

— Claro. Protegia-a da avó e de outras coisas... de incêndio, dos lobos, dos meninos maus. E de se afogar no rio. Um dia, a menina estava brincando ao lado do rio e caiu nele. Foi até o fundo, viu os peixes nadando e pensou que fosse se afogar. Aí, o vestido se encheu de ar, ela flutuou até a tona e se salvou. Então, sempre que usava o vestido, a mãe sabia que ela estava protegida.

Olhei para Sylvie: estava dormindo. Meus olhos brilharam nos fragmentos de azul que estavam entre nós duas.

— Com exceção de uma vez. E uma vez só basta — acrescentei.

Sonhei que estava numa casa pegando fogo. Pedaços de madeira caíam e cinzas crepitavam em todo canto. Então, apareceu uma menina. Só conseguia vê-la de soslaio: se olhasse de frente, ela sumia. Em volta dela, havia uma luz azul.

— Lembre-se de mim — disse ela. Depois, ela se transformou em Jean-Paul, que estava com uma barba de dias e parecia rude, com os cabelos tão compridos que enrolavam nas pontas; o rosto, os braços e a camisa cheios de fuligem. Toquei no rosto dele e, quando tirei a mão, vi uma cicatriz que ia do nariz ao queixo.

— Como foi isso? — perguntei.

— Foi a vida — ele respondeu.

Passou uma nuvem pelo meu rosto e acordei. Mathilde estava ao meu lado, bloqueando a luz do sol vespertino. Parecia que estava ali há algum tempo, de braços cruzados, observando-nos. Sentei-me na grama e falei, piscando:

— Desculpe. Acho que nós duas devemos parecer estranhas.

Mathilde riu. — É, mas não me surpreendeu. Sabia que Sylvie ia querer ver o esqueleto outra vez. Parece que não se assusta mais com os ossos.

— Não, ela me surpreendeu, pois ficou tão calma.

Sylvie acordou com nossa conversa, rolou no chão e sentou-se, o rosto corado. Olhou em volta e parou nos ossos no chão.

— Mamãe, vamos enterrá-la.

— Onde? Aqui no jardim?

— Não, na casa dela.

Mathilde olhou para mim.

— Sei exatamente onde — falei.

Mathilde deixou que eu fosse a Mende no carro dela. Foi estranho pensar que eu havia estado lá apenas três semanas antes, pois muita coisa tinha acontecido desde então. Mas tive a mesma sensação ao dar a volta na austera catedral e andar pelas ruas estreitas e escuras da parte antiga da cidade. Não era um lugar agradável. Fiquei contente por Mathilde morar bem longe dali, mesmo que num subúrbio sem árvores.

O endereço aonde eu tinha de ir acabou sendo a mesma pizzaria onde havia estado antes. Estava quase tão vazia quanto da outra vez. Senti-me calma ao entrar, mas, quando vi Rick sentado sozinho com uma taça de vinho, olhando sério o cardápio, meu estômago embrulhou. Fazia 13 dias que não o via, longos 13 dias. Quando me viu, ele se levantou e sorriu, nervoso. Estava de terno de trabalho, camisa branca, blazer azul-marinho e mocassins. Parecia alto, saudável e norte-americano naquele lugar cavernoso e escuro, como um Cadillac entrando lentamente numa rua estreita.

Nós nos beijamos, desajeitados.

— Nossa, Ella, o que houve no seu rosto?

Toquei o machucado na testa. — Caí, nada grave.

Sentamos. Rick serviu vinho para mim antes que eu pudesse recusar. Educada, levei a taça aos lábios, sem beber. O cheiro ácido e avinagrado quase me fez vomitar; coloquei logo a taça na mesa.

Ficamos em silêncio. Percebi que eu teria de iniciar a conversa.

— Quer dizer que Mathilde ligou para você — comecei, a voz fraca.

— Ligou, puxa, como ela fala rápido. Não entendi por que você não podia ligar.

Dei de ombros. Senti uma tensão se acumulando no meu estômago.

— Escute, Ella, gostaria de falar umas coisas, certo?

Concordei com a cabeça.

— Sei que mudar para a França foi muito difícil para você. Mais do que para mim, que só tive de trabalhar em outro escritório. As pessoas são diferentes, mas o trabalho é parecido. Mas você não tem trabalho nem amigos, deve se sentir isolada e entediada. Entendo que esteja descontente. Talvez eu não tenha dado muita atenção para você porque estava ocupado demais no trabalho. Então você está entediada e, bom, imagino que existam tentações, mesmo numa cidadezinha simples como Lisle.

Ele olhou rápido a psoríase nos meus braços, que pareceu atraí-lo por um instante.

— Então estive pensando que devíamos tentar começar de novo — continuou ele, voltando ao assunto.

O garçom o interrompeu para anotar nosso pedido. Eu estava tão nervosa que não conseguia pensar em comer nada, mas, em nome das aparências, pedi a pizza mais simples possível. O restaurante estava quente e cheio, comecei a transpirar na testa e nas mãos. Bebi um grande gole de água.

— Então, existe um bom jeito de começar de novo. Sabe que estive em reuniões em Frankfurt para aquele projeto imobiliário, não? — continuou Rick.

Concordei com a cabeça.

— Eles pediram para eu coordenar o projeto entre a nossa empresa e a deles. — Rick parou e me olhou, ansioso.

— Ah, que ótimo, Rick. Que ótimo para você.

— Entendeu? Nós nos mudaríamos para a Alemanha; é essa a nossa oportunidade de começar de novo.

— *Sair da França?*

Ele levou um susto com o tom da minha voz.

— Ella, desde que chegamos, você só reclamou deste país. Que as pessoas são antipáticas, que não consegue fazer amigos, que tratam você como estrangeira, que são formais demais. Por que quer ficar?

— Porque nossa casa é aqui — falei, fraca.

— Olha, estou tentando ser sensato. E acho que estou me saindo muito bem. Aceito esquecer e perdoar essa história com... você sabe do que estou falando. Só peço que se afaste dele. Será insensato pedir isso?

— Não, acho que não.

— Ótimo. Então, você admite que teve alguma coisa com ele. — Ele olhou para mim e sua boa vontade pareceu sumir por alguns instantes.

O nó no meu estômago apertou mais e gotas de suor surgiram em meu lábio superior. Levantei-me. — Preciso ir ao banheiro. Volto já.

Consegui sair da mesa e andar com calma, mas, quando fechei a porta do banheiro, vomitei em longos jatos ofegantes que fizeram todo o meu corpo estremecer. Parecia que eu estava querendo fazer aquilo há muito tempo, que estava vomitando tudo que havia comido na França e na Suíça.

Até que fiquei completamente vazia. Sentei de cócoras, encostada na parede do toalete com a luz do teto me iluminando como um farol. A tensão tinha sido jogada fora e, embora estivesse exausta, consegui pensar direito pela primeira vez em dias. Comecei a rir.

— Alemanha. Nossa! — resmunguei.

Quando voltei à mesa, nossas pizzas tinham chegado. Peguei a minha, coloquei-a na mesa vazia ao lado da nossa e sentei-me.

— Você está bem? — perguntou Rick, franzindo o cenho de leve.

— Estou. Rick, tenho de falar uma coisa — pigarreei.

Ele me olhou com apreensão; não sabia o que eu poderia dizer.

— Estou grávida.

Ele deu um pulo. O rosto ficou como uma tela de tevê com os canais mudando sem parar, à medida que as idéias passavam pela cabeça dele.

— Mas isso é *maravilhoso*, não? Era o que você queria, não? Só que... — A dúvida no seu rosto era tão dolorosa que quase peguei na mão dele. Achei que poderia mentir e resolveria tudo. Era a porta aberta que eu estava esperando. Mas nunca soube mentir.

— O filho é seu — falei, por fim. — Devo ter engravidado pouco antes de voltarmos a usar anticoncepcionais.

Rick levantou da cadeira e deu uma volta à mesa para me abraçar. — Champanhe! Temos de pedir champanhe! — disse, alto.

Olhou em volta, procurando o garçom.

— Não, não, por favor. Não estou me sentindo bem.

— Ah, certo. Então vamos para casa. Vamos agora. Está com todas as suas coisas? — perguntou, olhando em volta.

— Não, Rick, sente-se. Por favor

Ele sentou-se e aquele olhar inseguro voltou. Respirei fundo.

— Não vou voltar com você.

— Mas... não foi por isso que viemos para cá?

— Para onde?

— Para esse jantar. Achei que você ia voltar comigo. Trouxe o carro e tudo.

— Foi isso que Mathilde disse para você?

— Não, mas eu achei...

— Bom, não devia.

— Mas você vai ter um bebê.

— Vamos deixar o bebê de lado, por enquanto.

— Não podemos. Ele existe, não?

Suspirei. — Acho que sim.

Rick tomou o resto do vinho e pôs a taça na mesa com um barulho. — Olha, Ella, você precisa me explicar uma coisa. Não disse por que foi à Suíça. Fiz alguma coisa errada? Por que você está assim comigo? Parece dar a entender que tem algo errado *conosco*. Isso para mim é novidade. Se existe alguém que deve estar irritado, esse alguém sou *eu*. Você é que está dando voltas.

Eu não sabia como explicar de uma forma simpática. Rick parecia perceber. — Conte, seja honesta comigo — ele disse.

— Foi quando mudamos para cá. Eu me senti diferente.

— Diferente como?

— É difícil explicar. — Pensei um instante. — Você sabe que a gente pode comprar um disco e ficar ouvindo as músicas sem parar por um tempo, saber todas elas de cor. E acha que conhece tão bem, que é especial para você. Como, por exemplo, aquele primeiro disco que você comprou quando era garoto.

— O disco *Surf's Up*, dos Beach Boys.

— Isso mesmo. Até que um dia, você pára de ouvir... sem qualquer motivo, não é uma decisão consciente. De repente, não precisa mais ouvir o disco. Não tem mais a mesma força. Pode ouvir e saber que as músicas continuam sendo boas, mas perderam a magia que exerciam sobre você. Só isso.

— Isso nunca ocorreu com os Beach Boys. Ainda sinto a mesma coisa quando os ouço.

Pus a mão na mesa com força.

— Droga! *Por que* você faz isso?

As poucas pessoas que estavam no restaurante olharam para nós.

— O quê? O que foi que eu fiz? — perguntou Rick, baixo.

— Você não está me *ouvindo*. Pega a metáfora e muda o sentido dela. Não quer ouvir o que estou tentando dizer.

— O que *está* tentando dizer?

— Acho que não amo mais você. É isso que estou tentando dizer, mas você não quer ouvir!

— Ah. — Ele se recostou na cadeira. — Por que não disse, então? Por que precisou enfiar os Beach Boys no meio da história?

— Estava tentando fazer uma metáfora para facilitar. Mas você insiste em ver pelo seu ponto de vista.

— Como posso ver sem ser pelo meu ponto de vista?

— Pelo *meu* ponto de vista! O meu! — Bati no peito com o nó dos dedos. — Você nunca pode ver as coisas pelo *meu* ponto de vista? Você é tão simpático e fácil com todo mundo, mas sempre consegue fazer com que as pessoas vejam pelo seu ponto de vista.

— Ella, quer saber o que vejo do seu ponto de vista? Vejo uma mulher perdida, sem rumo, que não sabe o que quer e então se agarra à idéia de ter um filho para se ocupar. E, como está cansada do marido, trepa com o primeiro que aparece.

Ele parou e desviou o olhar, constrangido, percebendo que tinha ido longe demais. Nunca o vira ser tão franco.

— Rick, esse não é o meu ponto de vista. É o *seu* — falei, calma. E chorei, mais para me aliviar do que por qualquer outra coisa.

O garçom apareceu e foi tirando em silêncio nossas pizzas intocadas, depois colocou a conta sobre a mesa sem que fosse pedida. Não olhamos para ela.

— Essa... mudança de sentimentos é temporária ou permanente? — perguntou Rick, quando parei de chorar.

— Não sei.

Ele tentou outra vez. — Essa história do disco que você falou. Isso pode mudar? Quer dizer... você pode se interessar muito pelo disco outra vez?

Pensei. — Às vezes. — Mas nunca por muito tempo, completei para mim mesma. O sentimento nunca volta de verdade.

— Então, pode ser que a situação mude.

— Rick, só sei que agora não posso voltar para casa com você. — Senti meus olhos se enchendo de lágrimas outra vez.

— Nem contei o que aconteceu na Suíça — acrescentei. — E na França. O que descobri sobre os Tournier. A história toda. Eu podia contar uma história inteira... preenchendo alguns vazios aqui e ali. É como se existisse outra vida dentro de mim que você desconhece.

Rick apertou com os dedos o espaço entre os olhos. — Escreva relatando — ele disse, e olhou de novo para a minha psoríase. — Agora, tenho de sair deste restaurante. Está quente demais aqui.

Quando voltei para a casa de Mathilde, ela ainda estava acordada, lendo uma revista na sala, com as compridas pernas apoiadas na mesa de centro. Olhou para mim, inquisidora. Desmontei no sofá e fiquei olhando para o teto.

— Rick quer se mudar para a Alemanha — anunciei.

— *Vraiment?* (É mesmo?) Que decisão repentina.

— É. Mas não vou com ele.

— Para a Alemanha? Claro que não! — Ela fez uma careta.

Ri. — Escuta, você gosta de algum país que não seja a França? — perguntei:

— Gosto dos Estados Unidos.

— Mas nunca foi lá!

— É, mas tenho certeza de que vou gostar.

— É difícil pensar em voltar. A Califórnia ia me parecer tão diferente.

— Não vai voltar?

— Não sei. Mas não vou para a Alemanha.

— Contou para Rick que está grávida?

Sentei-me.

— Como você sabe que estou?

— É óbvio! Está cansada, não gosta de comida, embora coma muito quando quer. E quando não conversa parece estar ouvindo alguma coisa dentro de você. Lembro-me bem de quando engravidei de Sylvie. E quem é o pai?

— Rick.

— Tem certeza?

— Tenho. Passamos um tempo querendo ter filho, depois paramos de querer, mas claro que isso foi depois que engravidei. Agora percebo que estou com sintomas há algumas semanas.

— E Jean-Paul?

Inclinei-me e apertei o rosto numa das almofadas do sofá.

— O que você quer saber?

— Vai encontrar com ele? Falar com ele?

-- O que eu poderia dizer que ele gostaria de ouvir?

— *Mas*... claro que ele gostaria de saber, mesmo que sejam más notícias. Você não foi muito gentil com ele.

— Ah, não sei. Pensei que gentil fosse *não* falar com ele.

Para alívio meu, Mathilde mudou de assunto. — Na quarta-feira não vou trabalhar aqui para ir a Le Pont de Montvert, como você sugeriu. Vamos levar Sylvie também. Ela adora lá e você poderá ver Monsieur Jourdain outra vez.

— Ah, estou louca para ir.

Ela riu e nós duas rimos.

Na quarta-feira de manhã, Sylvie insistiu em ajudar a me arrumar. Entrou no banheiro, onde eu estava vestindo shorts brancos e uma camisa cor-de-aveia, e inclinou-se na pia, me olhando.

— Por que você usa sempre branco? — perguntou.

Ah, aí vamos nós outra vez, pensei. — Essa blusa não é branca, é cor de cereal — garanti, sem saber como dizer aveia em francês.

— Não é. Os meus flocos de cereais são laranja!

Eu tinha comido três tigelas de cereais no café-da-manhã e continuava com fome.

— *Alors*, o que *você* quer que eu vista?

Sylvie bateu palmas, correu para a sala e foi olhar na minha sacola de roupas. — Todas as suas roupas são brancas ou marrons! — gritou, desapontada. Tirou a camisa azul de

Jean-Paul. — Menos essa. Use essa. Por que não usou antes? — perguntou.

Jacob tinha lavado a camisa para mim em Moutier. O sangue havia saído quase todo, mas ficara um risco vermelho nas costas. Pensei que só desse para ver se alguém prestasse atenção, mas Mathilde viu assim que vesti. Levantou as sobrancelhas e estiquei o pescoço para olhar nas costas.

— Você não vai querer saber — falei.

Ela riu. — Sua vida é cheia de drama, hein?

— Juro que não era assim!

Mathilde olhou o relógio de pulso. — Vamos, Monsieur Jourdain vai nos esperar — disse ela. Abriu o armário do corredor, pegou a sacola de ginástica e me entregou.

— Você ligou mesmo para ele?

— Escuta, Monsieur Jourdain é uma boa pessoa. É bem-intencionado. Agora que sabe que sua família era mesmo da região, vai tratá-la como uma prima perdida há tempos.

— Monsieur Jourdain foi aquele homem que me chamou de *Mademoiselle*? O homem de cabelos pretos? — perguntou Sylvie.

— Não, esse era Jean-Paul. Monsieur Jourdain é o senhor que caiu do banquinho, lembra?

— Gostei de Jean-Paul. Vamos encontrar com ele?

Mathilde sorriu para mim. — Olha, essa camisa é dele — eu disse, segurando numa ponta da camisa.

Sylvie olhou para mim. — Então por que *você* está usando? — Enrubesci e Mathilde riu.

O dia estava lindo e quente em Mende, mas, quanto mais subíamos as montanhas, ficava mais seco e frio. Cantamos pela estrada afora e Sylvie me ensinou as músicas que aprendera no acampamento. Era estranho cantar a caminho de um enterro, mas não era inadequado. Estávamos levando Marie para casa.

Quando chegamos na *mairie* de Le Pont de Montvert, Monsieur Jourdain apareceu imediatamente à porta. Apertou as mãos de cada uma de nós, até de Sylvie, e segurou minha mão um instante. — *Madame* — disse, e sorriu. Ele ainda me deixava nervosa, talvez soubesse disso, pois sorriu de um jeito desesperado como uma criança que quer ser aceita como adulta.

— Vamos tomar um café — convidou ele, apressado, e nos levou para um bar. Pedimos cafés para nós e um suco para Sylvie, que saiu da mesa assim que descobriu o gato do lugar. Nós, adultos, ficamos um instante num silêncio estranho até Mathilde bater na mesa e exclamar:

— O mapa! Vou pegá-lo no carro. Queremos mostrar a você aonde vamos. — Ela se levantou e nos deixou a sós.

Monsieur Jourdain pigarreou e, por um instante, pensei que fosse cuspir. — Escute, *La Rousse* — começou. — Lembra que falei que ia tentar descobrir alguma coisa sobre as pessoas citadas na sua Bíblia?

— Lembro.

— *Alors*, encontrei uma pessoa.

— Um Tournier?

— Não. Ela se chama Elisabeth Moulinier. É neta de um homem que morava em l'Hôpital, uma província perto daqui. A Bíblia era dele e, quando morreu, a neta trouxe o livro para cá.

— Você conheceu o avô dela?

Monsieur Jourdain apertou os lábios. — Não — respondeu, rápido.

— Mas... pensei que você conhecesse todo mundo por aqui. Mathilde me disse.

Ele franziu o cenho e resmungou: — Ele era católico.

— Ah, pelo amor de Deus! — reclamei.

Ele pareceu constrangido e, ao mesmo tempo, inflexível.

— Não tem importância — resmunguei, balançando a cabeça.

— De todo jeito, falei para Elisabeth que você estaria hoje aqui. Ela vem conhecer você.

— Ah, que... — Que o quê, pensei. Que ótimo? Você quer ser ligada a essa família?

— Que simpático você ter combinado isso, agradeço — falei.

Mathilde voltou com o mapa, que abrimos sobre a mesa.

— La Baume du Monsieur é uma colina — explicou Monsieur Jourdain. — Existem algumas ruínas de uma fazenda aqui, está vendo? — perguntou, mostrando um pequeno sinal no mapa. — Vocês podem ir agora e levo Madame Moulinier lá daqui a uma ou duas horas.

Quando vi o velho carro poeirento estacionado ao lado da estrada, meu estômago revirou. Isso é coisa de Mathilde, pensei. Ela adora dar telefonemas. Olhei para ela, que apareceu atrás do carro, tentando parecer inocente, mas vi seu sorriso satisfeito. Quando nossos olhos se encontraram, ela deu de ombros.

— Por que não vai na nossa frente? Sylvie e eu vamos dar uma olhada no rio, não é, filha? Encontramos você depois. Pode ir.

Fiquei indecisa, depois peguei a sacola de ginástica, uma pá, o mapa e segui pela trilha. Parei e olhei para trás:

— Obrigada — falei.

Mathilde sorriu e acenou:

— *Vas-y, chérie.* (Vá lá, querida.)

Ele estava sentado nas ruínas de uma chaminé, de costas para mim, fumando um cigarro. Usava uma camisa salmão, o sol brilhava em seus cabelos. Parecia tão real, tão à vontade consigo mesmo e com tudo, que quase não consegui olhá-lo, de tanto que me doía. Senti falta dele, tinha vontade de cheirá-lo e tocar sua pele morna.

Ao me ver, jogou fora o cigarro, mas continuou sentado. Coloquei no chão a sacola e a pá. Queria abraçá-lo, apertar o rosto no pescoço dele e chorar, mas não consegui. Só poderia fazer isso depois de contar. O esforço para não tocar nele era quase insuportável e tão dispersivo que não ouvi o que ele disse e tive de pedir que repetisse.

Ele não repetiu. Apenas me olhou por um bom tempo, examinando meu rosto. Tentou se manter impassível, mas vi que não estava conseguindo.

— Jean-Paul, sinto muito — murmurei em francês.

— Por quê? Por que sente muito?

— Ah — falei, colocando as mãos no pescoço dele. — Tenho tanta coisa para dizer, não sei por onde começar. — Meu queixo mexeu e apoiei os cotovelos no peito dele para não tremer.

Ele tocou na minha testa machucada.

— Como foi isso?

Sorri sem graça. — Foi a vida.

— Então me conte como foi e por que está com isso — disse ele, mostrando a sacola. — Conte em inglês quando precisar e eu falarei francês quando precisar.

Nunca havia pensado em fazer assim. Ele tinha razão: seria demais falar em francês o que eu tinha de falar.

— A sacola está cheia de ossos — expliquei, cruzando os braços e colocando o peso do corpo de um lado. — Ossos de uma menina, a julgar pelo tamanho e formato deles. Tem também restos de um vestido e de cabelos. Encontrei tudo sob a lareira de uma fazenda que dizem ter pertencido aos Tournier durante muito tempo. Na Suíça. Acho que os ossos são de Marie Tournier.

Parei minha vacilante explicação e esperei que ele me provocasse. Como tal não ocorreu, fiquei tentando responder às perguntas que ele não fez. — Na minha família, os nomes foram sendo repetidos até hoje. Ainda há Jacobs e Jeans, Hannahs e Susannes. É como uma comemoração. Todos os nomes originais ainda sobrevivem, menos Marie e Isabelle. Sei que você vai achar que estou concluindo a partir do nada e sem provas, mas creio que isso mostra que elas fizeram algo errado, morreram ou foram expulsas, algo assim. E a família deixou de usar o nome delas.

Jean-Paul acendeu um cigarro e deu uma longa tragada.

— Há outras coisas, do tipo de prova que você vai desconfiar. Como os cabelos dela que estão na sacola e são da mesma cor dos meus. Da cor que os meus ficaram depois que vim para cá. E quando levantamos a lareira e a pedra caiu, fez o barulho que eu ouvia no pesadelo. Aquele grande estrondo que parecia um grande gemido. Foi exatamente igual. Mas o principal é o azul. Os pedaços do vestido são exatamente do azul do meu sonho. O azul da Virgem.

— O azul dos Tournier — disse ele.

— Isso mesmo. Você vai dizer que tudo não passa de coincidência. Sei o que acha das coincidências, mas são muitas. Pàra mim, são demais.

Jean-Paul levantou, sacudiu as pernas e ficou andando em volta das ruínas. Deu a volta toda.

— Este lugar aqui é o Mas de la Baume du Monsieur, não? A fazenda citada na Bíblia? — perguntou ele, quando voltou para o meu lado.

Concordei com a cabeça. — Vamos enterrar os ossos aqui.

— Posso olhar? — perguntou ele, fazendo um gesto para a sacola.

— Pode. — Ele tinha tido uma idéia: eu o conhecia bem para saber os sinais. Foi estranhamente reconfortante. Meu estômago, que estava agitado desde que vira o Deux Chevaux, se acalmou e pediu comida. Sentei numa rocha e observei-o. Ele se ajoelhou e abriu bem a sacola. Olhou dentro um bom tempo, passou a mão nos cabelos da menina, pegou o pano azul. Olhou para mim de cima a baixo; lembrei que eu estava usando a camisa dele. A cor azul e a vermelha.

— Não usei de propósito. Não sabia que você ia estar aqui. Sylvie me obrigou, disse que não uso cores.

Ele sorriu.

— Ah, por falar nisso, Goethe passou uma noite em Moutier — informei.

Jean-Paul riu, zombeteiro. — Não é grande coisa. Passou uma noite em toda parte.

— Suponho que você tenha lido tudo de Goethe.

— O que você disse uma vez? Só você consegue falar em Goethe atualmente.

Sorri. — *Touché*. (Você venceu.) Mas desculpe ter pego a sua camisa. E ela ficou... tive uma espécie de acidente com ela.

Ele olhou atento a camisa. — Ela parece perfeita.

— Você não viu as costas. Não vou mostrar, é outra história.

Jean-Paul fechou o zíper da sacola.

— Tenho uma idéia, mas acho que vai perturbar você — disse ele.

— Nada pode me perturbar mais do que tudo que já aconteceu.

— Quero cavar aqui do lado da chaminé.

— Por quê?

— É só uma tese. — Ele se abaixou ao lado das ruínas da lareira. Não tinha sobrado muita coisa. Tinha sido uma grande pedra de granito, como aquela de Moutier, mas havia quebrado ao meio e estava se desmanchando.

— Não quero enterrá-la aí, se é isso que você está pensando. É o último lugar onde quero colocá-la — avisei.

— Não, claro que não. Eu só quero procurar uma coisa.

Olhei-o levantar pedaços de pedra por um tempo, depois me ajoelhei e ajudei-o, evitando pegar as pedras maiores, por causa da minha barriga. A uma certa altura, ele olhou as minhas costas e traçou com o dedo a linha de sangue na camisa. Continuei abaixada, com os braços e as pernas arrepiados. Jean-Paul passou a mão para a minha nuca e cabeça, abriu os dedos nos meus cabelos como se fossem um pente.

Parou. — Não quer que eu toque em você — disse, mais como uma afirmação do que uma pergunta.

— Você não vai querer tocar em mim depois que souber. Ainda não contei tudo.

Jean-Paul tirou a mão de mim e pegou a pá. — Conte depois — disse, começando a cavar.

Não fiquei muito surpresa quando ele encontrou os dentes. Mostrou-os para mim em silêncio. Segurei-os, abri a sacola de ginástica e peguei os outros dentes. Eram do mesmo tamanho: dentes de leite. Pareciam afiados na minha mão.

— Por quê? — perguntei.

— Algumas culturas têm o costume de enterrar coisas nos alicerces das casas durante a construção. Às vezes, corpos de animais, sapatos. Outras vezes, mais raras, corpos humanos. A idéia é que a alma deles fique na casa e afaste os maus espíritos.

Fez-se um longo silêncio.

— Você quer dizer que essas crianças foram sacrificadas.

— Talvez, pode ser. É muita coincidência encontrar ossos embaixo da lareira das duas casas para ser um mero acaso.

— Mas... eles eram cristãos. Supõe-se que temessem a Deus e não que fossem supersticiosos!

— A religião jamais conseguiu acabar completamente com a superstição. O cristianismo foi como uma camada de verniz sobre as velhas crenças... cobriu-as, mas não acabou com elas.

Olhei as duas fileiras de dentes. — Meu Deus, que família. E faço parte dela. Também sou Tournier. — Estremeci.

— Você está longe deles, Ella — disse Jean-Paul, gentil. — Você é do século XX. Não é culpada pelo que eles fizeram. E lembre que você é resultado tanto da família de sua mãe quanto de seu pai.

— Mesmo assim, sou uma Tournier.

— Sim, mas não tem de pagar pelos pecados deles.

Olhei bem para ele. — Nunca ouvi você usar essa palavra.

Ele deu de ombros. — Fui criado no catolicismo, afinal. Há coisas que não conseguimos deixar completamente.

Sylvie apareceu ao longe, correndo em ziguezague, distraída com as flores ou os coelhos, parecendo uma borboleta amarela esvoaçando aqui e ali. Quando nos viu, veio direto.

— Jean-Paul! — exclamou. Correu para o lado dele.

Ele se abaixou ao lado dela. — *Bonjour, Mademoiselle* — disse. Sylvie riu e deu um tapinha no ombro dele.

— Já começaram a cavar? — Mathilde abriu caminho entre os rochedos de sandálias rosa, balançando um cesto amarelo. — *Salut, Jean-Paul* — saudou, sorrindo para ele. Ele retribuiu. Achei que, se eu tivesse bom senso, me despediria de todos e deixaria os dois, deixaria Mathilde se distrair um pouco na vida e dar um pai para Sylvie. Seria o meu sacrifício, uma expiação dos pecados da minha família.

Dei um passo atrás. — Vou procurar um local para enterrar os ossos — avisei, estendendo a mão para Sylvie: — Quer me acompanhar?

— Não, vou ficar aqui com Jean-Paul — respondeu ela.

— Mas... talvez sua mãe queira ficar sozinha com Jean-Paul.

Na hora, percebi que havia errado. Mathilde soltou sua risada alta.

— Realmente, Ella, você às vezes é muito boba!

Jean-Paul não disse nada, tirou um cigarro do bolso da camisa e acendeu-o com um sorriso malicioso.

— É, sou boba mesmo. Muito boba — resmunguei, em inglês.

Todos nós concordamos sobre o lugar onde os ossos deveriam ser enterrados: num gramado ao lado de um rochedo íngreme em forma de cogumelo, não muito longe das ruínas. Seria sempre fácil de encontrar por causa da forma do rochedo.

Jean-Paul começou a cavar enquanto sentamos por perto e fizemos um lanche. Depois, cavei um pouco, Mathilde também, até fazermos um buraco de meio metro, mais ou menos. Coloquei os ossos dentro. Tínhamos cavado o bastante para dois esqueletos e, embora Jean-Paul só tivesse encontrado os dentes nas ruínas, coloquei-os junto, como se todo o corpo estivesse lá. Os outros ficaram olhando e Sylvie cochichou com a mãe. Quando terminei, tirei um fio dos restos do vestido e guardei no bolso.

Levantei-me e Sylvie se aproximou:

— Mamãe disse para eu perguntar a você se posso enterrar uma coisa com Marie.

— Que coisa?

Sylvie tirou o sabonete de lavanda do bolso.

— Pode. Antes, desembrulhe-o. Quer que eu ponha lá dentro?

— Não, eu ponho. — Ela se abaixou ao lado da sepultura e colocou o sabonete. Depois, levantou-se e bateu a terra da roupa.

Eu não sabia o que fazer a seguir: achava que devia dizer alguma coisa, mas não sabia o quê. Olhei para Jean-Paul e, para a minha estranheza, ele estava de cabeça baixa, olhos fechados, dizendo alguma coisa. Mathilde também e Sylvie imitou os dois.

Olhei para o alto e vi um pássaro de asas bem abertas, pairando.

Jean-Paul e Mathilde se benzeram e abriram os olhos ao mesmo tempo.

— Olhem — falei e apontei para cima. O pássaro tinha sumido.

— Eu vi. Não se preocupe, Ella, eu vi o passarinho vermelho — garantiu Sylvie.

Depois de jogarmos terra na sepultura, colocamos pedrinhas sobre ela para evitar que animais levassem os ossos, formamos uma pirâmide simples, de meio metro de altura.

Tínhamos acabado, quando ouvimos um assobio e olhamos. Monsieur Jourdain estava nas ruínas, ao lado de uma jovem. Mesmo de longe, era evidente que ela estava grávida de oito meses. Mathilde olhou para mim e sorrimos. Jean-Paul notou nossa troca de olhares e ficou intrigado.

Ai, céus, ainda tenho de contar para ele. Meu estômago apertou.

Quando os dois se aproximaram, a jovem tropeçou. Eu gelei.

— *Mon Dieu!* — Mathilde exclamou.

Sylvie bateu palmas. — Ella, você não contou que a sua irmã vinha!

A jovem se aproximou de mim e parou. Ficamos nos examinando: os cabelos, a forma do rosto, os cabelos castanhos. Então, nos beijamos no rosto uma, duas, três vezes.

Ela riu. — Vocês, Tournier, sempre beijam três vezes, como se duas não bastassem.

Mais tarde, resolvemos descer da montanha. Tomaríamos um drinque no bar, depois cada um faria seu caminho: Mathilde e Sylvie iriam para Mende, Elisabeth para casa, perto de Alès, Monsieur Jourdain para a casa dele na esquina da prefeitura, e Jean-Paul, para Lisle-sur-Tarn. Só eu não sabia para onde iria.

Elisabeth e eu andamos juntas até os carros.

— Você vem me visitar? Venha agora, se quiser — disse ela.

— Vou em breve. Tenho... algumas coisas para resolver. Mas vou daqui a uns dias.

Quando chegamos aos carros, ela e Mathilde me olharam ansiosas. Jean-Paul observava o horizonte.

— Hum, podem ir na frente. Vou pegar carona com Jean-Paul. Encontramos vocês no bar — falei para elas.

— Ella, você vai para casa conosco, não é? — perguntou Sylvie, ansiosa, dando tapinhas no meu braço.

— Não se preocupe comigo, *chérie*.

Os carros sumiram na estrada e Jean-Paul e eu ficamos um de cada lado do carro dele. — Podemos abaixar a capota? — perguntei.

— *Bien sûr*.

Enrolamos a capota de cada lado e prendemos. Quando terminamos, inclinei-me e descansei os braços na janela do carro. Jean-Paul se inclinou do outro lado.

— Tenho uma coisa para contar — falei, engolindo o nó na garganta.

— Fale em inglês, Ella.

— Está bem. Em inglês. — E parei de novo.

— Eu não sabia que podia sofrer tanto por causa de uma mulher. Faz quase duas semanas que você foi embora. Desde então, não consigo dormir, não consigo tocar piano, não consigo trabalhar. As velhas zombam de mim na biblioteca. Meus amigos acham que enlouqueci. Claude e eu brigamos por bobagens.

— Jean-Paul, estou grávida — falei.

Ele me olhou com cara de interrogação.

— Mas nós... — Parou.

Pensei de novo em mentir, em como seria mais fácil mentir. Sabia que ele ia descobrir.

— É de Rick, desculpe — falei, suave.

Jean-Paul respirou fundo e disse, em francês: — Não precisa se desculpar. Você queria um filho, não é?

— *Oui, mais...*

— Então, não precisa se desculpar — repetiu, em inglês.

— Se é com a pessoa errada, há muito do que se lastimar.

— Rick sabe?

— Sabe, falei com ele na noite passada. Ele quer que mudemos para a Alemanha.

Jean-Paul levantou as sobrancelhas.

— O que *você* quer fazer?

— Não sei. Tenho de pensar no que é melhor para o bebê.

Jean-Paul se afastou do carro, foi até o outro lado da estrada e ficou olhando os campos de giestas e granito. Pegou um galho de giesta e esmigalhou nos dedos as ásperas flores amarelas.

— Lastimo, é coisa demais, não é? — falei baixo para ele não ouvir.

Ele voltou para o carro parecendo decidido, até estóico. É assim que ele fica melhor, pensei. Sem querer, sorri.

Jean-Paul retribuiu o sorriso.

— O que é melhor para a mãe costuma ser melhor para o bebê. Se você ficar infeliz, o bebê também vai ficar — disse ele.

— Eu sei. Mas não sei mais o que é melhor para mim. Gostaria de saber pelo menos onde é minha casa. Não é mais na Califórnia. E acho... que não posso mais voltar para Lisle. Pelo menos não agora. Ou para a Suíça. Nem para a Alemanha, com certeza.

— Onde você se sente melhor?

Olhei em volta.

— Aqui. Exatamente aqui.

Jean-Paul abriu os braços.

— *Alors, tu es chez toi. Bienvenue.* (Então, você está em casa. Seja bem-vinda.)

EPÍLOGO

Olhei bem o céu, que estava um azul-claro, esmaecido pelo sol de final de setembro. O rio Tarn continuava cálido e deitei nele de braços abertos, os seios amassados pela água, os cabelos flutuando no rio como folhas em volta do meu rosto. Olhei para baixo: minha barriga estava começando a aparecer por cima da água. Peguei-a com as mãos em concha.

Ouvi um som de papel na margem.

— O que aconteceu com Isabelle?

— Não sei. Às vezes, penso que ela saiu de Moutier e voltou para cá, para a região de Cévennes. Encontrou o pastor de ovelhas, teve o filho e viveu feliz para sempre. E voltou a ser católica para assim venerar a Virgem.

— Um final feliz.

— É. Mas não sei se foi isso mesmo o que aconteceu. Penso muitas vezes que ela morreu de fome numa vala em algum lugar, fugindo dos Tournier, com o filho morto no ventre, esquecida, num túmulo sem nome.

Fez-se um silêncio.

— Mas sabe o que pode ter sido pior, pior ainda e, ao mesmo tempo, o mais provável de ter acontecido?

— O que pode ser pior do que isso?

— Ela ter vivido. E ter ficado em Moutier e passado o resto da vida com o corpo da filha embaixo da lareira.

Isabelle se ajoelhou na encruzilhada. Tinha três opções: ir em frente, voltar ou ficar onde estava.

— Ajude-me, Santa Mãe, me ajude a escolher para onde ir — ela reza.

Uma luz azul a envolve confortando-a por um breve instante.

Eu me levantei de repente, segurei na rocha lisa da margem do rio e meus seios retomaram a forma redonda. O bebê tinha acordado e começou a chorar como um gatinho. Elisabeth tirou-o do lençol onde estava deitado à margem do rio e amamentou-o.

— Jean-Paul leu isso? — perguntou ela, batendo no manuscrito ao lado.

— Ainda não. Vai ler neste fim de semana. A opinião dele é a que mais espero.

— Por quê?

— Porque é a mais importante para mim. Ele tem idéias concretas sobre História. Vai criticar bastante o enfoque que escolhi.

Elisabeth deu de ombros.

— E daí? Afinal, a história é *sua. Nossa.*

— É.

— E o pintor que você me falou? Nicolas Tournier.

— A pista falsa, você quer dizer.

— O quê?

— Nada. Ele tem seu lugar na história, não importa o que Jean-Paul ache.

Jacob chega à encruzilhada e encontra a mãe ajoelhada, iluminada de azul. Ela não o vê, o menino observa-a um instante e o azul se reflete nos olhos dele. Depois, ele olha em volta e toma a estrada que vai para o oeste.

NOTAS HISTÓRICAS

A Reforma protestante do século XVI começou com Martinho Lutero, na Alemanha. Um de seus companheiros, João Calvino, mudou-se para Genebra, na Suíça, onde treinou pregadores sobre a sua crença, com base numa vida pia e disciplinada, e na adoração direta a Deus, sem que fossem necessários padres como intermediários. Esses pregadores se espalharam pela França, difundindo a Verdade, como eram chamados os ensinamentos calvinistas. Eles logo converteram os habitantes de muitas cidades e muitos nobres franceses.

A Reforma levou mais tempo para chegar a regiões rurais como Cévennes, uma área montanhosa no sul da França. Mas, depois que os pregadores chegaram lá, muitos camponeses se converteram à Verdade e começaram a participar de cultos escondidos em celeiros e na floresta, até conseguirem expulsar os padres e ocupar as igrejas católicas. Em 1560 e 1561, várias igrejas foram tomadas em aldeias cevenenses, e os huguenotes (como passaram a ser conhecidos os protestantes franceses) dominaram a região.

Em 1572, centenas de huguenotes que estavam reunidos para um casamento real foram massacrados no chamado Massacre de São Bartolomeu, o qual provocou ondas de perseguição que se espalharam por toda a França e obrigaram muitos huguenotes a emigrar. O Edito de Nantes restaurou um pouco de paz ao proteger os direitos dos protestantes, mas os problemas voltaram quando Luís XIV revogou o edito em 1685, dispersando os huguenotes por toda a Europa. No início do século XVIII, grupos de huguenotes de Cévennes se insurgiram outra vez contra o governo francês no que ficou conhecido como rebelião dos *camisards*, mas não conseguiram nada e tiveram de voltar a fazer seus cultos escondidos.

AGRADECIMENTOS

Gostaria de agradecer a ajuda das seguintes pessoas (por ordem alfabética, esse grande equalizador): Juliette Dickstein; Jonathan Drori; Susan Elderkin; Jonny Geller; James Greene; Kate Jones; meu primo Jean Kleiber, o primeiro a me falar nas fazendas sem chaminés e em outras coisas da Suíça; Lesley Levene; Madame Christine Martinez, de Florac, que sem saber me deu um vasto curso sobre a vida em aldeias francesas; e Vicky Singer.

Foram muito úteis os livros *Montaillou* e *The Peasants of Languedoc*, de Emmanuel Le Roy Ladurie, *The Return of Martin Guerre* e *Society and Culture in Early Modern France*, de Natalie Zemon Davis, *Protestants du Midi, 1559-1598*, de Janine Garrisson, e *Moutier à travers les âges*, de Ph. Pierre-humbert.

A maioria dos lugares citados neste livro existe, mas nenhuma das pessoas existiu.

Impresso no Brasil pelo
Sistema Cameron da Divisão Gráfica da
DISTRIBUIDORA RECORD DE SERVIÇOS DE IMPRENSA S.A.
Rua Argentina 171 – Rio de Janeiro, RJ – 20921-380 – Tel.: 2585-2000